KB093062

거울 속의 거울

Der Spiegel im Spiegel

거울 속의 거울

미하엘 엔데 | 이병서 옮김

나의 아버지
에드가 엔데에게 바친다.

Meinem Vater
Edgar Ende gewidmet

1

미안해. 난 이보다 더 큰 소리로 말할 수가 없어.

네가 언제쯤 내 목소리를 듣게 될지 나로선 알 수 없지만……. 그래, 너, 지금 내가 말을 걸고 있는 '너' 말이야.

아니, 네가 내 말을 듣게 되는 순간이 오기는 하는 걸까?

내 이름은 호르야.

제발 부탁이야. 지금 네가 얼마나 멀리 떨어져 있는지는 모르겠지만, 네 귀를 내 입에 바싹 붙여 줘. 지금 바로 해 줘. 그리고 계속 그렇게 하고 있어 줘. 그렇게 하지 않으면 넌 내 말을 알아듣지 못할 거야. 하긴 설사 네가 이런 내 부탁을 받아들여 나에게 다가온다 해도, 너

스스로 감당해야 할 침묵은 여전히 넘치도록 남아 있겠지. 아무튼 내 목소리가 받아들여지지 않는 곳에선 네 목소리가 필요해.

호르의 이런 약점은 그가 어떻게 살고 있는지 알아야만 이해가 될 거야. 그는 완벽하게 텅 빈 거대한 건물 안, 그래서 거기서 생겨나는 모든 소리들이 끝없는 메아리가 되어 버리는 건물 안에 살고 있어. 그 스스로 기억하는 한 그래.

나 스스로 기억하는 한 그렇다? 이게 무슨 말일까?

건물 안에 있는 꽤 많은 복도와 방을 매일 돌아다니다 보면, 호르는 이곳저곳을 떠돌고 있는 그 어떤 외침의 잔향殘響들과 때때로 부딪치게 돼. 아니, 거의 항상 부딪치고 있다는 게 맞을 거야. 그것은 오래전 그가 경솔하게 내뱉었던 그 어떤 외침의 잔향이지. 이런 식으로 자신의 과거와 마주치는 것은 그에겐 커다란 고통이야. 게다가 오래전 입 밖으로 튀어 나간 말들이 시간이 흐르면서 그 형체와 내용을 잃어버려, 도무지 무슨 말인지조차 분간할 수 없게 되었으니 더욱 참담하기만 해. 그런데 호르가 이 어처구니없는 말 같지도 않은 말에 부딪치는 일이 이젠 없어졌어.

메아리가 생겨나는 그 미묘한 경계선을 절대 넘지 않도록 목소리 내는 법을(애당초 그것을 목소리라고 할 수 있는지 모르겠지만) 터득했기 때문이야. 그 경계선은, 잔혹할 정도로 소리가 잘 울리는 이 건물의 특성상, 완벽한 정적과 거의 구별할 수 없는 그 어떤 지점에 위치해 있다고밖에 설명할 수 없어.

무리한 요구라는 걸 알고 있어. 하지만 호르의 말을 알아듣고 싶다면 숨소리까지도 죽여야 할 거야. 너무 긴 침묵 때문에 음성 기관이 오그라들어 버렸거든. 말하자면, 퇴화한 셈이지.

잠들기 전에 들리는 몽롱하고 희미한 소리 이상으로 또렷하게 너에게 말할 수는 없을 거야. 너는 깨어 있는 순간과 잠든 순간 사이에 놓인 가느다란 능선에서 균형을 잘 잡아야만 해. 위아래의 구분이 의미 없는 허공에 떠 있다고 생각하면 될 거야.

내 이름은 호르야.

나 스스로 호르라고 부르고 있다고 말하는 게 맞겠지. 나 아니면 어느 누가 내 이름을 불러 주겠어.

건물이 텅 비었다고 얘기했지? 그래, 정말로 완벽하게 텅 빈 공간이야. 호르는 잠이 오면 방 한구석에 몸을 웅크리고 자거나, 구석이 너무 멀리 있을 땐, 그냥 방 한가운데 아무 곳에나 드러눕지.

호르는 끼니 따윈 걱정할 필요가 없어. 벽과 기둥을 구성하고 있는 노르스름하고 약간 투명한 반죽 덩어리 같은 물질을 먹기만 하면 허기와 갈증은 순식간에 사라져 버려(어쩌면 그것은 그를 위해 준비해 놓은 것처럼 보이기도 해). 게다가 먹고 마시는 것에 대한 호르의 욕구는 비교적 조촐한 편이야.

호르에게 시간의 흐름은 무의미해. 하긴 자기 심장 박동 말고는 시간을 잴 방법이 없기는 하지. 그 심장 박동마저도 아주 불규칙해. 그래서 호르는 밤과 낮조차 몰라. 밤도 아니고 낮도 아닌 어슴푸레함이 언제나 그를 감싸고 있어.

잠자지 않을 땐 여기저기를 돌아다니지만 목적이 있어서가 아니야. 충족되면 기분이 좋아지는 단순한 충동이고 욕구일 뿐이지. 이곳저곳 돌아다녀도 오래전에 한번 와 본 것처럼 눈에 익숙한 공간을 만나는 일은 아주 드물어. 물론 갉아 먹다 남은 벽 부스러기나 말라붙은 배설물 더미가 결정적인 증거로 남아 있어서 전에 한번 왔었다고밖에 볼 수 없는 곳을 지나가는 일이 종종 있기는 하지만 그곳마저도 낯설기는 마찬가지야. 어쩌면 그런 공간들은 호르가 다른 곳에 가 있는 동안 변화하고, 성장하고, 늘어나고, 줄어든 것인지도 몰라. 아니면 호르가 지나감으로 해서 그런 변화들이 생겨나는 것일 수도 있어. 물론 호르에게 반가운 일은 아니지.

호르 말고 다른 누군가가 이 건물에 산다는 것은 나로

서는 있을 수 없는 일이라고 봐. 물론 이 건물은 상상도 할 수 없을 만큼 넓기 때문에, 누가 어디에 있는지 찾을 방법은 없어. 굳이 찾자면 못할 것도 없겠지만, 거의 불가능하다고 봐야 할 거야.

많은 방과 창문이 있어. 그 창문들은 대부분 커다란 공간으로 열리는 문이었어. 그가 오랫동안 경험해 본 바로는 지금까지 단 한 번도 다른 종류의 창을 본 적이 없어. 그럼에도 호르는 언젠간 저 맨 바깥쪽 마지막 벽에 도달해서 거기에 달린 창을 통해 전혀 새로운 경치를 볼 수 있지 않을까 가끔 상상하곤 하지. 그것이 어떤 풍경일지 짐작조차 할 수 없지만, 그래도 호르는 이따금 이런저런 상상에 깊이 빠져 보곤 해. 그렇다고 호르가 바깥 풍경을 동경하고 있다고 단정하지는 마. 그건 그냥, 열려 있는 모든 가능성을 떠올려 보는, 큰 의미 없는 일종의 놀이일 뿐이니까. 간혹 꿈속에서 그런 경치를 즐길 수도 있지만 그마저도 깨어나면 얘기할 만한 것은 아무것도 없어. 그냥 단순히 꿈을 꾸는 잠을 잤다는 것과 그런 날은 잠에서 깼을 때 대개 눈물이 흐르고 있다는 것밖에 알지 못하지. 하지만 호르는 그것에 큰 의미를 두진 않아. 그저 뭔가 특이했기 때문에 얘기할 뿐이야.

이런, 내가 표현을 잘못했군. 호르는 결코 꿈을 꾸지 않아. 자기만의 기억 역시 갖고 있지 않아. 하지만 호르라는 존재 자체는, 불현듯 떠오르는 기억처럼 그의 영혼을 덮쳐 오는 '체험'들이 안겨 주는 두려움과 기쁨으로 가득 차 있어.

물론 늘 그렇지는 않아. 흔들림 없는 맑은 물의 표면처럼, 그의 영혼이 꽤 오랫동안 고요하고 잠잠할 때도 있어. 하지만 그 순간이 지나고, 그런 체험들이 사방에서 폭풍처럼 밀려와 그를 몰아치고 번개처럼 후려치면, 그는 텅 빈 복도에서 미친 듯이 날뛰다 지쳐서 비틀거리며 쓰러지고, 마침내는 의식을 잃고 바닥에 뻗어 자포자기 상태가 돼 버리지. 왜냐하면 호르는 '체험'에 관한 한 속수무책이기 때문이야.

'불현듯 떠오르는 기억처럼'이라고, 내가 그렇게 말했나?

나를 호르라고 불러 줘.

하지만 나, 호르는 대체 누구란 말인가? 나는 오로지 단 한 명일까? 아니면 나는 둘이고, 그래서 그 두 번째 사람의 체험까지 나의 것으로 갖고 있는 것일까? 나는 저 수많은 사람은 아닐까? 그리고 '또 다른 나'이기도 한 '다른 모든 사람들'이 저 바깥에서, 저 맨 마지막 벽 너머에서 살아가고 있는 것은 아닐까? 그리고 체험과 기억이 들어설 여지를 갖고 있지 않은 저 바깥의 저들은 바로 그 때문에 자신들의 체험에 대해, 자신들의 기억에 대해 아무것도 모른 채 살고 있는 것은 아닐까? 아아, 그러나 호르에게는 체험과 기억이 둥지를 틀고 깃들어 있어, 호르의 삶과 더불어 살면서 비정하게 그를 덮친다네. 그것들은 호르에게 달라붙어 자라고, 호르는 그것들을 긴 드레스의 옷자락처럼 뒤에 달고 이리저리 질질 끌고 다닌다네. 수많은 방과 복도를 끝없이 끌려 다닌 옷자락은 길어지고 또 길어진다네.

그러면 내가 갖고 있는 체험과 기억들이 저 바깥에 있는 너희에게 가는 것일까? 너희가 한 사람이든 수많은 사람이든 간에, 너희와 나는 꿀벌과 여왕벌처럼 하나일까? 너희는 나를 느끼는가? 내 육신의 사지가 갈기갈기 찢어지는 것을 느낄 수 있는가? 너희는 들을 수 없는 나의 말을 듣는가? 지금 들을 수 있는가? 아니면 시간이 없는 곳에서라면 들을 수 있겠는가? 또 다른 나여, 너 역시 나를 찾고 있는가? 너 자신인 호르를 찾는가? 나에게 있는 너의 기억을 찾고 있는가? 우리는 별과 별 사이만큼이나 무한한 공간을 한 발 한 발 서로 상像에 상이 겹치면서 다가서고 있는 것일까?

그렇게 되면 정말 우리가 만날 수 있을까? 언제가 됐든 만날 수는 있을까? 아니면, 시간이 없는 곳에서라면 만날 수 있는 걸까?

그러면 우리는 어떻게 되는 걸까? 그렇게 되면 우리는

더 이상 존재하지 않게 되는 걸까? '예'와 '아니요'의 관계처럼 서로 부딪치고 상쇄하게 되는 것일까?

하지만 그때, 너는 이거 하나만은 알게 될 거야. 내가 그 '모든 것'을 소중하게 보관하고 있었다는 것을.

내 이름은 호르야.

2

아들은 아버지이기도 한 스승의 뛰어난 지도 아래 날개를 꿈꾸었다. 오랜 세월에 걸쳐 아들은 날개를 만들어 갔다. 깃털 하나하나, 힘줄 하나하나, 작은 뼈 마디마디를 일일이 많은 시간을 들여 만드는 '꿈의 작업' 덕분에 날개는 차츰차츰 그 모양이 갖춰졌다. 마침내 그는 자세를 올바르게 잘 잡으면서 자기 어깨뼈에서 날개가 돋아나도록 했다(꿈속에서 자기 등을 실제로 정확하게 느끼는 것은 특히 어려운 일이었다). 그리고 날개를 제대로 움직이는 방법을 조금씩 익혀 나갔다. 그것은 끝없는 인내를 필요로 하는 고된 훈련의 연속이었다. 수없는 실패를 거듭한 끝에 그는 잠시나마 허공에 뜰 수 있게 되었다. 그러다 그는 날개를 조작하는 데 어느 정도 자신감을 얻게 되었는데, 그것은 아버지가 자신을 이끌면서 보여 준 흔들림 없는 자상함과 엄격함 덕분이었다. 시간이 지나면서 그는 자신의 날개에 익숙해졌다. 완전히 자기 몸의 일부로 느끼는 것은 물론, 심지어 날개의 아픔과 쾌감마저 느낄 정도가 되었다. 결국 그는 자신에게 날개가 없었던 날들을 기억에서 지워 버려야만 했다. 이제 그는 눈이나 손처럼 날개도 갖고 태어난 사람이 되었다. 그는 준비가 되었다.

미로의 도시를 떠나는 것은 결코 금지된 게 아니었다. 아니, 오히려 그것에 성공한 사람은 영웅으로, 은총을 받은 사람으로 추앙되어 두고두고 전설로 사람들 입에 오르내렸다. 하지만 그것은 '행복한 사람'에게만 허용되었다. 미로에는 거기에 사는 모든 사람이 따라야 하는 법칙들이 있었는데, 그것들은 모순적이지만 그렇다고 거스를 수 있는 것이 절대 아니었다. 그 가운데 가장 중요한 법칙 하나는, '미로를 떠나는 사람만이 행복해질 수 있다. 그러나 행복한 사람만이 미로에서 벗어날 수 있다.'는 것이었다.

그러나 수천 년이 지나도록 행복한 사람은 없었다.

탈출을 감행할 준비가 된 사람은 먼저 시험을 치러야만 했다. 시험에 떨어지는 경우, 벌을 받는 것은 본인이 아니라 스승이며 그 벌은 가혹하고도 무서운 것이었다.

그가 아버지에게 그 일에 도전하겠다고 했을 때, 아버지는 매우 진지한 얼굴이 되었다.

"이런 날개로 날 수 있는 사람은 가벼운 사람뿐이다. 하지만 사람을 가볍게 하는 것은 행복뿐이다."

그리고 그는 한참동안 아들의 얼굴을 살피다가 이윽고 입을 열었다.

"너는 행복하냐?"

"예, 아버지. 행복합니다."

아, 그랬다. 행복에 관한 것이라면 아무 문제가 없었다. 날개 없이도 날아오를 수 있다고 생각할 만큼 그는 정말 행복했다. 그는 사랑에 빠져 있었기 때문이다. 젊은 열정을 다 바쳐 열렬히 사랑하고 있었다. 거침없고 의심의 그림자라고는 결코 찾아볼 수 없는 그런 사랑이었다. 그리고 그는 자신이 받는 사랑도 그와 똑같이 무조건적이라는 것을 알았다. 그는 알고 있었다. 연인이 자신을 기다리고 있다는 것을, 보란 듯이 시험을 통과하고 날이 저물어 갈 무렵 그녀의 하늘색 방으로 찾아가게 되리라는 것을 말이다. 그러면 그녀는 달빛처럼 가볍게 그의 품에 안기고 그 둘은 언제까지나 떨어지지 않을 것처럼 부둥켜안은 채 도시 위로 날아오를 것이다. 그리고 그들은 어른이 되어 쓸모없게 된 장난감을 버리듯 도시의 성벽을 뒤로 하고 떠날 것이다. 그렇게 여러 도시 위를 날아,

숲과 사막을 지나고, 산과 바다를 지나 하염없이 세상의 끝까지 날아갈 것이다.

그는 맨몸에 고기잡이 그물만 걸치고 있었다. 그물은 기다란 드레스 자락처럼 그의 뒤를 따라 거리와 골목, 복도와 방으로 끌려 다녔다. 그것은 시험의 합격 여부를 결정하는 최종 시험에서 요구되는 의식儀式이었다. 그는 주어진 과제가 무엇인지 알 수 없었지만, 얼마든지 해결할 자신이 있었다. 그가 과제와 관련해 알고 있는 것은, 언제나 과제가 시험 보는 사람의 특성에 꼭 맞게 주어진다는 것뿐이었다. 그래서 과제는 시험 보는 사람에 따라 항상 달랐다. 결국은 자기 자신을 올바로 인식함으로써 과제가 무엇인지를 찾아내는 것이 바로 과제인 셈이었다. 단 한 가지, 시험 기간 동안 그가 반드시 지켜야 할 유일한 금지 규정은 해가 지기 전까지는 어떤 일이 있더라도 연인이 있는 하늘색 방에 들어가선 절대 안 된다는 것이었다. 이 규정을 어기면 그는 당장 가차 없이 실격될 것이다.

존경해 마지않는 자상한 아버지가 그 규정을 귀띔해 주면서 지어 보인, 거의 화난 것 같은 엄한 표정을 떠올리며 아들은 미소를 지었다. 그 규정을 무시하고픈 일말의 유혹 같은 것은 추호도 없었다. 그것은 그에겐 아무런 위험이 되지 않았고, 아무런 걱정거리도 아니었다. 그런 종류의 금기 같은 것이 주어지면 어떻게든 그것을 건드려 보고 싶은 충동에 사로잡히는 사람들이 있지만, 그는 그런 무모한 사람들을 도저히 이해할 수 없었다. 미로 도시의 혼란스러운 도로와 건물들을 지나는 동안 그는 벌써 몇 번이나 그 탑처럼 생긴 건물을 지나게 되었다. 그 건물 꼭대기 층 다락방엔 사랑하는 그녀가 살고 있었다. 아무튼 그는 심지어 401호라고 쓰여 있는 그녀의 방문 앞을 두 번이나 지나면서도 잠시 멈춰 서지도 않았다. 하지만 물론 그것이 시험 과제일 리는 없었다. 만약 그렇다면 그것은 너무 간단하고, 너무 쉬운 일이었다.

어디를 가든, 그는 불행한 사람들과 마주쳤다. 그들은 신기함과 동경에 가득 찬 눈으로, 또는 질투 어린 눈으로 그를 맞아들이고 떠나보냈다. 그들 가운데 대부분은 예전부터 아는 사람들이었다. 하지만 그들과의 만남이 절대 의도적으로 이루어졌을 리는 없었다. 미로의 도시에서는 집과 도로의 위치나 배치가 끊임없이 바뀌고 있었다. 그래서 누군가와 만날 약속을 하는 것은 불가능했다. 모든 만남은 우연이나 운명에 의해서만 가능했다. 그리고 그것이 우연인지 또는 운명인지는 결국 당사자가 어떻게 받아들이느냐에 달려 있었다.

그러던 중, 아들은 질질 끌리고 있는 그물이 잡아당겨지는 느낌이 들어 뒤를 돌아보았다. 아치 모양의 문 아래

앉아 있던 외다리 거지가 그물코에 자기 한쪽 목발을 찔러 넣은 것이었다.

"지금 뭐하는 거요?"

그가 그에게 물었다.

"도와주시오!"

거지가 쉰 목소리로 대답했다.

"당신에겐 하찮은 일이지만, 나에겐 아주 큰 도움이 되는 일이라오. 당신은 행복한 사람이고 곧 이 미로를 빠져나갈 것 아니오. 하지만 나는 이곳에 영원히 머무르게 될 거요. 나는 절대로 행복해지지 않기 때문이오. 그래서 부탁이오. 제발 눈곱만큼이라도 좋으니, 나의 불행을 조금만 떼어 가 주시오. 그러면 나도 조금이나마 당신이 이곳을 벗어나는 덕을 보지 않겠소? 그것은 나에게 큰 위안이 될 거요."

행복한 사람이 매정하게 구는 것은 이치에 맞지 않는다. 무릇 행복한 사람은 동정도 쉽게 하고, 자신에게 남는 것을 다른 사람에게 기꺼이 나눠 주려는 사람이다.

"좋소."

아들이 대답했다.

"그렇게 작은 일로 당신을 도울 수 있다면, 나도 기쁘오."

아들은 다음 길모퉁이를 돌자마자, 누더기를 걸치고

수심에 찬 얼굴로 거의 굶어 죽게 생긴 세 아이를 데리고 있는 한 여인을 만났다.

"당신이 저쪽에서 해 준 일을 우리에게는 안 된다고 못 하겠지."

그녀는 증오에 찬 목소리로 이렇게 말하고는 묘지에 사용하는 작은 철 십자가를 그물에 엮었다.

이때부터 그물은 점점 무거워져 갔다. 불행한 사람은 미로의 도시에 셀 수 없이 많았다. 그들은 아들을 만나면, 너 나 할 것 없이 무언가 지니고 있는 것을 그물에 엮었다. 신발, 값진 보석, 양철통, 돈 자루, 옷가지, 무쇠 난로, 묵주, 동물의 사체, 연장, 심지어는 성문의 문짝에 이르기까지 종류도 다양했다.

어느덧 해질녘이 되어, 시험이 끝나 가고 있었다. 아들은 몸을 앞으로 깊이 숙이고 안간힘을 다하여 한 걸음 한 걸음 앞으로 나아갔다. 마치 소리 없는 거대한 폭풍을 거스르며 앞으로 나아가는 것 같았다. 그의 얼굴은 온통 땀으로 뒤범벅이 되었지만, 여전히 희망에 가득 차 있었다. 이제 그는 자신에게 주어진 과제가 무엇인지 알아냈다고 믿게 되었기 때문이다. 그리고 온갖 어려움에도 불구하고 그 과제를 끝까지 완수할 자신이 있었다.

점점 날이 어두워지기 시작했다. 그러나 '이제 그만 됐다.'고 말해 주는 사람은 여전히 나타나지 않았다. 자신도 모르는 사이에 그는 자기 뒤에 끝없이 달려 있는 수많은 잡동사니를 질질 끌면서 그 탑처럼 생긴 건물의 지붕 밑 테라스에 이르게 되었다. 사랑하는 그녀가 있는 바로 그 하늘색 방이 있는 곳이었다. 그는 이곳에서 해변을 내려다볼 수 있다는 것을 그제야 처음으로 알았다. 하긴 어쩌면 저 해변 역시 지금까지는 저 자리에 있지 않았던 것인지도 모른다. 태양이 안개 어린 수평선 너머로 가라앉는 것을 보면서 아들은 걷잡을 수 없는 불안에 휩싸였다.

해변에는 그와 마찬가지로 날개를 단 사람이 네 명 서 있었다. 목소리의 주인은 보이지 않았지만 '너희 넷은 이제 풀려났다.'고 선언하는 목소리가 분명하게 들렸다. 그는 아래를 향해 '나를 빠뜨렸다.'고 외쳤다. 하지만 아무도 그의 외침에 귀를 기울이지 않았다. 그는 떨리는 손으로 그물을 헤집어 보았지만 그물에서 벗어날 수 없었다. 그는 계속 울부짖으며 외쳤다. 그러다 나중엔 테라스 밖으로 있는 대로 몸을 내밀고 아버지를 부르며, 어서 와서 도와 달라고 절규했다.

꺼져 가는 태양의 마지막 빛줄기 속에서 그는, 검은 베일에 완전히 휩싸인 채 저 아래 문에서 끌려 나오는 자신의 연인을 보았다. 그리고 두 마리의 검은 말이 끄는 검은 마차가 나타났는데, 그 지붕은 한 장의 커다란 초상화로 되어 있었다. 그것은 바로 슬픔과 절망에 가득 찬

아버지의 얼굴이었다. 연인이 마차에 오르고, 말들이 달리기 시작하며 점점 멀어지더니 마침내 어둠 속으로 사라져 버렸다.

그 순간 아들은 순종하지 않는 것이 자신에게 주어진 과제였다는 것을, 그리고 자신은 시험을 통과하지 못했다는 것을 깨달았다. 그는 꿈으로 만든 자신의 날개가 마치 가을 나뭇잎처럼 시들어 자신에게서 떨어져 나가는 것을 느꼈다. 또한 자신은 이제 두 번 다시 날지 못하리라는 것을, 그리고 다시는 절대 행복해질 수 없으리라는 것을, 나아가 자신이 살아 있는 한 이 미로에 내내 머물게 되리라는 것을 깨달았다. 이제 그는 명실상부하게 미로의 사람이 된 것이다.

3

다락방은 하늘색이다. 벽, 천장, 바닥, 그리고 몇 안 되는 가구까지 모두 하늘색이다. 대학생이 책상에 앉아 두 손으로 머리를 감싸고 있다. 그의 머리는 헝클어져 있고, 귀는 발갛게 달아올랐으며, 손은 차갑고 축축하다. 차갑고 축축한 것은 그 공간 전체이다. 그리고 이제는 전깃불마저 꺼져 버린다.

그는 책을 가까이 끌어당겨 다시 처음부터 읽기 시작한다. 반드시, 반드시 해야만 하는 숙제가 있다. 다음 주는 시험이다.

"……특수 상대성 이론은 광속도 불변의 원리에 기초하고 있다. ……P는 진공 상태에서의 한 점點이고…… P는 미소微小 거리 d시그마만큼 떨어진 무한에 인접하는 점이다……. 무한에…… 인접하는 점이다……. P점에서 t시각에 빛이 출발하면 P점에는 t+dt시각에 도착한다……."

학생은 자기 눈이 뿔로 만든 단추처럼 마르고 딱딱해져 있는 것을 느낀다. 잠시 손가락으로 눈을 비비니 눈물이 나기 시작한다. 그는 뒤로 기대며 다락방을 둘러본다. 널빤지를 이어 붙여 만든 이 골방은 2년 전 그가 지붕 밑의 커다란 헛간 한구석에 직접 만든 것이다. 그때만 해도 그는 하늘색이 좋았다. 하지만 이제는 더 이상 좋아하지 않는다. 그렇다고 다른 뭔가로 바꿔 볼 시간도 없다. 그는 그 사이 게으름을 너무 많이 피웠다.

그런데 도대체 그들은 그가 이곳에 계속 살도록 해 주기는 하는 걸까? 물론, 방세는 내고 있다. 아주 적은 푼돈이긴 하지만 말이다. 하긴 그래서 그 스스로 이 방을 만들고 꾸미고 한 것이다. 방세도 쥐꼬리만큼 내면서 주인에게 이런저런 요구를 할 수는 없는 일 아닌가. 하지만 이제, 이 집의 먼젓번 주인이 죽은 상황에서, 어쩌면 그들은 방세를 올릴지도 모른다. 그러면 그는 어디로 가야 한단 말인가? 더구나 시험이 코앞에 닥친 마당에 말이다. 내일 당장 거리에 나앉게 될지도 모르는 상황에서 어떻게 공부에 집중할 수 있겠는가! 하다못해 대략 어떻게 될 것인지 정도라도 알 수 있게 집을 물려받은 사람들의 의견이 모아지면 좋으련만…….

그는 책을 밀어 두고 일어선다. 얼굴은 창백하고 키가 크다. 키가 아주 큰 편이라 천장에 머리를 부딪치지 않도록 고개를 수그려야만 한다. 이번에야말로 확실한 것을 알아야겠다고 생각한다. 지금 당장 말이다. 그러지 않으면 온갖 잡념과 고민들로 뒤숭숭해 공부를 계속할 수가 없다.

그는 지붕 밑의 커다란 헛간을 걷는다. 이곳에는 우리가 생각할 수 있는 온갖 잡동사니들이 꽉 들어차 있다. 가구, 커다란 꽃병, 동물 표본, 사람 키만 한 인형, 어디에 쓰는지 알 수 없는 기계와 톱니바퀴 장치 같은 것들이다. 그는 넓은 계단을 내려가 긴 복도를 달려간다. 복도에는 뿌연 거울이 족히 수천 장은 걸려 있다. 크고 작은 거울들, 그리고 평평하고 휜 거울들이 그의 모습을 수천 개로 비춰 내지만 하나같이 흐릿하기만 하다.

마침내 그는 커다란 방에 들어선다. 그곳은 마치 적에게 약탈당한 민속 박물관처럼 보인다. 유리 진열장은 이곳저곳이 깨져 있고, 그 안에 전시되어 있던 보석과 귀중품은 모두 사라지고 없다. 미라가 전시된 장은 부서지고 항아리들은 산산조각 난 채 수북이 쌓여 있으며 갑옷과 투구는 스탠드에 비뚤게 걸려 있다. 벌새 깃털로 만든 아스텍족의 예복은 누더기가 되어 좀이 슬고 있다.

대학생은 멈춰 선 채 놀라 사방을 돌아본다. 지난번 왔을 때만 해도 이렇지 않았는데, 어떻게 모두 이 지경이 되어 버린 걸까?

헌데, 지난번 온 게 도대체 언제였더라? 먼젓번 주인이 아직 살아 있을 때였나? 그래, 아마도 그랬을 것이다. 사실 그는 그의 얼굴을 직접 본 적이 한 번도 없다. 단지 그의 늙은 하인을 보았을 뿐이다. 그는 엄한 얼굴에 점잖은 기품을 지닌 사람이었다.

대학생이 생각에 잠겨 있는 사이, 바로 그 하인이 방으로 들어선다. 그는 커다란 총채를 옆구리에 끼고 있는데, 그의 하인복은 때 타고 해져 있으며, 머리 위의 백발은 온통 헝클어져 있다(그래, 실제로 그랬다!). 그리고 그는 약간 비틀비틀하면서 걷고, 또 혼자 뭐라고 중얼중얼하면서 불안하게 손을 휘젓는다.

"안녕하십니까?"

학생이 공손하게 말한다.

"저…… 죄송합니다만, 말씀 좀……."

하지만 늙은 하인은 손을 휘저으며 그를 지나쳐 버린다. 그가 있는 것조차 모르는 것 같다. 학생은 그를 쫓아간다.

"무의미해!"

하인이 결연한 몸짓으로 말했다.

"애당초 시작한다는 것 자체가 아주 무의미하단 말이야. 어이구, 안녕하시오, 젊은 양반."

학생은 좀 얼떨떨했다.

"그게 무슨 뜻입니까?"

"무슨 뜻이든 마찬가지요!"

하인이 그에게 호통을 친다.

"시작, 그것은 언제나 터무니없이 무의미한 것이오. 왜냐? 그런 건 존재하지 않기 때문이지. 자연은 어쩌면 시작이라는 걸 알지 모른다고? 천만에! 그러니까 시작이라는 것은 자연을 거스르는 일이오! 그러면 나는 어떠냐고? 마찬가지로 무의미하지. 무슨 근거로? 지금 이 꼬락서니를 보면 모르오?"

그는 윗옷 주머니에서 병을 꺼내 한 모금 마시고 트림하며 몸을 부르르 떨더니, 병을 조심스럽게 다시 집어넣는다. 학생이 막 질문을 던지려 하는데, 노인은 어느새 얘기를 이어 가고 있다.

"생각을 해야 하오, 생각을."

그는 손가락으로 이마를 몇 차례 톡톡 친다.

"객관적인 사고, 그걸 해야 한단 말이오! 아시겠소, 젊은 양반? 그러니 말이오, 내가 객관적으로 사고해 보건대, 나는 나 자신에게 이렇게 타이를 수밖에 없더이다. 고독하고 나약한 인간인 나에게는 사물의 상황을 어떻게

든 조금이라도 바꿔 볼 가망이 손톱만큼도 없다고 말이오. 그런데도 불손하게 그것을 감행한 나는 도대체 누구란 말인가? 숨이 끊어지는 순간까지 사고를 멈출 수 없는 고역에 지쳐 신경 쇠약에 걸린 늙은이, 그게 바로 나요. 더 무슨 말이 필요하겠소."

그는 다시 병을 꺼내, 한 모금 마시고 소매로 입을 닦는다.

"인간은 정신으로 살아야 하는 거요, 아시겠소, 젊은 양반? 인식으로 살아야 한단 말이오! 허나 그것은 그렇게 간단한 일이 절대 아니오. 특히 일상생활에선 말이오. 만약 내가 이 공간에 잠복해 있는 이 모든 먼지의 위력에 맞서 승산 없는 싸움을 걸어야 한다고 칩시다. 내가 무엇을 할 수 있겠소? 아무것도, 정말 아무것도 할 수 없소. 나의 논리적 이성이 그렇게 말하고 있소. 아, 어쩌면 이미 절망적인 이 상황을 더 악화시키는 일 정도는 할 수 있을지 모르지. 그것은 마치, 손을 대는 순간 갈기갈기 찢어져 버릴 이 커튼을 지금 바로 열어젖히는 것과 마찬가지요."

그가 창가에 드리운 육중한 커튼을 열어젖히자, 그것은 순식간에 갈기갈기 찢어지며 구름처럼 회오리치는 먼지가 되어 바닥에 떨어진다.

"예를 하나만 더 들어 볼까?"

노인은 아무렇지도 않은 듯 말을 잇는다.

"내가 이 창문을 열려고 하면, 그 순간 창문은 나를 향해 떨어질 것이오."

그가 창문을 열려고 하자, 창문은 순식간에 그를 향해 쏟아져 내리고, 유리창은 바닥에 떨어져 요란한 소리를 내며 깨진다.

하인은 의기양양하게 학생을 바라본다.

"보시오, 이걸로 모든 게 증명되지 않소? 혼돈을 정복하려는 모든 시도는 혼돈을 더 키울 뿐이오. 최선의 방법은 얌전히 손가락 하나 까딱하지 않는 것일 게요."

그는 한 모금을 더 마신다.

"예, 그렇군요."

학생은 멍하게 주위를 둘러본다.

"그러니까 영감님은 이곳의 질서를 잡고 싶다는 말씀이군요."

"먼지를 터는 거라니까!"

늙은 하인이 정정해 준다.

"내가 평생 해 온 대로, 먼지를 터는 거라오. 그러나 보다시피 우리의 모든 노력과 수고 뒤에 남는 것은 바로 먼지뿐이라오. 아니, 어쩌면 그것은 마지막 재가 남은 것이라 볼 수도 있겠지. 최초엔 먼지, 최후엔 재. 결국은 같은 거지. 어쨌거나 아무도 없었던 거나 다를 바 없소.

사람은 흔적도 없이 사라져 가지. 그게 제일 더러운 일이지."

"그러게 말입니다."

학생은 무언가 분위기를 바꿀 말을 해야겠다는 생각으로 상냥하게 말한다.

"그래도 신선한 공기가 좀 들어오는 것 같은데요. 저 늪에선 도요새가 지저귀는 것도 들려옵니다. 이런 것은 그래도 뭔가 의미가 있지 않습니까?"

노인은 피식 웃고 기침을 한다.

"그래, 그래, 이 아름다운 자연! 자연은 그저 제 갈 길을 갈 뿐이오. 우리의 어려운 처지 따위엔 관심이 없지. 그리고 자연은 나처럼 결정이라는 걸 할 필요가 없소. 그런데 말이오, 인간은 새가 아니라오. 날개가 없으니까. 인간은 객관적 인식으로 살아가야 하는 거요. 그래서 뇌가 있는 거라오, 젊은 양반. 그게 도덕이라는 거요. 도덕이라는 건 곧, 그게 그렇게 엿장수 마음대로 잘 안 될 거라는 뜻이기도 하지. 그걸 명심하시오, 젊은 양반! 나는 다시 한번 처음부터 이 문제를 차근차근 사고하기 시작해야겠소."

"거 보십시오."

학생이 말한다.

"영감님도 쉽게 포기 안 하지 않습니까? 아무튼 그 전에 이거 하나만 좀 빨리 알려 주십시오."

하인은 그 얘기는 들은 척도 않고 성큼성큼 옆방으로 건너가 혼자 떠든다.

"문제는 이런 거요. 시작하는 게 정말로 무의미하다면, 시작하지 않는 것은 의미가 있다는 말이 되오. 고로, 나는 차라리 이 문제를 그냥 놓아두려 하오."

"맞습니다!"

그를 뒤따라 들어온 학생이 말한다.

"그냥 그대로 두십시오."

"별 도리 없는 결론이지!"

늙은 하인이 교활하게 웃는다.

"하지만 젊은 양반, 생각해 보시오. 인간이 산다는 건 무엇이오?"

학생은 당황한 미소를 지으며 그를 바라본다.

"예, 그게 그러니까, 솔직히 말해서, 저는 그런 문제에 엮이고 싶지 않기 때문에……."

노인은 손가락으로 그의 가슴을 톡톡 치며, 그의 얼굴에 입김을 내뿜는다.

"가망 없는 싸움을 하는 것, 그것이 바로 산다는 거요!"

그는 단어 하나하나를 강조하며 말한다.

"그러면 도덕적 중대성, 도의적 요구, 윤리적 명령 같은 것의 본질은 어디 있느냐? 들어보시오, 젊은 양반. 설사 모든 것이 무의미하다고 해도 우리는 시작해야만 하오! 왜냐? 인간은 자신이 할 수 있는 일을 해야만 하기 때문이지!"

"브라보!"

학생이 노인의 입김을 피하려 하면서 말한다.

"솔직히 고백하건대 말이오."

하인이 말을 잇는다.

"나는 지금 도저히 빠져나갈 길 없는 궁지에 몰린 처지라오! 그리고 이건 중요한 문제요."

"영감님은 정말 냉엄한 사상가시군요."

학생이 얼른 끼어든다.

노인은 숨을 크게 들이쉬고 양팔을 벌린다.

"나는 여기에 이 집의 관리인으로, 그리고 한 인간으로 서 있소."

그가 한 줄로 늘어서 연결된 방들 쪽으로 목소리를 흘려보낸다.

"이런 나에게 혼돈은 아주 절망적인 위력으로 다가오지. 그래서 나는 되돌릴 수 없는 결심을 하기에 이르렀소."

갑자기 그는 주저앉으며 학생의 팔을 잡고 그에게 매달린다.

"지금 이 마지막 순간에 누군가 나를 이 깊은 수렁에서 끌어내지 않으면 말이오."

그가 겁먹은 얼굴로 속삭인다.

"나는 꼼짝없이 먼지 털기를 시작하게 될 거요. 그 결과가 어떨지는, 젊은 양반, 예측할 수 없다오."

그러나 학생은 그 말을 흘려들으며 노인을 떨쳐 낸다. 그의 주의를 온통 잡아 끄는 무언가를 보았기 때문이다. 다음다음 방 한가운데 기다란 회의용 탁자에 사람들이 둘러앉아 있는 것이 열린 문틈으로 들여다보인다. 방이 어두컴컴했기 때문에 그들이 누군지 확실하게 분간할 수는 없지만, 학생은 저기서 무슨 논의에 한창인 저들이 상속인들이라는 것을 의심하지 않는다.

"저에게도 좀 알려 주십시오."

그가 노인에게 속삭이며 탁자 쪽을 가리킨다.

"뭐 확실하게 결정된 게 있습니까?"

"고맙소."

하인 역시 낮은 목소리로 대답한다.

"신경을 다른 데로 돌리게 해 줘서 고맙단 말이오, 젊은 양반. 아무튼 유감스럽게도 아직 아무것도 알 수 없단 말밖에 해 줄 수 있는 말이 없구려."

"아, 정말 짜증 나네요."

학생이 자기 생각을 토해 내고, 결심한 듯 탁자 쪽으

로 다가간다.

"차라리 그냥 가서 물어봐야겠어요."

그러나 노인은 그의 소매를 낚아채며 그를 말리려 한다.

"제발 부탁이니, 저 분들을 방해하지 마시오. 어쨌거나 지금은 안 되오! 그건 절대 안 되는 일이오!"

학생은 멈춰 서서 상속인들에게서 시선을 떼지 않고 낮은 목소리로 설명한다.

"저는 지금 꼭 알아야 한단 말입니다. 제가 여기 계속 살 수 있는지, 아니면 다른 거처를 찾아야 하는지를 알아야겠습니다. 아시겠습니까? 이사하는 게 마음먹는다고 하루 이틀 사이에 되는 일도 아니고, 저는 지금 그렇게 한가하지 않아요. 다음 주엔 시험도 치러야 하는데, 만약 오늘내일 사이에 집을 비우라고 하면, 전 여기 그냥 드러눕는 수밖에 없습니다."

"무슨 말인지 잘 알겠소."

노인이 말하며 학생의 볼을 가볍게 토닥거린다.

"아주 조금만 더 참으란 얘기요. 요즘 젊은 사람들은 이렇게 참을성이 없다니까. 그렇게 급하다니 내 기회를 봐서 알아보리다."

"벌써 두 주 전에도 그렇게 약속하지 않으셨습니까!"

"그랬었지. 하지만 저 분들 가운데 누구를 새 주인으

로 할지 아직 의견이 모아지지 않은 걸 낸들 어쩌겠소."

"뭐가 그렇게 오래 걸린답니까? 그렇지 않습니까?"

"생각하기 나름이라오. 이런 일에는 시간이 걸리게 마련이지. 하지만 차츰차츰 합의점에 접근하고 있으니, 내 말을 믿으시오. 저분들은 저분들 나름대로 최대한 애를 쓰고 있다오. 하지만 말이오. 이런 이례적인 상황에서 그 해결책을 찾는다는 건 정말 대단히 어려운 일이라오."

"그런데 제가 보기에 저 양반들은 지금 아무것도 안 하는 것 같은데요. 서로 무슨 얘기조차 안 하지 않습니까!"

"알아요, 알아. 안타깝게도 또다시 어떤 난관에 부딪힌 모양이오. 지금은 모두 논의의 새로운 출발점을 찾기 위해 고민하는 중이오. 아무튼 지금은 그냥 좀 기다려 보시오. 그렇지 않으면 시간이 더 걸릴 거요."

하지만 학생은 있는 힘껏 하인을 뿌리치고, 작심한 듯 사람들이 둘러앉아 있는 탁자로 다가간다. 그런데 다가가며 보니, 그들은 미라처럼 빳빳하게 굳어서 미동도 없이 앉아 있는 걸 알 수 있다. 그들의 머리에, 수염에, 옷에, 안경에 먼지가 수북하게 내려앉아 있다. 그들 사이에 쳐져 있는 거미줄이 실바람에 가볍게 흔들리고 있었다. 학생은 말을 잃고 그들을 가리키며 늙은 하인을 바라본다.

"그렇소."

그가 당황해서 중얼거린다.

"꼭 나무 사이에 매달아 놓은 그물 침대 같지 않소?"

학생은 탁자와 의자 밑도 들여다본다. 거기 곳곳엔 아주 작은 발자국들이 먼지 위로 길을 내놓았다. 아마도 쥐며느리나 딱정벌레의 흔적 같다.

"한 모금 하겠소?"

늙은 하인이 물으며 학생에게 병을 내민다.

"이런 광경을 보면 목이 타는 법이지. 안 그렇소?"

학생은 병 냄새를 맡고 기겁을 하며 뒤로 물러선다.

"맙소사, 대체 여기 뭐가 들었습니까?"

"식초."

노인이 갑자기 이전의 근엄한 기품을 갖추며 설명한다.

"식초와 담즙이오. 유명한 조제법이지. 이걸 마시면 정신이 말짱해진다오. 의식이 오락가락하는 이런 상황에서 바로바로 이성을 되찾게 해 주는 유일한 약이지. 보시오. 나는 속이 뒤집힐 대로 뒤집힌 주정뱅이라오. 사람은 어떤 일에든 금방 익숙해지지. 젊은 양반도 여기에 익숙해질 거요."

"전 그렇게 생각 안 합니다."

학생이 대답한다.

"내 처지가 당장 어떻게 될지 알 수 없는 이런 상황, 내 방이 당장 어떻게 될지 알 수 없는 이런 거지 같은 불확실함에 난 절대 익숙해질 수 없습니다."

"오!"

노인이 내뱉고는 슬프게 미소 짓는다.

"그건 시작에 불과하지. 고백하건대, 나 자신도 일이 이렇게 될 줄은 생각 못 했소. 사실 나는 돌아가신 주인의 유언장만 개봉되면 일이 어떻게 돌아가게 될지 알 수 있을 거라고 믿었소."

"그런데 대체 뭐가 끼어들었다는 말입니까?"

노인이 한 모금 마신다.

"사실 끼어든 건 아무것도 없소."

그는 코르크 마개로 병을 닫고 집어넣는다.

학생은 긴 탁자 주위를 천천히 걸으며 먼지를 뒤집어쓰고 있는 상속인들의 얼굴을 하나하나 살펴본다. 한 사람에게 '훅' 하고 입김을 부니 먼지가 구름처럼 피어오른다.

그가 한숨을 쉬며 문직물紋織物로 만든 소파에 앉자, 소파가 순식간에 부서져 내린다. 그는 힘겹게 일어나 먼지를 턴다.

"그래."

그가 말한다.

"이 사람들은 언제까지고 아무것도 하면 안 되는 사람들이야. 그래도 뭔가 남기려 한다면 말이지."

"나도 그렇게 생각하오."

하인이 대답하고 총채로 학생에게 묻은 먼지를 털어 준다.

"앞으로 얼마나 더 걸릴 것 같습니까?"

"그건 말하기 어려운 문제요. 어쩌면 아주 금방 끝날 수도 있고, 그렇지 않을 수도 있지."

"하지만 최소한 제 다락방은 당분간 계속 써도 된다고 봐도 되지 않나요?"

"나라면 오히려 그런 생각은 안 하겠소, 젊은 양반."

"이런, 젠장!"

학생이 나직이 말한다.

"이거 정말 돌아 버리겠네. 사람을 이렇게 허공에 매달아 놓다니!"

노인이 기침을 하며 다시 웃는다.

"우리는 모두 허공에 매달려 있지. 당신도, 저 상속인들도, 그 식구들도, 그리고 나까지도."

그는 줄에 매달린 사람처럼 자기 목을 감싸는 시늉을 한다.

"그리고 이렇게 되면 발도 아주 금방 싸늘해지지."

그는 다시 기침을 한다.

"저 상속인들도요?"

학생이 묻는다.

"저들이 왜요?"

"이젠 저 양반들도 알지 못한다오. 서로 어떤 태도를 취해야 하는지, 누구와 좋은 관계를 유지해야 하고, 누구와는 그렇지 않아도 되는지 말이요. 누구든, 언제든, 누구에게든 중요한 인물이 될 수 있으니까. 누구라도 다른 누구에게 미움을 사는 일을 해선 안 된다는 말이지. 그래서 저들은 벙어리처럼 입을 꾹 다물고 경계하면서 리볼버 총구 같은 눈으로 서로 탐색하는 거라오. 그런데 제일 곤란한 문제는, 저마다 엄청난 수의 식구들을 달고 와서, 이 집의 모든 공간을 차지하고 들어앉았다는 점이오. 하지만 이 집에는 그렇게 많은 손님을 수용할 시설이 없소. 그랬더니 저들은 아래 있는 커다란 홀에다 아예 오두막과 방갈로를 만들어 버렸다오. 게다가 저들은 값진 고가구들을 부수고, 벽에 장식해 놓은 무늬목 널빤지까지 뜯어 냈지. 심지어 요즘은 식사 준비하는 데 필요하다며 마룻바닥 위에 화덕까지 만들었소. 스토브, 전자레인지, 라디오, 텔레비전, 그리고 또 뭐더라…… 아무튼 온갖 전기제품을 돌리느라 이 집의 전력 소모는 이미 감당할 수 있는 선을 넘었다오. 이러다 언젠가 끔찍한 화재가 날 거요. 내가 계속 돌아다니며 부탁도 하고 설득도 하지만,

사람들은 한결같이 "왜 나한테만 이러느냐?"고 할 뿐, 누구 하나 솔선수범하는 사람이 없소. 처음에는 이 모든 게 조금만 참아 넘기면 되는 일이려니 생각했는데, 웬 걸, 그 사이 저들은 아예 살림을 차리고 눌러앉아 버렸지. 정말 눈물이 날 지경이오."

노인은 때에 절어 빳빳해진 손수건을 꺼내 코를 풀었다.

"그런 사정이 있는 줄은 전혀 몰랐네요."

학생이 당황해하며 말한다.

"하긴 전기가 자주 끊기긴 하더군요."

"그리고 나 자신도 완전 허공에 매달린 신세요."

하인이 하소연하는 목소리로 말을 잇는다.

"젊은 양반은 정말 상상도 못 할 거요. 허, 모든 사람들이 나를 자기 전속 하인으로 생각한다오. '이거 해라!', '저걸 구해 와라!', '최대한 빨리 해라!' 그런데 나는 그 말을 거역할 수 없소. 누가 새 주인이 될지 모르기 때문이지. 난 더 이상 그 많은 요구를 일일이 들어 줄 힘이 없소. 그뿐이 아니오. 이 인간들이 이제는 나한테 자기네 스파이 노릇까지 하라고 서로 닦달이지 않겠소? 그런데 난 그 누구의 눈 밖에도 나서는 안 되는 사람이오! 게다가 사고와 이성에 의지해 사는 게 몸에 밴 나 같은 사람에게 그런 일은 정말이지…… 지옥이 따로 없소!

노인은 손수건으로 눈가를 훔친다.

“그런데 더 황당한 건, 이런 상황이 정리된다고 해도 내 처지가 별로 나아질 게 없다는 점이오. 한번 생각해 보시오. 내가 이 일을 계속할 수 있기는 한 건지, 지금 저 인간들한테 시달리고 고생한 최소한의 대가나 제대로 받을 수 있는 건지, 고생만 뼈 빠지게 하고 결국에 나 같은 늙은이는 쓸모없다며 하루아침에 길거리로 내쳐지는 건 아닌지……. 앞날에 대한 이런 걱정과 불안이 다모클레스의 칼처럼 내 머리 위에서 흔들리고 있는데, 대체 무슨 일을 할 수 있겠소. 칼을 매달고 있는 한 가닥 머리털에 스스로 가위질을 해야 하는 현실, 이것이 지금 내가 처한 상황이오. 인간은 정말 잔혹한 존재요! 젊은 양반, 바로 당신 앞에도 이렇게 절망한 인간이 하나 서 있지 않소!”

흐느끼며 노인은 학생의 가슴에 기댄다. 학생은 당황해서 그를 쓰다듬으며 말한다.

“저, 사실 제가 가서 공부를 해야 하긴 하는데……, 지난 며칠 간 밤낮 없이 너무 공부만 파고들었기 때문에, 차라리 지금은 조금 몸을 움직이는 것도 좋을 것 같단 생각도 들고……. 암튼 제가 뭐 거들어 드릴 만한 일이 있으면…….”

늙은 하인은 금세 힘을 얻는다.

"나야 고맙지."

그가 얼른 말한다.

"몸을 움직이는 거야말로 건강에 아주 좋다오. 아무렴, 잠자는 것만큼이나 좋지. 말 나온 김에, 여기 이 총채를 들고 바로 시작하시오! 하지만 조심해서, 잘 해야 하오! 망가뜨리거나 깨뜨리는 물건이 있어선 안 되오!"

그는 문으로 가다가 다시 한 번 뒤돌아서며 엄하게 말한다.

"나중에 와서 제대로 일을 했는지 검사할 거야. 그럼, 수고해, 젊은 친구! 게으름을 피웠다가는 나의 또 다른 면을 보게 될 거야! 어서어서, 뭘 꾸물거리고 있는 게야!"

그가 나가고, 학생은 어안이 벙벙해 그를 바라본다. 그리고 그는 허탈한 웃음을 지으며 어깨를 한번 들썩하고는 총채로 먼지를 털기 시작한다. 구름처럼 피어오르는 먼지에 휩싸여 콜록거리면서 잠시 손을 멈추고 생각에 빠져든다.

"가만있자……."

그가 혼자서 중얼거린다.

"그게 어떻게 되더라? 한번 써 봐야겠다……."

그는 상속인들이 꼼짝 않고 앉아 있는 탁자로 가서, 손가락으로 먼지 위에다 쓰기 시작한다.

"d시그마의 제곱은 c제곱과 dt제곱의 곱과 같다……. X_4와 같은 허수의 시간 좌표를 도입하면, 광속도 불변의 법칙은 d의 제곱이 dX_1의 제곱과 dX_2의 제곱과 dX_3의 제곱과 dX_4의 제곱을 합한 것과 같고, 그 값은 0이다……."

그는 의자를 긴 탁자로 끌어다 두 상속인 사이에 놓고 앉아, 턱을 괴고 계산을 계속한다.

"이 공식은 실제 현실 상황을 나타내고 있으므로 ds공식에도 현실적 의미가 있을 것이다. 또 그렇다면 4차원적 시간 공간 연속체의 인접하는 점들이 이렇게 놓여 있을 때, ds는 소멸하고……, 아냐, 가만있어 봐, 소멸하지 않고…… 소멸하지 않고…… 않고……."

그의 머리가 천천히 탁자 위로 수그러진다. 그리고 그는 먼지에 쓰인 공식 위에 뺨을 대고 고요히, 그리고 어린아이처럼 깊은 숨을 쉬며 잠든다.

4

카테드랄 역은 회청색 암석으로 된 커다란 바윗덩이 위에 서 있었다. 이 바윗덩이는 텅 비고 어스름한 공간을 이리저리 떠돌고 있었다.

그 공간에는 그런 식의 크고 작은 섬들이 더 있었고, 제각기 다른 간격을 유지하며 떠돌았다. 그 위에서 무슨 일이 벌어지고 있는지 알 수 없을 만큼 멀리 있는 섬도 있고, 서로 신호를 주고받을 수 있을 만큼 가까이 있는 섬도 있었다. 같은 속도로 이동하기 때문에 항상 같은 간격을 유지하는 섬이 있는가 하면, 이동하는 속도가 더 빠르거나 더 느려서 더 이상 그 모습이 보이지 않도록 앞서 가거나 뒤처지는 섬도 있었다. 그 섬들 대부분은 사람이 살지 않는 것처럼 보이거나 암흑에 휩싸여 있었고, 단 몇

몇 섬들만 카테드랄 역이 있는 섬처럼 불이 밝혀져 있었다. 카테드랄 역 건물은 바벨탑 같은 모습으로 사람들을 혼란스럽게 했다. 곳곳에 작업용 비계가 세워져 있는 것으로 보아 완성되려면 아직 먼 것 같았다. 건물 석벽의 격자무늬 구멍마다 금사金絲 세공을 해 놓은 듯 빛이 새어 나와 반짝거렸다. 안에서는 오르간 음악이 울리고 있었다.

스피커 소리가 요란하게 울려 퍼졌다.

"알려 드립니다, 환승하실 승객 여러분께 알려 드립니다. d시그마의 제곱에서 출발한 예비 열차는 예정대로 t+dt시時에 ct플랫폼에 도착합니다……."

역 플랫폼에는 회색 군중이 이리저리 파도치고 있었고, 그 밀리는 파도 속에서 그들은 엇갈려 지나며 서로를 밀쳐 내고 있었다. 너나없이 짐을 끌며 소리치고 손짓 발짓을 하니, 서로 뒤섞여 옴짝달싹할 수 없었다. 여기저기 떼 지어 바닥에 주저앉아 있는 사람들이 있는가 하면, 임시변통한 끈으로 묶은 수하물 더미, 상자, 궤짝, 짐 꾸러미 위에 쭈그려 앉은 사람들도 있었다. 하나같이 꾀죄죄한 누더기를 걸치고 있는 그들은 온몸에 이가 득실거리고 눈은 짓무르고 부스럼투성이인 영락零落한 부랑자이거나 거지 몰골들이었다. 그런데 그들이 지니고 있는 바구니와 가방과 자루에는 지폐가 가득했다. 이들 사이를 힘겹게 비집고 오가는 짐 카트 위에도 은행권 다발이 높이 쌓여 있었다.

플랫폼 맨 끝은 허공 밖으로 뻥 뚫려 있었고, 대략 열두 개 정도 되는 레일이 텅 빈 허공으로 뻗어 나가고 있었다. 거기에 소방관 한 사람이 황망한 눈으로 서서 그 야단법석을 바라보고 있었다. 그는 반짝반짝하게 잘 닦인 놋쇠 단추가 달린 짙푸른 제복을 입고 있었으며, 가죽으로 된 목 보호대가 달린 헬멧을 머리에 쓰고, 니켈 도금의 번쩍이는 손도끼를 허리띠 홀더에 꽂고 있었다. 그리고 그는 윗입술 위의 수북한 검은 콧수염으로 멋을 부렸다.

바로 그 옆에는 가냘프게 생긴 젊은 여자가 아주 커다란 여행 가방과 씨름을 하고 있었다. 그녀는 수도복을 입고 있었는데, 무겁고 검은 천으로 만든 수도복은 너무 닳아 나달나달했다. 금욕으로 야윈 창백한 얼굴과 번득이는 눈을 수도복에 달린 모자가 반쯤 가리고 있었다.

소방관이 그 젊은 여자에게 다가갔다.

"실례합니다."

그가 물었다.

"제가 좀 도와 드릴까요?"

그녀는 그가 자기 손에서 가방을 빼앗아 자기 어깨에 짊어 메는 것에 놀라면서도 그대로 내버려 두었다.

"어디로 가십니까?"

"오르간 소리 들리시죠?"

그녀가 말했다.

"이제 곧 제 차례가 되거든요. 창구가 있는 홀로 가야 해요."

그가 앞서 걸으며, 바닥에 누워 지폐 다발을 베개 삼아 잠을 자는 불쌍한 인생들을 몇몇 넘어갔다.

"대체 여긴 어딥니까?"

그가 돌아보며 큰 소리로 물었다.

"그러니까 역 이름이 뭐냐는 말입니다."

"중간역이에요."

"예?"

그가 되물으며 그녀를 곁눈질로 힐끗 보았다. 소음 때문에 자기가 제대로 들었는지 확실치 않았기 때문이었다.

"댁도 그렇습니까? 나도 여기 그냥 지나가기 위해 들렀습니다. 다행스럽게도 여기선 갈아타기만 하면 됩니다."

"모두 그렇게 생각하지요."

그녀가 대꾸했다.

"저 역시 그렇게 생각했어요. 하지만 중간역이라는 건 종착역이라는 거예요. 어쨌거나 이곳에 걸려 있는 마법이 풀리지 않는 한 말이에요. 그런데 마법은 풀리지 않아요. 절대 풀리지 않아요."

스피커가 울렸다.

"일만 삼천칠백십일…… 일만 삼천칠백십……."

허수아비 같은 모습을 한 사람들이 무리 지어 두 사람 사이에 끼어들어 둘을 갈라 놓았다. 젊은 여자가 간신히 다시 남자 곁에 다가서며 서둘러 말했다.

"우리는 결코 도착하지 못할 거예요. 여기 있는 어느 누구도! 그건 댁도 잘 아는 사실 아닌가요?"

"내가 뭘 안다는 말입니까?"

그가 물으며 무거운 여행 가방을 다른 쪽 어깨에 바꿔 멨다.

"무슨 소린지 도통 모르겠습니다."

"기차는 오지도 않고 떠나지도 않아요. 모두 거짓말이에요!"

"말도 안 돼!"

그가 되받았다.

"나는 좀 전에 도착했고, 여기 머물 생각이 전혀 없어요. 이곳엔 아무 볼 일도 없어요."

그녀는 언짢은 듯 가벼운 웃음을 흘렸다.

"그러세요? 두고 보세요. 어디로 가시는데요?"

"페스티벌에……."

그가 자신 없이 말했다.

"뭐, 퍼레이드 같은 거죠……. 제가 표창을 받게 돼서요……. 아마 그럴 겁니다."

좀 화가 난 듯 그가 말을 맺었다.

"미안합니다. 사실 이건 댁하곤 별 상관없는 얘기죠."

두 사람은 거지 떼에 이리저리 떠밀리고, 젊은 여자는 그의 팔을 꽉 붙잡는다.

"그 누구도 도착하지 못한다니까요!"

그녀가 그의 귀에 대고 소리쳤다.

"누구도, 그 누구도 말이에요!"

벗겨진 머리에 종기가 뒤덮인 거구의 부랑자 하나가 삐걱삐걱 바퀴 소리가 나는 철제 카트를 두 사람에게 밀어붙이는 바람에, 그들은 길을 비켜 주어야만 했다. 카트에는 하늘색 아이용 관棺 하나가 실려 있었다. 뚜껑이 반쯤 열린 그 관에는 지폐가 넘쳐 났다. 소방관은 그것을 물끄러미 바라보다가, 짐을 들지 않은 손으로 순식간에 이마에 배어 나온 땀을 훔쳤다. 그는 서둘러 걸음을 재촉하며, 이번에는 자기 쪽에서 거칠게 거지 떼를 밀어제쳤다.

그와 젊은 여자는 창구 홀의 입구에 서 있는 커다란 아치 모양의 문 앞에 거의 다다랐다. 이곳엔 오르간 음악이 시끄럽게 울리고 있어서 말을 주고받는 것조차 어려웠다. 음악이 잠시 끊겼을 때, 그가 말했다.

"잠깐만요, 당신 가방에서 알람 시계가 재깍재깍하는데요."

그녀의 얼굴이 한층 더 창백해졌다.

"알람 시계가 아니에요."

그녀가 쉰 목소리로 대답했다.

"일만 이천구백삼……."

스피커가 외쳐 댔다.

"일만 이천구백이……, 일만 이천구백일……."

두 사람은 인파를 반대로 헤치며 커다란 창구 홀에 다다랐고, 남자는 여행 가방을 내려놓았다. 그들은 사람들에 떠밀려 아치문 기둥 쪽에 나란히 서게 되었다.

창구 홀은 엄청나게 컸으며, 위쪽은 어둠에 감춰져 있었다. 왼쪽 벽에는 반원형으로 오목하게 파인 벽감壁龕이 있고, 오른쪽에는 중간쯤 높이에 난간이 설치된 층層이 있었으며, 그 위엔 파이프 오르간이 산처럼 커다랗게 솟아 있었다. 벽감 위에는 장미 무늬 장식 대신 커다란 시계가 걸려 있었다. 숫자판 뒤에 불이 들어와 있지만 바늘은 없는 시계였다. 그 아래 조금 솟아오른 평면에 제단이 있고, 그 가운데엔 성궤가 솟아 있었다. 육중한 금고 모양의 그 성궤의 문에는 숫자 자물쇠 다섯 개가 오각형을 거꾸로 세운 모양으로 배열되어 있었다. 제단과 성궤 그리고 모든 돌출부와 난간까지, 가능한 모든 자리에 불꽃이 펄럭이는 양초가 세워져 있었고, 흘러내린 촛농이 계단 폭포처럼 굳어 있었으며, 사방에 수염 고드름과 솔방울 모양을 만들고 있었다. 그리고 다양한 높이의 사다리 수백 개가 벽을 빙 둘러 세워져 있었다. 가련한 인생들이 서로 밀고 밀리는 모습은 바깥 플랫폼보다 이곳 홀이 훨씬 더 처절했다. 규칙적으로 움직이는 군중들은 서로 거품을 내며 부딪치는 소용돌이와 파도처럼 보였다. 공기는 빵 굽는 오븐 속처럼 뜨겁고, 연기와 먼지가 안개처럼 사방에 피어올랐으며, 땀 냄새와 쓰레기 냄새가 진동했다.

제단 앞에선 불쌍하게 생긴 사람 몇몇이 무도舞蹈 의식을 하는 듯 끊임없이 껑충껑충 뛰어다녔다. 발목까지 오는 지저분한 잿빛 가운으로 몸을 휘감은 그들은 코가 포도송이처럼 울퉁불퉁하고 이가 다 빠져 있고 턱밑으로 혹이 달렸으며 목은 종기로 뒤덮여 있었다. 등은 굽고 뱃가죽은 축 늘어지고 손과 발은 뒤틀릴 대로 뒤틀린 기괴한 모습이었다. 그들은 온갖 잡다한 기계를 조작하며 군중 머리 너머로 주식 중개인처럼 손가락으로 쉴 새 없이 신호를 보내기도 했다. 이따금 금고가 열리고 상당한 양의 지폐 다발이 쏟아져 나왔다. 그 혐오스러운 인간들 가운데 하나가 돈다발 하나를 집어, 두 손으로 엄숙하게 높이 쳐들어 군중에게 보여 주었다. 군중들은 무릎을 꿇었고, 오르간이 어마어마하게 커다란 소리를 토해 내면, 천 개의 목소리가 합창으로 '기적과 비밀!'이라고 절규했다. 돈다발은 앞줄에 있는 가련한 군상群像에게 나눠졌고 금고는 닫혔다. 그리고 의식은 곧바로 처음부터 다시 시작되곤 했다. 돈을 받은 사람들이 자기가 얻은 몫을 안전한 곳으로 가져가기 위해 군중을 헤치고 나가면, 뒤에서 밀어닥친 사람들이 그 자리를 차지했다. 사다리 위로는 날쌘 잡역부들이 끊임없이 붕붕 날듯이 오르내리며 벽 높은 곳 어딘가로 돈다발을 날랐다.

그제야 비로소 소방관은 모든 석벽과 지주와 기둥이 그렇게 쌓아 올린 지폐 다발로 되어 있다는 사실을 깨달았다. 자기가 밀어붙여져 있는 아치문의 기둥 역시 마찬가지였다. 카테드랄 전체가 지폐로 된 벽돌로 세워져 있었던 것이다. 그리고 이 카테드랄 역은 계속해서 증축되고 있었다. 성궤가 열릴 때마다 다량의 돈다발이 새로 토해져 나오기 때문에 가능한 일이었다. 주위에선 수천 수만의 촛불이 춤추고 흔들리며 촛농을 흘리고 떨어뜨리고 있었다.

"맙소사!"

그가 중얼거렸다.

"이거, 안전 기준은 아예 안중에도 없잖아! 모두 제정신들이 아냐!"

그는 헬멧을 벗어 안쪽 가죽에 묻은 땀을 손수건으로 닦았다. 재킷 단추는 이미 풀어져 있었다. 오르간이 잠잠해졌다.

"저, 부탁 좀 드려도 될까요?"

묵묵히 그를 지켜보고 있던 젊은 여자가 물었다.

"제가 급히 성가대석에 가 봐야 하거든요. 오래 걸리진 않을 거예요. 그동안 제 짐 좀 봐주실 수 있을까요?"

그가 끝없이 이어지는 촛불에서 눈을 떼지 않고 넋 나간 표정으로 끄덕였다. 그리고 말했다.

"이러다간 분명 큰불이 날 텐데 말이야."

교활하게 생긴 사내 하나가 행상용 목판을 앞에 메고 갑자기 그의 앞에 나타났다. 둥그런 중산모中山帽를 쓴 그는 양 볼이 움푹하게 파여 거의 구멍이 난 것처럼 보일 정도였다. 목판에는 봉함한 봉투가 수북이 쌓여 있었다.

"소방관 나리, 행운이 나리를 쫓아오고 있습니다!"

사내가 일그러진 미소를 흘리며 말했다.

"쫓아 버리지 마시고, 한 번뿐인 이 기회를 놓치지 마십시오. 두 번 다시 오지 않습니다. 이 기회를 잡으십시오."

"행운이라니요?"

소방관이 물었다.

"무슨 말이오?"

사내가 물고기 같은 눈으로 그를 바라보았다. 그의 손은 신경질적으로 봉투를 만지작거리고 있었다.

"거저 드립니다. 모두 공짜입니다. 사양하지 마십시오!"

"거저라니요?"

소방관이 고개를 저었다.

"이거 보시오. 난 말이오, 그런 공짜 호의를 덜컥 받아들일 만큼 대단한 사람이 아니오."

사기꾼이 피식거렸다.

"예, 그렇습죠. 그런데 진짜 큰 수익을 내는 비법은 종종 어처구니없는 역발상에 숨어 있습니다. 아무튼 나리, 저를 믿으십시오. 그리고 사양하지 마십시오! 약속하건대, 나리는 이제 곧 이런 공짜 호의를 두려워하지 않을 만큼 큰 부자가 될 겁니다."

"거기 갖고 있는 게 대체 뭐요?"

이 양아치 같은 인간이 새삼 얼굴을 일그러뜨리며 미소를 지어 보였다.

"나리, 제가 갖고 있는 이건 카테드랄 역의 최신 주식株式입니다. 나리께서 이걸 받으시면, 아, 물론 말씀 드린 대로 거저죠, 나리께서도 **기적의 자산 증식**을 통해 확실한 배당을 받게 되실 겁니다."

"아, 나는 됐습니다."

소방관이 대답했다.

"그런 배당 같은 건 필요 없소. 난 그저 이곳을 지나가는 여행객일 뿐이오. 난 한시바삐 이곳을 뜨고 싶은 생각밖에 없소."

"그건 모두 그랬었죠."

사내가 말했다.

"하지만 모두 생각을 바꿨습죠. 자신에게 주어진 유리한 기회를 이용할 줄 아는 사람이 얼마나 많은지 한번 보십시오. 그리고 그런 사람들이 점점 늘어나고 있습니다. 영리한 사람이 얼마나 많은지, 그런 사람들은 그렇게 요리조리 재고 따지지 않아요. 혹시 나리가 저 많은 사람들보다 더 똑똑하다고 생각하십니까?"

"그게 문제가 아니란 말이오."

소방관이 말려들지 않고 말했다.

"어차피 이곳은 오래가지 않을 거요. 얼마 가지 않아 무서운 최후를 맞게 될 거요."

"뭘 몰라도 한참 모르시는군!"

그 사내가 말했다.

"**기적의 자산 증식**은 영원히 계속됩니다. 절대 중단되지 않아요. 그게 중단되지 않는 한 아무도 떠나려 하지 않습니다. 그리고 아무도 떠나려 하지 않는 한 기차도 움직이지 않지요. 모든 것이 지금 이대로 머물게 된다고요! 어쨌거나 주식은 좀 받아 두는 게 좋을 텐데요. 두세 장이라도 말이에요."

"싫소!"

소방관이 그에게 냅다 소리를 질렀다.

"예, 예, 알았어요, 알았다고요!"

사기꾼이 진정시키려고 양손을 들었다.

"나중에 날 원망하지는 마시오. 난 분명히 말했으니까."

그는 모자를 살짝 들어 보이고는 서둘러 인파 속으로 모습을 감췄다.

"일만 칠백구……."

스피커가 으르렁거렸다.

"일만 칠백팔…… 일만 칠백칠……."

오르간 음악이 다시 울렸다. 이번엔 은은한 멜로디의 오래된 합창곡이었다. 들려오는 소리는 여자 한 사람의 목소리뿐이었지만, 그 목소리는 거대한 공간에 따뜻하고 강하게 울려 퍼졌다. 아무도 그것에 주의를 기울이지 않았고 오로지 소방관만이 놀라서 소리가 나는 성가대석을 올려다보았다. 저 위 난간에 서서 노래하는 사람은 바로 그 검은 수도복을 입은 젊은 여자였다.

"예술가였군!"

그가 속삭였다.

"진짜 예술가였어! 전혀 몰랐어!"

그는 그 아름다운 목소리에 완전히 넋이 나가, 처음엔 그 노래의 가사가 귀에 들어오지 않았다. 그 목소리에 담긴 독특한 울림이 그의 육체 속 가장 깊은 곳을 찌르는 듯했다. 특히 고음에서 저음으로 떨어질 때마다 생기는 미세하면서도 히스테릭한 파열에 그는 제대로 명치를 얻어맞는 것 같았다. 그가 황홀하게 귀를 기울이자, 이제는 그 가사까지 그의 의식을 파고들었다.

"분망한 세상의 방랑자여,
시간 속에서 우리는 정처 없다네.
오로지 사심 없는 순수한 사랑을 통해서만
그대는 지금과 여기에 이르리라.
영혼이여, 준비할지라.
지금과 여기는 영원이나니!"

그리고 그녀는 뒤로 물러나 그의 시야에서 사라졌다. 오르간이 다시 윙윙거리며 그 주제를 변주했다. 반대편 제단에선 다시 성궤가 열리고, 돈다발이 무더기로 굴러 떨어졌다.

"일만 오백십팔……."

스피커가 진동했다.

"일만 오백십칠……."

지폐가 가득한 광주리를 젊어진 여자 거지가 밀고 밀리는 와중에 소방관 앞까지 떠밀려 와 한쪽 목발 끝으로 소방관의 발을 짓눌러 넋놓고 바라보던 그를 깨웠다. 그는 가수가 자신에게 맡긴 가방을 찾으려고 사방을 둘러보았다. 그는 가방이 없어져 버린 것을 확인하고 놀랄 수밖에 없었다. 부랑자 무리를 헤치며 이리저리 찾아보아도 가방은 보이지 않았다. 그가 노래에 빠져 있는 사이 도둑맞은 것이 분명했다. 어쩌면 행상 목판을 멘 사내가 쓸데없이 자꾸 말을 걸었을 때 이미 없어졌는지도 모른다. 그는 자신의 부주의가 한심스러웠다. 어쨌거나 그는 이 사실을 젊은 여자에게 빨리 알려야만 했다.

그는 아비규환의 불량배 무리 속에 몸을 던져 소용돌이에 휩쓸렸다. 그는 이리저리 부딪치며 간신히 인파를 헤치고 마침내 성가대석으로 올라가는 계단 밑에 이르렀다. 그가 계단을 올라가려고 하자 교활하게 생긴 젊은 사내 둘이 힘으로 그를 막아섰다. 그가 어리둥절해하는 사이 그의 팔은 이미 등 뒤로 꺾여 버렸다.

"당신, 주주株主야?"

한 녀석이 물었다.

소방관은 고개를 흔들었다.

"그럼 여기서 뭐하는 거야?"

"저 가수에게 할 말이 있소. 급한 일이오. 제발 이거부터 좀 놔주시오!"

두 녀석은 눈짓을 교환하더니, 그를 앞에 있는 계단으로 밀어 올렸다. 다른 곳과 마찬가지로 이곳에도, 난간과 계단에까지 촛불이 세워져 있었다.

위에 올라오니, 오르간 앞에 땀범벅이 된 웃통을 드러낸 한 건장한 남자가 건반을 내려다보며 앉아 있었다. 그의 긴 회색 머리와 수염은 기름지고 뒤엉켜 덤불을 이루고 있었고, 등과 어깨까지 뻣뻣한 털이 뒤덮여 있었다. 그의 무릎 위에 말 타는 자세로 앉아 그의 목에 팔을 감고 있는 것은 그 젊은 여자였다. 그녀의 검은 수도복은 허리까지 걷어 올려져 있었고, 그 속엔 아무것도 입고 있지 않았다. 그녀의 얼굴은 땀과 눈물로 범벅이 되어 있었다. 그녀는 눈을 감은 채 입은 들리지 않는 절규를 하는 것처럼 벌리고 있었다. 남자는 팔과 다리를 휘두르며 오르간을 연주했다. 그 소리가 성가대석 전체를 진동시켰다.

젊은 사내들은 소방관을 남자와 여자 앞으로, 거의 얼굴이 닿을 정도로 가깝게 밀어붙였다. 그러자 고래고래 소리 지르며 주고받는 두 사람의 대화가 들렸다.

"벌써 어두워졌나?"

"자기야…… 아직 아니에요."

"어두워지는 대로 여길 뜨자고."

"자기야…… 그래요."

"넌 걱정할 것 없어. 우린 여기서 빠져나가는 거야. 내 약속하지. 난 지금까지 어디서나 잘 빠져나왔어. 어쨌거나 그게 내 생의 대부분이니까. 어둠 속에서 난 더 유리하거든."

"결코 어두워지지 않을 거예요!"

그녀가 외쳤다.

"결코 끝나지 않아요! 우리는 도착하지 못한다고요!"

"실례합니다!"

소방관이 외쳤다.

"저…… 방해하고 싶지는 않습니다만, 미안합니다. 댁의 가방 때문에 그러는데요, 죄송합니다만, 그만 도둑을 맞았습니다."

"예, 그래서요?"

젊은 여자가 눈을 뜨지 않고 대답했다.

"성가신 게 없어졌다니 기뻐해야겠네요. 사실은 그러려고 당신에게 가방을 맡겼던 거니까요. 하지만 소용없어요. 가방은 언제나 저한테 다시 돌아오거든요. 이미 갖은 방법을 다 써 본 걸요."

남자가 오르간 연주를 멈췄다. 그는 천천히 고개를 돌

려 묻는다.

"누구하고 얘기를 하는 거야? 거기 누구야?"

"모르겠어요."

그녀는 여전히 눈을 감은 채 대답했다.

"누군가겠죠."

소방관은 그 오르간 연주자의 얼굴을 보고 소스라치게 놀랐다. 양쪽 눈구멍은 비어 있었고, 코뼈는 부러져 있었다. 무시무시한 흉터가 얼굴을 가로질러 이등분했다.

"저자에게 말해, 꺼지라고."

사내가 말했다.

"지금 당장 말이야."

"예, 물론입니다."

소방관이 당황해서 더듬거렸다.

"저는 단지…… 가방 때문에…… 신고라도 해야 할 것 같아서…… 분명 뭐가 많이 들었던데…… 귀중품 같은 것 말입니다."

여자가 계속해서 눈을 감은 채로 말했다.

"당신도 재깍거리는 소리를 듣지 않았나요?"

"아, 예."

그가 대답했다.

"알람 시계요."

그녀는 천천히 고개를 흔들었다.

"폭탄이에요. 당신이 날 돕는다고 이리저리 끌고 다녔던 그건 시한폭탄이에요. 가방 안에 그것밖에 안 들었어요."

소방관은 두어 번 침을 삼키고 나서야 간신히 다시 말문을 열었다.

"아니…… 아니, 그런 물건을 몇 시간이나 끌고 다녔다니!"

"몇 시간이라고요?"

그녀가 말을 되받았다. 그리고 장님은 소리 없이 웃었다.

"정말 훌륭한 소방관이셔! 하지만 제가 말했죠? 가방은 언제나 나한테 돌아온다고. 벌써 몇 년째 그래요! 그렇다고 내 할 일을 못 하는 건 아니지만, 때때로 너무 피곤해서……."

"이런, 맙소사!"

소방관의 목소리가 높아졌다.

"폭탄이라는 건 언제 터질지 모르는 물건이라고요!"

"맞아요."

그녀가 말했다.

"그럼 여기 있는 사람 모두 위험하지 않소! 어서 그 물건의 뇌관을 제거해야 해요!"

"해 보세요."

그녀가 말했다.

"폭탄 뇌관을 제거하려면 가방을 열어야 해요. 그런데 가방을 열면 폭발하거든요."

"그럼, 가방을 통째로 버리면 되잖소!"

"한번 해 보시라니까요!"

여자가 대답했다.

"그걸로 골머리를 앓아 봐야 별 소용이 없다는 걸 알게 될 거예요. 될 대로 되라고 기다리는 수밖에 없었어요."

그제야 그녀가 처음으로 울어서 부은 눈을 떴다.

"그런데요……."

그녀가 나직이 덧붙였다.

"폭탄은 여기서 쓰려고 있는 게 아니에요. 이 중간역에 쓰려는 게 아니란 말이에요."

그녀가 말하는 사이, 사내는 그녀와 함께 오르간 의자에서 굴러 떨어졌고 두 사람은 바닥 위를 나뒹굴었다. 여자는 두 다리로 사내의 허리를 꽉 죄며 눈이 뒤집혀 외쳤다.

"난 도착하고 싶어요! 당신은 왜 그렇게 모르세요? 이젠 제발 도착하고 싶다고요! 다른 건 다 필요 없어요. 도착하기만 하면 돼요!"

그들은 광란을 벌이다가 촛대 몇 개를 넘어뜨렸고, 초

는 이미 촛농으로 반질반질한 지폐 바닥을 굴러다니며 순식간에 곳곳에 불을 붙이기 시작했다. 소방관은 재킷을 벗어 불길을 내려쳤다. 그러나 소방관의 재킷 역시 흐르는 촛농을 빨아들여 불이 옮겨 붙었다. 천신만고 끝에 그는 간신히 불길을 잡을 수 있었다. 한숨을 내쉬며 주위를 둘러보니, 성가대석에는 자기 혼자밖에 없었다. 그는 언짢은 표정으로 여기저기 그을려 걸레가 된 자신의 재킷을 바라보았다.

"이거, 원."

그가 투덜거렸다.

"여기선 그냥 갈아타기만 할 생각이었는데……."

"팔천구백이십칠……."

스피커가 울렸다.

"팔천구백이십육……, 팔천구백이십오……."

반대편 제단에선 불이 나는 야단법석에도 아랑곳없이 **기적의 자산 증식**이 계속 진행되고 있었다. 거지 무리 가운데 누구 하나 이 성가대석에서 일어난 일에 관심을 갖지 않았다. 제단 왼쪽에 있는 설교대에 쇠약한 노인 하나가 막 올라왔다. 그의 얼굴은 엄청나게 큰 매부리코 때문에 독수리 같아 보였다. 그는 종이로 된 모관(*미사 때에 성직자가 의식으로 쓰는 사각 모자. 이하 *표시-옮긴이 주) 같은 것을 머리에 쓰고 팔을 크게 휘두르며 설교했다.

"모든 신비한 것들 가운데 가장 신비한 것, 그것을 누리는 사람은 축복받은 사람입니다! 돈은 진리, 그것도 유일한 진리입니다. 우리는 모두 그것을 믿어야 합니다. 여러분의 믿음은 확고하고 맹목적인 것이어야 합니다! 여러분의 믿음으로 비로소 돈은 그 가치가 드러납니다. 모름지기 가장 진실한 것 또한 상품이며, 그것은 수요와 공급의 영원한 법칙을 따르고 있습니다. 그러므로 우리의 신은 질투가 많은 신이며, 당신 곁에 다른 신이 존재하는 것을 용납하지 않으십니다. 그러면서 신은 당신 자신을 우리 손에 맡겨, 당신 자신을 상품으로 만드십니다. 그래서 우리가 그것을 소유할 수 있도록, 신의 은총을 누리도록 해 주십니다……."

설교자의 음성은 높고 날카로웠지만 주변의 소음 때문에 거의 알아들을 수가 없었다. 소방관은 군중을 헤치며 힘겹게 앞으로 나아갔다. 그는 자신의 손이 미치는 대로 사방에 불타는 촛불을 꺼 나갔다. 놀라고, 당황하고, 성난 눈들이 그를 노려보았다. 그는 상관하지 않았다. 그것이 소용없는 일이라는 것을 알면서도 그는 자신의 임무를 수행했다. 그가 지나가자마자 초에 불이 다시 당겨지기 때문이었다. 점점 그는 숨 막힐 듯한 분노에 휩싸여 갔다.

"돈은 전능합니다!"

설교자가 외쳤다.

"돈을 주거니 받거니 하면서 인간들은 서로 맺어집니다. 돈은 모든 것을 그 어떤 것으로도 바꿀 수 있습니다. 정신을 물질로, 물질을 정신으로 바꾸며 돌을 빵으로 만들고, 무에서 가치를 만들어 냅니다. 돈은 스스로 영원히 자기 증식을 합니다. 돈은 전능하며, 돈은 신이 우리에게 강림한 모습이며, 돈은 신입니다! 모든 사람이 모든 사람 덕분에 부유해지면, 결국 모든 사람이 부유해집니다! 그리고 모든 사람이 모든 사람의 부담으로 부유해지면, 아무에게도 부담이 되지 않습니다. 모든 기적 중 최고의 기적입니다! 사랑하는 신도 여러분, 이 모든 부가 어디서 오는지 궁금하십니까? 잘 들으십시오. 부는 돈 자체가 지니고 있는 미래의 수익에서 옵니다! 돈 자체가 지닌 미래의 이익을 지금 우리가 당겨서 누리는 것입니다! 지금 갖고 있는 것이 많을수록 미래의 수익은 커지고, 미래의 수익이 클수록 '지금' 가질 수 있는 것 역시 많아집니다. 그래서 우리는 영원히 우리 자신의 채권자인 동시에, 우리 자신의 채무자입니다. 그렇게 우리는 우리 빚을 스스로 탕감하는 것입니다. 아멘!"

"그만두시오!"

소방관이 외치며, 설교대 계단을 기어올랐다.

"그만둬! 집어치워! 당장 집어치우라고! 여기서 벌어

지는 이 모든 미친 짓들을 도대체 누가 책임질 거야! 이 집회를 중단하시오! 여기 있는 사람 전원에게 요청한다! 모두 이 건물에서 떠나라. 지금은 생명이 아주 위급한 상황……."

커다란 창구 홀이 순식간에 쥐 죽은 듯 조용해졌다.

"저자는 채권자가 아니다!"

제단에 있던 사기꾼 하나가 외쳤다.

"어떻게 여기에 채권 없는 자가 들어온 거야?"

"당신은 주식을 갖고 있는가?"

설교자가 그에게 소리쳤다.

"지금 그런 건 중요하지 않소!"

소방관이 되받아 소리쳤다.

"이성들을 찾으시오! 바로 당신들 자신을 위해서야!"

"저런, 채권도 없는 놈이 어디서!"

군중이 들끓기 시작했다.

"저렇게 함부로 주둥이를 놀리는 놈을 때려죽여라!"

걷잡을 수 없는 소동이 벌어졌다. 다리를 절룩거리는 가련한 인생들이 설교대 계단을 기어올라 와 소방관의 멱살을 잡았다. 그리고 목을 조르고 주먹질을 하며 그를 설교대 난간 너머로 떠밀었고, 그는 떨어져 사정없이 바닥에 나뒹굴었다. 그 위로 목발과 지팡이가 빗발치듯 날아들었고, 완전히 맥을 놓을 때까지 쉴 새 없이 걷어 차이고 짓밟혔다.

"육천삼백십사……."

스피커가 울려 퍼졌다.

"육천삼백십삼……, 육천삼백십이……."

얼마나 시간이 흘렀을까. 소방관은 다시 정신을 차리고 몸을 일으키려 했다. 머리가 깨질 듯이 아팠다. 왼쪽 눈은 퉁퉁 부었고, 입과 코에선 피가 흘렀다. 자기 몸을 살펴보니 재킷과 바지는 누더기가 되어 있었고, 헬멧은 어디로 갔는지 보이지 않았다. 이제 그 자신도 이곳에 있는 가련한 인간들과 다름없는 신세가 된 것이었다. 그들은 다시 그의 주변에 몰려들었으나 더 이상 아무도 그에게 관심을 갖지 않았다. 그는 일어서려고 했지만 이내 다시 나동그라졌다. 사방이 빙빙 돌고 속이 뒤집히는 것처럼 불편하고 메스꺼웠다. 그는 속에 있는 것을 다 토해냈다.

잠시 후, 그는 군중의 발 사이를 이리저리 기어 다니다, 어느 한쪽 벽에서 고해실을 발견했다. 녹아서 흘러내리는 촛농 때문에 그곳은 마치 종유굴 같아 보였다. 그는 가까스로 안으로 기어들어 가 문을 닫고, 한쪽 구석에 몸을 기댄 후, 또다시 의식을 잃었다.

귓가에 들리는 작은 소리가 그를 깨우기까지 얼마나 긴 시간이 흘렀는지 알 수 없었다. 바깥 홀의 시끄러운 소음과 외침은 여전히 격렬했다. 어디선가 절망스럽게 흐느끼는 어린아이의 목소리가 들렸다. 그 작은 소리는 고해실을 두 개의 작은 방으로 나누는 칸막이벽의 작은 창살 틈까지 흘러들고 있었다. 소방관은 흠칫 놀랐다. 지금까지 카테드랄 역 전체에서 아이를 본 적이 없었기 때문이다. 그는 창살 사이로 들여다보았지만, 아무것도 보이지 않았다. 그 대신 흐느낌 사이사이로 낮게 속삭이는 소리가 들렸다.

"신이시여, 당신은 어디 계시나이까? 그리고 세상은 어디에 있습니까? 저는 세상을 찾을 수 없습니다……. 세상은 이제 더 이상 없습니다……. 저는 이미 죽었습니다……. 또 나는 아예 세상에 아직 태어나지도 않았습니다……."

"너, 너는 누구니?"

소방관이 물었다.

"들으려고 해서 들은 건 아니다만, 네 얘기를 모두 들었단다. 미안하다. 하지만 네게 하나만 얘기하고 싶구나. 이곳은 단지 중간역에 지나지 않는단다. 그러니까 말이다……. 얘, 얘야, 거기 있는 거니! 내 말이 들리니? 나하고 얘기하고 싶지 않은 거니?"

반대편은 계속 조용했다. 그는 반대편을 살펴보려고 고해실 문을 열었다. 거기엔 아무도 없었다. 거기엔 커다랗고 무거운 여행 가방이 놓여 있을 뿐이었다.

소방관에게 아직껏 남아 있는 장비는 허리에 차고 있는 번쩍거리는 손도끼뿐이었다. 그는 그것을 홀더에서 꺼냈다.

"지금과 여기!"

그가 큰 소리로 말했다.

"지금과 여기!"

그는 손도끼의 뾰족한 등으로 가방의 자물쇠를 부쉈다. 그는 천천히, 그리고 아주 조심스럽게 가방을 열었다. 가방은 비어 있었다.

그는 몸을 일으켰다. 식은땀이 관자놀이에서 양 볼을 타고 흘러내렸다.

"칠백육십팔……."

스피커가 으르렁거렸다.

"칠백육십칠……, 칠백육십육……."

그리고 이제 숫자를 알리는 무덤덤한 목소리 뒤로 작지만 분명하고 또렷하게 재깍거리는 소리가 들려왔다. 그 소리는 점점 커지면서 위협적으로 다가왔다.

소방관은 카테드랄의 홀에서 빠져나가려고 안간힘을 썼다. 몇 번을 사람들에 치이고 밀리면서도 얼마 후 그는 플랫폼에 이를 수 있었다. 스피커 소리가 이제는 끊임없이 숫자를 세고, 재깍거리는 소리가 망치 소리처럼 울렸다.

"백오십삼…… 백오십이…… 백오십일…… 백오십…… 백사십구……."

마침내 그는 레일이 텅 빈 공간으로 뻗어 있는 그 플랫폼으로 다시 돌아왔다. 거기에는 젊은 여자가 입고 있던 참회복이 놓여 있었다. 그는 그것을 집어 들고, 플랫폼이 끝나는 가장자리에 앉았다.

그는 주변의 다른 섬들이 저녁 하늘의 구름들처럼 어스름한 공간을 떠돌고 있는 아득히 먼 곳을 바라보았다. 어떤 섬들은 컴컴하고, 또 어떤 섬들은 카테드랄 역이 있는 섬처럼 불이 밝혀져 있었다.

"어쩌면 기차는 떠났는지도 모르겠군."

소방관이 텅 빈 공간을 향해 말했다.

"그녀가 어디로 가려고 했는지는 모르지만, 어쩌면 그녀는 그 사이 도착했는지도 모르지……."

그리고 그는 누더기가 된 무겁고 검은 수도복을 쓰다듬으며 귀를 기울였다. 재깍거리는 소리가 스피커 소리와 엇갈리며 참을 수 없을 만큼 커졌고, 스피커의 무덤덤한 목소리는 마지막 숫자들을 거꾸로 세고 있었다.

"칠…… 육…… 오…… 사…… 삼…… 이…… 일…… 제로……."

5

무겁고 검은 천은 수직으로 주름을 이루며 드리워져 있다. 검은 천의 위쪽과 양끝은 어둠 속으로 사라지고 있다. 실제 느낄 수는 없지만, 그래도 공기가 흐르기는 하는 듯, 이따금 주름이 앞뒤로 조금씩 흔들리고 있다.

그는 이것이 무대의 막이라고, 그리고 막이 오르기 시작하면 그 즉시 춤을 추기 시작해야 한다고 들었다. 무슨 일이 있어도 절대 당황해서는 안 된다는 엄중한 경고도 들었다. 왜냐하면 여기 이 무대에서 바라보면 객석이 때때로 텅 비고 깜깜한 낭떠러지처럼 보이기도 하고, 또 때로는 시장이나 번화가의 분주하고 번잡한 모습으로 보이기도 하고, 또 어떤 때는 학교 교실이나 묘지를 내려다보는 기분을 갖게도 하기 때문이라는 것이다. 하지만 이 모든 것이 착각이라고 한다. 한마디로, 그는 자신이 어떤 인상을 받는지, 누가 자신을 보고 있는지 아닌지 따위에는 조금도 신경 쓰지 말고, 막이 오르는 동시에 솔로로 춤을 추기 시작해야 한다는 것이다.

그래서 그는 지금 발끝으로 곧추세운 발과 바닥에 붙인 발을 엇갈리게 짚은 자세로, 오른손을 허공에 드리우고 왼손은 허리에 가볍게 댄 채 막이 오르기를 기다리며 서 있었다. 이따금 더 이상 참을 수 없을 정도로 힘이 들면 자세를 바꾸었다. 그러니까 자기 모습을 거울에 비추었을 때처럼 좌우가 뒤바뀐 자세로 말이다.

아직 막이 오를 기미는 없었다.

저 높은 어딘가에서부터 희미한 빛이 그의 머리 위로 모아지고 있었지만, 자기 발조차 보이지 않을 정도로 약한 빛이었다. 그렇게 자신을 둘러싸고 있는 빛의 울타리 안에서 그는 눈앞에 있는 무겁고 검은 천만 겨우 알아볼 수 있었다. 춤을 추려면 방향을 잡아야 하는데, 이 천만이 유일한 실마리였다. 무대는 완벽한 어둠에 휩싸여 있고 평원처럼 넓었기 때문이다.

그는 무대 배경이 있기는 한 건지, 있다면 어떤 모양일지 생각해 보았다. 그가 추게 될 춤엔 배경이 그다지 중요하지는 않았지만, 그래도 자신이 어떤 배경 속에서 등장하게 될지 알고 싶었다. 파티가 열리는 홀일까? 아니면 자연 풍경일까? 분명한 것은, 막이 오르면 조명도 바뀔 거라는 점이다. 그러면 이러한 의문도 모두 풀릴 것이다. 그는 발끝으로 곧추세운 발과 바닥에 붙인 발을 엇갈리게 짚은 자세로, 오른손을 허공에 드리우고 왼손은 허리에 가볍게 댄 채 기다리며 서 있었다. 이따금 더 이상 참을 수 없을 정도로 힘이 들면 자세를 바꾸었다. 그러니까 거울에 비춘 자기 모습을 또 거울에 비추었을 때처럼 좌우가 뒤바뀐 자세로 말이다.

그는 넋을 놓고 있어서는 안 되었다. 언제 막이 오를지 모르기 때문이다. 막이 오르면 몸과 마음을 다해 자신이 보여 줄 수 있는 것을 다 보여 줘야 했다. 그의 춤은 힘찬 북소리와 함께 격렬하고 열정적인 도약으로 시작된다. 시작 타이밍을 놓치면 그것으로 모든 게 끝이다. 한 번 엇나간 박자는 다시 따라잡을 수 없다. 그는 머릿속으로 모든 스텝을 다시 한 번 밟아 보았다. 피루에트, 앙트르샤, 주테, 그리고 아라베스크…….

모든 것이 생생하게 떠올라 그는 만족스러웠다. 잘할 자신도 있었다. 그의 귀에는 이미 황금빛 바다의 파도처럼 박수갈채가 밀려들었다. 박수에 대해 인사하는 동작도 다시 한 번 그려 보았다. 별 것 아닌 것 같아도 그것은 중요한 동작이었다. 그 동작을 잘하면 때때로 그만큼 박수를 오래 끌 수 있기 때문이다. 이런 온갖 생각을 하면서 그는 발끝으로 곧추세운 발과 바닥에 붙인 발을 엇갈리게 짚은 자세로, 오른손을 허공에 드리우고 왼손은 허리에 가볍게 댄 채 기다리며 서 있었다. 이따금 더 이상 참을 수 없을 정도로 점점 더 힘이 들면 자세를 바꾸었다. 그러니까 거울에 비춘 자기 모습을 거울에 비추었을 때처럼 좌우가 뒤바뀐 자세로 말이다.

막은 여전히 오르지 않고 있었다. 그는 그 이유가 무엇일까 스스로 따져 보았다. 자신이 춤출 준비를 하고 여기 무대 위에 서 있는 것을 혹시 사람들이 잊어버린 것은 아닐까? 아니면 모두 안절부절 어쩔 줄 몰라 하면서 극장 분장실로, 극장 매점으로, 심지어는 내 집으로까지 나를 찾아 애타게 헤매고 있는 것은 아닐까? 아니면 내가 지금 여기 있다고, 저 어둠을 향해 외치거나, 하다못해 무슨 신호라도 보내야 하는 것은 아닐까? 이것도 저것도 아니면, 사람들이 아예 날 찾을 생각조차 하지 않는 것이거나 무슨 사정으로 공연이 연기된 것은 아닐까? 그러다 결국, 나에겐 아무 연락도 없이 공연이 아예 취소된 것은 아닐까? 혹시 내가 여기 서서 막이 오르기를 기다리는 것을 까맣게 잊고 모두 벌써 오래전에 돌아가 버린 것은 아닐까? 도대체 난 여기에 얼마나 서 있었던 것일까? 애당초 날 이 자리에 데려다 세운 것은 누구였던가? 이것이 막이다, 그리고 막이 오르면 춤을 추기 시작해야 한다고 말한 것은 대체 누구였던가? 그는 자기 모습을 거울에 비추고 거울에 비춘 그 모습을 다시 거울에 비추기를 계속하고 있는 게 벌써 몇 번째인지 세기 시작했다가 이내 그만뒀다. 갑자기 막이 올라 놀라고 당황해서 자기 파트를 잊어버린 채, 관객을 향해 우두커니 서 있게 될지 모르기 때문이었다. 그렇다, 그는 침착하게 집중하고 있어야만 했다!

그러나 막은 꿈쩍도 하지 않았다.

처음 가졌던 행복한 설렘은 점점 마음 깊은 곳에서 치밀어 오르는 분노로 바뀌었다. 자신이 학대받고 있는 것이라는 감정이 끓어올랐다. 할 수만 있다면 지금 당장에라도 무대에서 뛰쳐나가 아무 데나 대고 큰 소리로 하소연하고, 아무나 붙들고 지금의 이 실망과 분노를 쏟아 내며 항의하고 싶은 생각이 굴뚝 같았다. 그러나 어디를 향해 뛰쳐나가야 할지 그는 자신이 없었다. 눈앞에 있는 검은 천의 어렴풋한 흔적만이 그에게 방향을 알려 주는 유일한 끈이었다. 만약 이 자리를 벗어나면 어둠으로 빨려들어가, 그나마 지금 갖고 있는 방향 감각마저 잃을 게 뻔했다. 그리고 바로 이 순간 막이 오르면서 시작을 알리는 북이 울릴 가능성도 얼마든지 있었다. 그렇게 되면 그는 완전히 엉뚱한 자리에 서서 장님처럼 두 손을 앞으로 내밀고 있거나, 관객에게 등을 돌리고 어색한 모습으로 서 있게 될지도 모를 일이었다. 안 될 일이다! 상상만 해도 부끄러워 얼굴이 달아올랐다. 안 돼, 안 돼! 기분이 좋든 나쁘든 가만히 있어야 한다. 그리고 시작 신호가 주어질 것인지 아닌지, 그리고 그것이 언제 주어질 것인지 군말 없이 기다려야 한다. 그래서 그는 발끝으로 곧추세운 발과 바닥에 붙인 발을 엇갈리게 짚은 자세로, 오른손을 허공에 드리우고 왼손은 허리에 가볍게 댄 채 기다리며 서 있었다. 이따금 더 이상 참을 수 없을 정도로 진이 빠지면 자세를 바꾸었다. 거울에 거울을 비추기를 몇 번을 했는지 이젠 셀 수조차 없지만, 아무튼 거울에 비추어 좌우가 뒤바뀐 자세로 말이다.

언제부턴가 그는 막이 열릴 거라는 믿음을 접기 시작했다. 그와 동시에 그는 이 자리를 떠나지 못한다는 것도 알고 있었다. 모든 예상을 뒤엎고 막이 오를 가능성을 완전히 배제할 수 없기 때문이었다. 희망을 품거나 화를 내는 일은 이미 오래전에 포기했다. 무슨 일이 일어나든 안 일어나든 그는 지금 서 있는 곳에 마냥 서 있을 수밖에 없었다. 막이 올라 자기 춤이 크게 성공하든 실패하든, 아니, 아예 등장 자체를 못하든, 더 이상 아무 상관도 없었다. 그리고 이젠 춤이 그에게 아무런 의미도 지닐 수 없게 되었기 때문에, 그는 모든 스텝과 동작 하나하나를 잊어 갔다. 마침내 그는 기다리는 데 열중하느라 자기가 왜 기다리는지조차 잊었다. 그러나 그는 발끝으로 곧추세운 발과 바닥에 붙인 발을 엇갈리게 짚은 자세로 계속 서 있었다. 눈앞에는 무겁고 검은 천이 드리워져 있었고, 그 위쪽과 양 끝은 어둠 속으로 사라지고 있었다.

6

귀부인은 마차 창문의 검은 커튼을 옆으로 젖히고 물었다.

"왜 좀 더 빨리 달리지 않는 거지? 파티에 늦으면 큰일나는 거 몰라서 그래?"

외다리 마부가 마부석에서 그녀 쪽으로 몸을 굽히며 대답했다.

"마님, 지금 이상한 행렬에 휩쓸려 버렸습니다. 어쩌다 이렇게 됐는지 모르겠습니다. 제가 깜빡 졸았나 봅니다. 아무튼 갑자기 저 사람들이 나타나서 길을 막고 있습니다."

귀부인은 차창 밖으로 몸을 내밀었다. 실제로 길거리는 사람들의 긴 행렬로 들끓고 있었다. 남녀노소가 뒤섞여 있었는데, 그들은 모두 알록달록 괴상한 마술사 복장을 하고, 머리에는 이상야릇한 모자를 썼으며, 커다란 등짐을 지고 있었다. 많은 사람들이 노새를 타고 있는가 하면 커다란 개나 타조를 타고 있는 사람도 있었다. 그 가운데 나무 상자와 가방을 높이 실은 두 바퀴 수레나 온 가족이 올라탄 포장마차 같은 것들이 덜커덩덜커덩 소리를 냈다.

"너희는 뭐하는 사람들이니?"

귀부인이 마차 옆을 걸어가고 있는 어릿광대 복장을 한 소년에게 물었다. 소년은 기다란 막대기를 어깨에 메고 있었다. 그 한쪽 끝은 눈이 갸름한 중국옷 차림의 소녀가 떠받치고 있었다. 막대기에는 온갖 잡다한 살림살이가 걸려 있고, 또 그 막대기 위에는 작은 원숭이가 추위에 덜덜 떨며 앉아 있었다.

"서커스단이니?"

"우리가 뭐하는 사람들인지는 우리도 몰라요."

소년이 말했다.

"서커스단은 아니에요."

"그럼, 어디에서 왔는데?"

귀부인이 궁금해했다.

"하늘 산맥에서요."

소년이 대답했다.

"하지만 그건 아주 오래전 일이에요."

"그래, 거기에서 뭘 했었는데?"

"그건, 제가 태어나기 전 일이에요. 전 여행 중에 태어났으니까요."

그때 커다란 류트나 테오르베처럼 생긴 악기를 등에 메고 있는 노인 하나가 얘기에 끼어들었다.

"거기서 우리는 **중단되지 않는 연극**을 공연하고 있었다오. 이 아이는 알 리가 없지요. 그건 해와 달과 별을 위한 연극이었소. 우리들 한 사람, 한 사람이 각기 다른 산봉우리에 서서 서로 말을 주고받는 거지요. 연극은 끊임없이 계속되었소. 그 연극이 세계를 하나로 이어 주고 있었으니까요. 하지만 지금은 우리 대부분 그것을 잊어버리고 말았소. 너무나 아득한 옛일이지요."

"어째서 연극이 중단되었나요?"

"아주 커다란 불행이 닥쳐왔다오. 어느 날, '말' 하나가 우리에게서 없어진 것을 알게 됐소. 누가 빼앗아 간 것도 아니고, 우리가 잊어버린 것도 아닌데 말이오. 그냥 더 이상 존재하지 않게 된 거요. 그런데 우리는 그 말이 사라짐으로 해서 연극을 계속할 수가 없었소. 왜냐하면 모든 것이 더 이상의 의미를 갖지 못하게 되었으니까 말이오. '모든 것'이 '모든 것'과 서로서로 연관될 수 있었던 것은 그 말을 통해서였던 거요. 무슨 말인지 아시겠소?

그 뒤로 우리는 '그런 말'을 다시 찾으려고 여행을 계속하고 있는 거라오."

"모든 것이 모든 것과 서로서로 연관될 수 있었던 게 그 말을 통해서였다고요?"

귀부인이 놀라서 물었다.

"그렇소."

노인이 대답하며 진지하게 고개를 끄덕였다.

"당신도 분명 잘 알겠지만 말이오. 이 세계는 깨지고 부서진 조각들로 이루어져 있소. 그 어떤 조각도 다른 조각과 이제는 더 이상 아무 연관도 없게 되었소. 우리에게서 그 말이 사라진 뒤로 그렇게 된 거요. 그리고 정말 딱한 것은, 그 조각들이 점점 더 작게 깨지고 부서져서 서로 연관되는 조각이 점점 줄어들고 있다는 점이오. 모든 것을 모든 것과 서로 이어 주는 그 말을 우리가 찾지 못하면, 언젠가 이 세계는 완전히 가루가 되어 흩어질 것이오. 그래서 우리는 그것을 찾아 길을 떠나고 있는 것이라오."

"그러면 언젠가는 그 말을 찾게 될 거라고 믿고 계신가요?"

노인은 대답하지 않고 발걸음을 재촉해서 앞으로 나아갔다. 그러자 이제는 눈이 갸름한 소녀가 귀부인의 마차 곁으로 오게 되었다. 소녀가 수줍어하며 설명했다.

"우리는 우리가 지금 걷고 있는 이 기다란 길로써 지구 표면에 그 말을 쓰고 있어요. 그래서 어디에도 멈추어 서지 않아요."

"아!"

귀부인이 말했다.

"그러면 너희는 너희가 어디로 가야 하는지도 잘 알겠구나?"

"아니에요. 우리는 이끌리는 대로 가는 거예요."

"그럼 누가, 무엇이 너희를 이끄는데?"

"그 말이에요."

소녀가 대답하고는 이제 그만 물어보라는 듯이 미소 지었다.

귀부인은 아이를 옆에서 한참 바라보고 나서 조용히 물었다.

"나도 함께 가도 될까?"

소녀는 말 없이 빙그레 웃고는, 앞선 소년을 따라 마차를 천천히 앞서갔다.

"멈춰!"

귀부인이 마부에게 소리쳤다. 마부는 말고삐를 끌어당기고 뒤돌아보며 물었다.

"마님, 정말 저 사람들하고 함께 가실 작정이세요?"

귀부인은 마차 의자에 잠자코 꼿꼿이 앉아 앞을 똑바

로 바라보았다. 멈춰 선 마차 곁을 남은 일행이 꼬리에 꼬리를 물고 지나갔다. 마지막 꼬리가 지나가자, 귀부인은 마차에서 내려 행렬이 저 멀리 사라질 때까지 눈으로 좇았다. 부슬비가 내리기 시작했다.

"돌아가자!"

그녀가 마차에 다시 오르며 마부에게 소리쳤다.

"돌아가는 거야. 생각을 바꿨어."

"잘 생각하셨어요!"

외다리 마부가 말했다.

"난 또 진짜 저 사람들하고 함께 가시려는 줄 알았지 뭡니까."

"아냐."

귀부인이 깊은 생각에 잠기며 대답했다.

"내가 가면 저 사람들에게 아무 도움도 되지 않을 거야. 하지만 자네와 나는 저런 사람들이 있었다는 것을, 그리고 우리가 저들을 만났다는 것을 증언할 수는 있을 거야."

마부가 말 머리를 돌렸다.

"마님, 하나만 여쭤 봐도 될까요?"

"뭐 말인가?"

"마님은 저 사람들이 그 말을 찾을 거라고 믿으십니까?"

“저 사람들이 그걸 찾게 되면…….”

귀부인이 대답했다.

“아마, 그 때도 이 세계는 시시각각 변하고 있을 거야. 그렇게 생각하지 않나? 또 누가 알아? 언젠가, 우리가 그 증인이 될지. 자, 이제 떠나지!”

7

증인이 말하고 있다. 그는 한밤중 풀밭에 있었다고 한다. 아마도 숲속의 빈터였던 것 같단다. 주변이 높은 나무들로 둘러싸여 있었던 것으로 보아 그랬단다. 그러나 주위가 너무 어두웠기 때문에 자신 있게 단정할 수는 없다고 한다.

들판을 빙 둘러, 기다란 셔츠 모양의 하얀 옷을 입은 사람들이 큰 원을 그리고 서 있었단다. 그들 가운데 몇몇은 횃불을 들고 있었고, 나머지는 낫과 괭이와 도끼를 손에 들고 있었다고 한다.

당장 무슨 일이 벌어질 것만 같은 정적이 길게 흐르고, 마침내 명령을 내리는 커다란 목소리가 울렸다고 한다.

"불을 들고 있는 자들을 죽여라!"

그 말이 떨어지자 무기를 갖고 있던 사람들이 말 없이 횃불을 들고 있던 사람들을 덮쳤는데, 그들은 달아나거나 방어하려는 기색도 없이 그대로 서 있기만 했단다.

잔인한 학살이 시작되었다. 그렇지만 들리는 것은 가까이에서 그리고 멀리에서 되풀이해 들리는 둔한 소음뿐이었다고 한다. 그 소음은 바로 손도끼와 괭이가 무방비 상태로 있는 사람의 살을 파고들 때 나는 소리였다는 것이다.

횃불은 하나둘, 그것을 들고 있던 사람의 피에 적셔져 꺼져 갔고 어둠이 번져 갔다.

잠시 후, 거센 바람이 일어 짙은 먹구름이 갈기갈기 찢어지더니 창백하게 동이 트는 하늘이 드러났다. 넓은 들판이 온통 사람의 몸으로 뒤덮여 있었다고 한다. 횃불 든 사람을 죽이라고 명령했던 그 목소리가 이제는 살인자들에게 재촉했단다. 살해된 자들의 피 속에 자신들의 옷을 담그라는 것이었다.

그 자신 그러니까 증인도 그 독촉을 받았지만, 자신이 그것을 따랐는지 아닌지는 이젠 기억할 수 없다고 증언하고 있다.

어쨌거나 그가 다시 생각해 낸 것은, 결국 혼자서(정말 그가 마지막 남은 사람이었을까?) 참살당한 나머지 모든 사람들 가운데 서 있었다는 것뿐이다. 그때 그는 자신의 옷이 아래쪽에서부터 피로 물들면서 붉어지고 점점 무거워지는 것처럼 느꼈다고 한다.

그리고 그는 요란한 바람 소리 속에서(정말 처음에는 돌풍이 이는 소리라고 단순히 생각했지만) 고통에 짓눌려 신음하는 다른 사람의 목소리를 듣게 되었다. 그것은 마치 '아야야, 아야야' 하고 신음하며 외치는 듯한 소리였지만, 그는 그것이 '보아라, 보아라.'라는 말이라고 거의 확신했다 한다.

그리고 그는 하늘을 바라보았고, 어둠 속에서 빨랫줄 같은 줄 하나를 볼 수 있었는데, 들판을 끝에서 끝까지 가로질러 팽팽하게 쳐져 있는 그 줄에는 인간 형상 하나가 십자가에 달린 것과 같은 자세로 매달려 있었다고 한다.

증인이 덧붙인 바에 의하면, 그 형상이 이쪽에서 저쪽으로 관통하는 하나의 줄에 꿰어져 있었던 것인지 아니면 그 형상을 연결 부속 삼아 별개의 줄 두 개를 하나는 왼쪽 팔목에 다른 하나는 오른쪽 팔목에 단단히 묶어 팽팽하게 당겨 놓은 것인지는 확실하게 말할 수 없다고 한다. 증인이 하나 자신 있게 말한 것은, 그것을 확인하기에는 주변이 너무 어두웠다는 것이다.

8

대리석처럼 창백한 천사가 재판의 증인으로 방청인들 사이에 섞여 법정에 앉아 있었다. 그는 첫 번째 줄 오른쪽, 커다란 창문 밑의 자리에 있었다. 그의 커다란 날개는 의자 등받이를 넘어 뒤쪽의 두 자리를 차지하고 있었다. 그는 다른 사람들보다 족히 머리 두 개는 더 컸기 때문에 많은 사람들의 시야를 가리고 있었으나, 그렇다고 해서 좀 비키라고 짜증 내는 사람은 없었다. 아무도 그의 존재를 알아채지 못하는 것처럼 보였다. 알아채는 건 고사하고, 까무잡잡한 얼굴의 아주 뚱뚱한 여자는 아예 그가 무슨 기둥이라도 되는 양 코를 골며 연방 그에게 몸을 기대고 있었다. 천사는 갑갑한 자세 때문에 분명 아주 불편할 것만 같은데도, 흡사 조각상 같은 근엄한 얼굴에 감정의 변화를 조금도 드러내지 않고 있었다. 꼿꼿하게 미동도 없이 앉아 있는 그는 온몸이 하얀 돌로 되어 있는 것 같았다. 전체적으로 그는 묘지에 있는 거대한 조각상 같은 인상을 풍겼다. 우주 공간처럼 새까만 눈만이 침착하고 냉정하게 그곳에서 일어나고 있는 모든 것을 좇고 있었다.

재판이 진행되고 있는 법정은 매우 크고 넓었다. 방청석의 좌석은 뒤쪽으로 갈수록 반원형으로 펼쳐지면서 점점 높아졌고, 그 위쪽은 딱히 뭐라 규정할 수 없는 어스름한 빛 속으로 사라지고 있었다. 여기저기서 많은 사람들이 조용히 중얼거리고 기침하고 속삭이는 소리가 공기 중에 가득했다. 좌석은 꽉 차 있고, 셀 수 없이 많은 하얀 반점들처럼 퍼져 있는 사람들의 얼굴은 바람에 흔들리는 갈대숲처럼 끊임없이 이리저리 흔들리고 있었다.

법정의 전면에는 재판관의 탁자 대신 뼈대가 그대로 드러난 4미터 정도 높이의 목조물이 세워져 있었다. 못으로 이어 붙인 판자로 만든 계단이 난간도 없는 단상까지 설치되어 있고, 단상에는 작은 탁자 하나와 의자 하나가 놓여 있었다.

이 목조물 약간 앞쪽 좌우에는 가느다란 탑이 하나씩 세워져 있었다. 이 탑들 역시 판자와 각목으로 엉성하게 짜 맞추었으며, 꼭대기에는 각각 연단演壇이 마련되어 있었다. 기다랗고 낮은 나무 벤치가 마치 연결 부속처럼 두 개의 탑을 이어 주고 있었다.

재판 준비는 모두 끝났지만, 아직 시작할 기색은 보이지 않았다. 그러나 방청석의 사람들은 별로 초조해하지 않는 것처럼 보였다. 아니 오히려, 이제 눈앞에서 벌어질 일에 대해 거의 관심이 없는 것처럼 보인다고 할 수 있었다. 모두 옆 사람과 수군수군 얘기하는 데 정신이 팔려 있었다. 오로지 천사만이 천사 특유의 흔들림 없는 집중력을 발휘해, 아직 아무도 없는 무대를 유난히 큰 눈으로 뚫어지게 바라보고 있었다. 마치 앞으로 일어날 일을 바로 지금 보고 있는 것처럼 말이다.

드디어 목조물의 왼쪽 벽에 난 작은 문이 열리고, 소매가 짧고 풋사과 빛이 나는 녹색 가운을 입고 똑같은 색깔의 작은 모자를 머리에 쓴 열 명, 아니 열두 명의 남자와 여자가 차례로 줄지어 입장했다. 몇몇은 입과 코에 하얀 붕대를 감고 있었고, 모두 손에 고무장갑을 끼고 있었다. 그들은 두 개의 나무 탑 사이에 있는 벤치 앞에 일렬로 나란히 늘어선 다음, 동시에 앉았다. 그들 가운데 몇 명이 옆 사람에게 뭐라고 속삭였고, 그 말이 옆으로 계속 전해지더니, 마침내 그들은 일제히 천사를 바라보았다. 천사는 마치 아주 먼 곳에서 바라보는 것처럼 미동도 없이 그들을 뚫어지게 바라보았고, 그러자 그들은 한 사람씩 차례로 고개를 떨어뜨렸다.

갑자기 귀를 찢는 듯한 전자 벨 소리가 울려 퍼졌으나, 구경꾼들은 그다지 의식하지 않는 것 같았다. 그 공간에 가득한 중얼거리고 속삭이고 기침하는 소리는 조금도 줄어들지 않고 그대로였다. 잠시 후 문이 다시 한 번 열리고, 두 사람이 검은 법복을 휘날리며 안으로 밀고 들어왔다. 한 사람은 희끗희끗한 단발머리에 코밑이 약간 까뭇까뭇한 여자였고, 다른 한 사람은 거울처럼 반들반들한 대머리에 얼굴이 불그레하고 몸집이 땅딸막한 남자였다. 갑자기 분초를 다투듯, 두 사람은 번개같이 좌우 양쪽 탑으로 기어올라 가 연단에 자리를 잡더니, 여러 가지 잡다한 서류를 거칠게 뒤적이기 시작했다. 그러면서 그들은 이따금 호전적인 시선을 주고받았다. 이윽고 여자가 구경꾼들을 쭉 살펴보다가 천사가 눈에 띄자, 그를 향해 잘 될 거라는 듯 고개를 끄덕이고는 두 손을 들어 깍지를 낀 다음 엄지손가락을 꼭 누르며 전의를 다졌다. 천사는 알았다거나 이해했다는 따위의 표시를 전혀 하지 않았다. 대머리는 자기 동료가 무슨 제스처를 취한 것을 눈치채고, 누구한테 그런 것인지 방청석을 두리번거리며 찾았다. 천사를 발견한 그는 언짢은 듯 미간을 찌푸리며 고개를 흔들고는 다시 서류를 뒤적였다.

다시 한 번 소름끼치는 벨 소리가 날카롭게 울려 퍼졌

다. 작은 문이 열리고, 괴물처럼 생긴 사람 하나가 종종걸음으로 천천히 굴러 들어왔다. 그는 아주 요란한 옷차림을 하고 있어서, 몸을 옆으로 돌리고서야 간신히 문을 빠져나올 수 있었다. 그는 주홍색의 기모노 같은 옷을 입고 있었는데, 그 옷은 전체적으로 빳빳하게 풀 먹인 주름이 잡혀 있었다. 발은 보이지 않았고, 옷자락은 단순히 바닥에 닿는 정도를 넘어, 뒤로 길게 끌리고 있었다. 비정상적으로 커다란 몸집이며 불안정한 걸음걸이로 미루어 보아, 고대 그리스 비극에서 배우가 키를 커 보이게 하려고 신던 굽 높은 신을 신고 있는 것 같았다. 머리와 얼굴은 버들가지로 엮어 만든, 붉은 래커 칠을 한 벌집 모양의 모자에 가려져 있었다. 밖으로 드러난 것은 두 손밖에 없었다. 겹겹이 싸인 옷감 사이로 드러난 손은 희고 작았으며, 쫙 벌어진 손가락과 길고 뾰족한 손톱을 하고 있었다.

이 인물은 도전적인 위엄을 풍기면서 비틀비틀 앞으로 나아가 무엇을 찾는 것처럼 자기 몸뚱이를 축으로 한 바퀴 빙글 돌았다. 아마 아무것도 보이지 않는 모양이었다. 녹색 가운을 입은 사람들 가운데 몇 명이 벌떡 일어나 총알같이 튀어나와, 이 인물을 정중하게 목조물 가운데로 인도했다. 나머지 사람들은 모두 기립해 있었고, 코밑이 까뭇까뭇한 여자와 대머리 남자까지도 이 인물이 이제

느릿느릿 하염없이, 날림으로 만든 계단을 걸어 목조물의 단상으로 기어오르는 모습을 양쪽 연단에서 공손하게 지켜보고 있었다. 단상에 도달한 그는 작은 탁자 뒤에 놓인 의자에 무게를 잡고 앉더니, 어깨까지 덮고 있는 모자를 벗어 근처 바닥에 내려놓았다. 이제야 비로소 드러난 그의 얼굴은 석회처럼 하얗고, 머리는 온통 덥수룩한 회색 머리카락으로 뒤덮여 있었다. 요란한 분장 때문에 얼굴은 눈에 띄게 작고 인형 같았다. 그는 무표정하게 앞을 응시했다.

녹색 가운을 입은 사람들이 다시 자리에 앉았다. 검은 법복을 입은 여자가 단상의 인물을 향해 가볍게 고개를 숙이고 나서 말하기 시작했다. 그녀의 목소리가 가라앉고 약간 쉬어 있는 데다가, 방청석 전체가 웅성거리고 있어 간신히 알아들을 수 있었다.

"신청 번호 73 대시 809 V Y91 건입니다. '지금까지도 이름을 갖지 못한 자'가 '육체화'의 허가를 요청하고 있습니다. 첨부 서류에도 드러나 있듯이 이 허가를 거부할 어떠한 이유도 없습니다. 그러므로 본인은 고귀하신 판사님의 긍정적인 판결을 간청하는 바입니다."

"본인은 이 건을 규탄합니다."

다른 연단에 있던 대머리가 놀라우리만치 높고 날카로운 목소리로 서류를 이리저리 휘두르며 외쳤다.

"이 이름을 갖지 못한 자는, 여기 전문가의 공식 의견서에 따르면, 일체의 허가 없이 이미 육체화를 시작했습니다. 벌써 그것만으로도 이 자는 허가규칙 712조 3항을 위반하고 있습니다. 이러한 기정사실은 이자가 이 재판에 영향을 끼치고 다른 관계자들을 협박하기 위한 목적을 갖고 있었음을 뒷받침합니다. 고귀하신 판사님께서는 어떠한 외부 압력에도 흔들림 없이 이 부당한 신청을 기각하셔야 할 것입니다."

"물론 그것은 말씀대로입니다."

여자가 응수했다.

"육체화의 첫 단계가 이미 시작되었다는 것에 대해서는 이론의 여지가 없습니다. 다만 저희가 사유서에 상세하게 설명한 바와 같이, 이 재판은 기본적으로, '육체화는 특정 시점을 준수하며 진행되는 것이 절대적으로 필수 불가결 하다.'는 것을 전제로 하는 재판입니다. 하지만 일정한 조건은 일정한 시점에서만 존재한다는 것 역시 명백한 사실 아닙니까? 예컨대, 육체화가 뜻하지 않게 미리 실행되거나 또는 지연된다면 그 조건은 완전히 달라질 것이며, 그럴 경우 육체화는 그 의미 자체가 소멸되거나 적어도 중대하게 훼손되는 상황에 처하게 될 것입니다. 그렇게 되면 신청인은 완전히 부당한 불이익을 받게 되는 것이며, 그것은 평등의 원칙에도 어긋납니다.

원칙에 어긋나는 행위를 엄하게 다스리는 것이 법정 본연의 임무일진대, 본 법정 스스로 원칙에 어긋나는 그러한 행위를 해서는 안 될 것입니다. 그러므로 우리는 우리의 신청을 철회할 수 없으며, 재판부의 긍정적인 판단을 기대하는 바입니다."

"말도 안 됩니다!"

대머리가 응수하고 나섰다.

"시점이 언제든 달라지는 것은 없습니다! 그렇지 않으면 누구는 봐주고, 누구는 안 봐줄지를 대체 어떻게 판단한다는 말입니까? '시점에 따라 조건은 변할 수밖에 없다.'는 변호인의 지적은 의심할 수 없는 사실입니다. 하지만 그러한 조건이 지니는 '가치'가 '자신을 육체화 하려는 자'에게 긍정적인 것인지 부정적인 것인지는 결코 미리 알 수 없습니다. 아울러 육체화가 이루어지는 '순간'이 그 당사자에게 유리했는지 불리했는지 역시 항상 나중에 가서야 드러납니다. 뿐만 아니라 그러한 판단은 육체화가 완전히 끝난 다음에야 비로소 가능한 경우도 종종 있습니다. 어쨌거나 이 대목에서 우리는 그러한 그릇된 신비주의에 홀려서는 안 됩니다! 만약 우리가 육체화를 그렇게 우주적 규모로 '프로그래밍' 해야 한다면, 우리가 얻을 수 있는 결론은 아무것도 없습니다! 한마디로 웃기는 얘기입니다!"

"웃긴다고요?"

이제 슬슬 열 받기 시작한 여자가 외쳤다.

"정작 웃기는 것은, 검사 자신의 기계적이고 유물론적인 사고방식입니다! 그것은 웃기는 정도를 넘어 냉소적이기까지 합니다! 왜냐하면 검사가 말하고 있는 우연의 원리는 인간의 존엄과 모순되는 것이기 때문입니다. 인간은 들에 사는 토끼가 아닙니다! 인간의 본질은 그 운명에 있습니다. 운명은 한 번뿐인 것이기에 한 번뿐인 조건에 좌우되는 것입니다! 그러므로 육체화를 짓밟는 것은 이미 성립된 육체화를 무無로 돌리는 것과 똑같은 범죄입니다. 그것은 살인 행위입니다! 저의 의뢰인은 몇 세기 전부터 육체화를 준비해 왔습니다. 그래서 그는 증조부모를 서로 연을 맺어 만나게 하고, 조부모를 만나게 하고, 또 부모를 만나게 한 것입니다. 이를 위해 온갖 세부사항에 상상할 수 없을 정도로 정밀한 작업이 필요했습니다. 만약 그의 증조부가 그 특정한 날에 이를 하나 뽑지 않았더라면 반려가 될 여성을 만나지 못했을 것입니다. 마침 여행 중이던 그 여성은 부르튼 발꿈치에 붙일 반창고를 구하려고 그 마을에 잠시 들렀을 뿐이었습니다. 두 사람이 그렇게 만나지 않았다면 결혼도 하지 않았을 것이고 아이도 생기지 않았을 것입니다. 결국 그렇게 해서 생긴 아이들 가운데 한 여자아이가 이 신청인의 할머니가 되었습니다. 아니, 되어야만 했던 것입니다. 이러한 종류의 세부 사항은 수천 수만 가지라도 얼마든지 여기서 열거할 수 있습니다. 그런데 이러한 인과因果의 불가사의한 조화를 그냥 묵살해 버리겠다는 말입니까? 마지막 순간에 신청자의 코앞에서 문을 쾅 닫아 버릴 작정입니까? 이 힘겨운 모든 일을 다시 한 번 처음부터 되풀이하라고 등을 떠다밀 생각입니까? 무슨 권리로 그렇게 할 수 있습니까? 그리고 설사 이 모든 것을 처음부터 다시 시작한다고 해도 그 결과는 지금과 다를 수 있습니다. 아니, 결코 같아질 수 없을 것입니다. 저의 의뢰인은 이 세상에 뭔가를 기여할 수 있겠지만, 그것은 현재에서만 그리고 현재 주어진 조건에서만 가능합니다. 역사상 위대한 성인들, 천재들, 그리고 영웅들을 생각해 보십시오! 그들 가운데 단 한 사람이라도 육체화의 권리가 거부되었더라면 이 세계는 어떻게 되었겠습니까? 그 책임을 어떻게 질 작정입니까?"

"변호인은 하나만 알고 둘은 모릅니다."

대머리가 얼굴이 벌개져 되받았다.

"변호인의 의뢰인이 사상 최악의 범죄자나 인류 전체의 재앙이 되지 않는다고 누가 보장할 수 있습니까? 그렇다면 그에게는 육체화의 권리를 거부하는 것이 낫지 않겠습니까? 변호인이 지금 얘기하고 있는 것은 모두 근거 없는 가설일 뿐입니다! 한 개인이 언제, 그리고 어떤 조건에서 육체화되는가 하는 것은 카드 게임에서의 카드 패처럼 우연한 것입니다. 책임이라고 했습니까? 인간의 존엄이라고 했습니까? 우리는 그런 것들을 변호인만큼 중요하게 생각하지 않는 줄 압니까! 변호인의 지금 그 변론이야말로 최종적으로는 우리를 완전한 무책임으로 이끄는 것입니다. 왜냐하면 그 주장대로라면 우리는 그 어떤 것도 이성적으로 결정하는 것이 불가능해지기 때문입니다. 모든 것이, 그야말로 증조할아버지의 빠진 이조차 비밀스러운 의미를 지니게 되면, 그것은 역설적으로 무엇 하나 의미를 지니는 것은 없다는 얘기입니다. 다시 말해, 모든 것이 숙명적으로 같은 가치를 지닌다면, 그것은 모든 것이 아무 가치가 없는 것과 마찬가지입니다! 우리 세상이 사람으로 차고 넘친 지 이미 오래되었다는 것은 우리 모두 알고 있고, 변호인도 알고 있을 것입니다. 육체화 신청을 모두 무제한 허가한다면 그것이야말로 무책임한 일입니다. 그렇게 되면 인간 존엄성을 지켜야 한다는 변호인의 강력한 요청과 오히려 정반대되는 결과가 생겨날 것입니다! 우리에게는 책임이 있습니다. 우리는 개입할 수단을 갖고 있기 때문입니다. 우리는 이 책임을, 겉으론 고상해 보이지만 그 속은 낡을 대로 낡은 주장 몇 가지로 회피해서는 안 됩니다! 그리고 변호인, 당신의 의

되인은 육체화 규정에만 비춰 보더라도 이제 잉여 존재입니다! 이러한 개개의 경우에 있어 불가피하게 강요될 수밖에 없는 비정함을 나 개인적으로는 유감스럽게 생각합니다. 하지만 나는 그 비정함이야말로 이성적이고 합리적인 것이라고 확신하고 있습니다. 그러므로 신청은 기각되어야 합니다."

이때 다시 전자 벨이 요란하게 울려 두 사람의 말이 중단되었다. 두 사람은 입을 꾹 다물고 성난 얼굴로 자기 서류를 거칠게 뒤적이면서 녹색 가운을 입은 사람들을 걱정스럽게 내려다보았다. 녹색 가운들은 자기들끼리 뭐라고 들리지 않게 소곤거리고, 끄덕끄덕하고, 손짓 몸짓을 하고, 고개를 흔들었다. 마침내 그들은 자기들 가운데서 한 사람을 뽑았다. 젊은 사내였다. 그는 천천히 자리에서 일어나, 고개를 푹 숙이고 팔을 축 늘어뜨린 채 유죄 선고를 받은 사람처럼 서 있다. 그가 입과 코에서 붕대를 풀어내자 창백한 얼굴이 드러났다. 그는 지친 발걸음으로 작은 문까지 걸어갔고, 그리고 사라졌다.

천사 옆에 앉은 덩치 큰 여자가 잠시 깨어나 돌아가는 상황을 지켜보았다. 그리고 그녀는 감격스러운 탄식을 내뱉었다.

"아아, 하느님의 심판이다!"

그러고 나서 그녀는 흥미로운 표정을 지으며 다시 잠

에 빠져들었다.

지금까지 줄곧 꼼짝도 않던 천사가 고개를 들어 머리 위의 들창 쪽을 올려다보았다. 뭔가 뚝뚝 떨어져 내리는 것을 느꼈기 때문이다. 정말 그 창턱에는 커다란 유리그릇이 놓여 있었는데, 그는 지금까지 그곳에 그런 것이 있는 줄 몰랐다. 거기엔 잉크가 가득 들어 있었다. 어쩌면 요란스러운 벨 소리에 유리가 금 간 것 같았다. 어쨌거나 내용물이 금 간 곳에서 배어 나와 천사의 날개와 옷 위에 뚝뚝 떨어지고 있었다. 그런데도 천사는 여전히 꼼짝하지 않고, 그 검푸른 액체가 자신을 더럽히며 기다란 띠 모양으로 흘러내리도록 내버려 두었다. 그의 어두운 눈은 다시금 작은 문을 응시하고 있었다.

잠시 후 작은 문이 열리고, 젊은 여자가 들어왔다. 길고 하얀 셔츠를 입은 그녀는 자기瓷器 세숫대야를 두 손으로 조심스럽게 들고 있었다. 그 세숫대야 역시 하얀 천으로 덮여 있었다.

그녀는 중앙의 판자 목조물 앞까지 온 다음, 방청객들을 등지고 서서 어깨에 힘을 주며 붉은 옷 입은 사내를 올려다보고는 아예 작정한 듯 대야에서 천을 거둬 냈다. 거기에는 아직 김이 모락모락 나는 따뜻한 피가 거의 넘칠 듯 찰랑거리고 있었다. 그 안에는, 확실하게 보이진 않지만, 어떤 장기臟器 같은 것들이 떠 있었다.

그 순간, 붉은 옷이 자리를 박차고 일어섰다. 그의 인형 같은 얼굴은 욕망 때문인지, 아니면 분노 때문인지 소름 끼칠 정도로 일그러졌다. 작은 탁자는 그의 발길에 걷어 차여 계단 아래로 덜컹덜컹 부서지는 소리를 내며 굴러 떨어졌다. 그 탁자를 따라잡기라도 하려는 듯 그는 쏜살같이 뛰어 내려와 젊은 여자의 코앞에 얼굴을 들이댔다. 여자는 겁에 질려 얼어붙은 채 그를 바라보았다. 붉은 옷은 허공에서 춤을 추는 듯한, 뭔가를 거머쥐려는 듯한 동작을 몇 번 되풀이했는데, 그러는 동안 그의 얼굴은 이제 완전히 일그러져 더 이상 인간의 것이 아닌 얼굴이 되어 버렸다. 그러더니 갑자기 그는 괴성을 지르며 먹잇감이라도 찾는 것처럼 두 손을 대야에 푹 집어넣어 장기 하나를 건져 올렸다. 아마도 작은 심장인 것 같았다. 그는 그것을 게걸스럽게 입에 쑤셔 넣고는 꿀꺽 삼켜 버렸다. 그리고 그는 다시 대야 속을 휘저었고, 그 바람에 대야를 들고 있던 여자에게 피가 튀겼다. 피가 튀자, 순식간에 그는 손에 들고 있던 것을 내던지고 눈이 완전히 뒤집혀 숨을 헐떡이고 꾸르륵꾸르륵 소리를 내며, 피가 뚝뚝 떨어지는 손가락으로 젊은 여자의 셔츠에 번진 붉은 얼룩을 가리켰다. 그리고 오른손 주먹을 틀어쥐더니, 가공할 만한 힘을 실어 여자의 관자놀이를 정통으로 후려쳤다. 여자는 비명 한 번 지르지 못하고 바닥에 무너지듯 쓰러져 죽었다. 세숫대야는 산산조각이 났다.

천사가 이 참혹한 광경에 분노하며 벌떡 일어섰다. 붉은 옷은 몸을 돌려, 번쩍이는 이를 드러내며 그를 바라보았다. 그는 대리석처럼 하얀 천사의 몸에 검푸른 얼룩이 번져 있는 것을 보고는, 천사에게 다가가 더러운 손가락으로 얼룩을 가리킨 다음, 다시 주먹을 틀어쥐고 천사를 후려치려고 했다. 그때 천사가 입을 크게 벌리며 천지가 진동하도록 포효했다. 그것은 커다란 동종銅鐘이 깨지는 듯한 울림이었다. 한순간 세상이 그 외침에 정지된 것처럼 보였다.

움츠러들었던 붉은 옷은 머리를 흔들며 비틀비틀 몇 걸음을 옮겼다. 그 사이 그의 얼굴은 인형 같은 인상으로 다시 되돌아왔다. 아니, 정확하게 말하면 근심에 싸인 얼굴이 되어 고개를 푹 숙이고는 짙은 얼룩 둘레를 비비기 시작했다. 그는 입술을 덜덜 떨며 거의 알아들을 수 없는 소리로 더듬거렸다.

"제발 용서해 주세요……. 제가 그냥 좀 정신이 나가서……. 잘못했습니다……."

천사는 여전히 꼼짝 않고 서서 두 눈을 감았다. 그것은 마치 온몸에 충격이 퍼져 나가고 있는 듯한, 소리 없는, 그러나 가늘게 떨리는 흐느낌이었다.

다시 눈을 떴을 때, 천사는 붉은 옷이 젊은 여자의 시체 옆에 웅크리고 앉아 그 얼굴을 부드럽게 어루만지고 있는 것을 보았다. 두 사람을 둘러싸고 이제 다섯 명의 아이들이 커다란 원을 그리며 서 있었다. 아이들은 마치 경례하는 것처럼 목검을 얼굴 앞에 수직으로 세워 들고 있었다.

"저 얼마나 아름다운 모습인가!"

황토색 얼굴의 덩치 큰 여자가 천사 뒤에서 중얼거렸다.

"아이들이 희생자와 죄인 곁을 지켜 주고 있군요……."

그리고 그녀는 만족스러운 듯 한숨을 내쉬고 다시 잠에 빠져들었다.

방청석의 다른 사람들은 지금까지 무슨 일이 있었는지 거의 알지 못하는 것 같았다. 여전히 그들은 바람에 가볍게 흔들리는 잿빛 갈대 바다 같았다.

9

습지처럼 어두운 어머니의 얼굴이다. 어머니는 넓은 엉덩이로 탁자 위에 쪼그리고 앉아 뭔가 씹고 있다. 벽에는 기다란 상자 모양의 추시계가 기대져 있다. 이 거인 같은 시계는 쉴 새 없이 때를 알리고 있다. 후회하는 시간, 기도하는 시간, 우울한 시간, 아침 시간, 낮 시간을 알린다.

그리고 밤을 알린다.

어머니는 이 거인을 보지 않는다. 어머니의 시선은 그를 비켜 창밖으로 향하고, 그리고 어머니는 경멸스러운 듯 침을 뱉는다. 바깥에서는 씨앗이 싹을 틔우고, 꽃이 피고, 시든다.

어두운 복도에서 야윈 그림자가 움직인다. 남편이다.

"커피 끓일까?"

남편이 무뚝뚝하게 묻는다.

어머니는 아무것도 듣지 않고 있다. 코를 곤다. 그리고 코를 골면서 아이 셋을 낳는다. 사내아이는 죽고, 계집아이 둘은 산다.

남편은 계집아이들을 안아 방으로 데려간다. 그곳에는 이미 많은 아이들이 있다. 죽은 사내아이는 바깥 모종밭에 눕힌다. 어머니는 다시 깨어나 다시 씹는다. 남편은 가축우리로 가서 술에 취한다. 암소들이 어머니처럼 씹는다.

남편이 암소 한 마리를 잡는다. 어머니가 그것을 먹고, 남편이 먹고, 아이들이 먹는다. 씨앗이 싹을 틔운다. 모두 빵을 먹고, 어머니와 소의 젖을 떠먹는다.

남편은 난로 위에 누워 잠을 잔다. 어머니는 다시 아이 둘을 낳는다. 암소들이 씹고 있다. 아버지는 어머니를 도살한다. 그는 아이들과 함께 그것을 먹어 치운다. 개도 한 토막 얻어먹는다. 남편은 자기 실수를 깨닫고 가축우리로 가서 술에 취한다.

그가 자는 사이 제일 큰 딸이 탁자 위로 기어오른다. 그림자 하나가 복도에서 움직인다. 낯선 사내다. 시계가 우울한 시간을 알리고, 또 다른 시간들을 알린다.

그리고 밤이다.

딸이 아이 둘을 낳는다. 아버지가 돌아와 이 모든 것을 보고 조금 운다. 그 후 그는 태양 아래 몸을 누이고, 그대로 누워 있다.

낯선 사내가 그를 싹이 트고 있는 모종밭에 묻는다. 딸이 씹는다. 낯선 사내는 가축우리로 가서 술에 취한다.

10

행성이 도는 것처럼 천천히, 두꺼운 판자로 된 커다란 원탁이 돌고 있다. 그 위엔 산과 숲, 도시와 마을, 강과 호수 같은 풍경이 펼쳐져 있다. 이 모든 것들의 한가운데, 자기瓷器로 만든 작은 인형처럼 가냘프고 깨지기 쉬운 네가 앉아서 함께 돌고 있다.

너는 끊임없이 돌고 있는 것을 알지만, 네 감각은 그것을 느끼지 못한다. 탁자는 둥근 천장을 가진 홀 한가운데 있다. 이 홀 역시 돌로 된 바닥과 천장과 벽을 거느리고 행성처럼 천천히 돌고 있다.

너의 시선은 장欌들과 함函들이 세워져 있는 벽을 따라 저편 어둑한 곳으로 향한다. 벽에는 해와 달을 가리키고 있는, 크고 기다란 상자 모양의 낡은 추시계도 세워져 있었다. 가구들과 시계 사이로 보이는 벽면에는 별들이 그려져 있고, 여기저기에 혜성도 보인다. 네 머리 위 높은 곳에 있는 둥근 천장에는 은하도 펼쳐져 있다. 창도 없고, 문도 없다. 이곳에서 너는 편안함을 느끼고, 모든 것에 익숙하다. 모든 것이 견고하게 연결되고, 그 어떤 것에 대해서도 걱정할 필요가 없다. 이것이 너의 세계다. 세계는 돌고, 그 '중심의 중심'에 있는 너도 세계와 함께 끊임없이 돌고 있다.

그런데 어느 날, 지진이 이 세상 모든 것들을 삼키는 일이 일어난다. 돌로 된 벽은 둘로 갈라지고, 그 갈라진 틈은 점점 더 벌어진다. 벽에 그려진 별들은 떨어져 나와 뿔뿔이 흩어진다. 그리고 너는 갈라진 틈으로 바깥을 슬쩍 바라본다. 눈에 보이는 것은 너무도 낯선 것들이어서, 네 눈은 그것들을 지각知覺하는 것조차 거부한다. 그것은 시선이 닿지 않는 지평선, 반짝거리는 어둠, 움직이지 않는 폭풍, 영원히 머물러 있는 번개 같은 것들이다. 너의 시선을 머물게 하는 유일한 것이 있었으니, 그것은 한 사람의 형상이다. 바람 소리도 없는 허리케인에 날려 가지 않으려고 몸을 잔뜩 굽히고 있는 그는 머리에서 발끝까지 한 장의 천에 휘감겨 있다. 천은 펄럭이는 것처럼 보이지만 실상 그림처럼 멎어 있다. 천에 휘감긴 그는 가만히 서 있는 모습이다. 하지만 그는 아무것도 딛고 있지 않다. 왜냐하면 그의 발 아래는 나락那落이기 때문이다. 바람이 천을 얼굴에 찰싹 달라붙게 하고 있어서 너는 그 모양을 어렴풋하게 짐작할 수 있다.

이제 보이지 않는가. 천 뒤에서 입이 움직이는 것이 보인다. 그리고 들리지 않는가. 깊고 부드러운 목소리가 들린다.

"이리 나오라, 피로 맺은 아우여!"

"싫소!"

너는 놀라서 외친다.

"저리 가시오! 당신 누구야? 나는 당신을 몰라."

"네가 거기서 나오지 않는 한, 너는 나를 알아볼 수 없어."

천에 가린 사람이 대답한다.

"그러니 어서 나와!"

"싫다지 않아!"

너는 외친다.

"내가 왜 그래야 한다는 거야?"

"그럴 때이기 때문이야."

그가 말한다.

"안 돼."

네가 대답한다.

"싫어. 여기가 나의 세계야! 난 여기에 늘 있었어. 난 여기에 있을 테야. 어서 물러가!"

"모든 걸 다 놓아야 해!"

그가 말한다.

"억지로 하는 상황이 되기 전에, 너 스스로 자진해서 해. 그렇지 않으면 때를 놓치게 돼."

"나는 불안해!"

너는 그에게 외친다.

"그 불안도 놓아야 해!"

그가 대답한다.

"난 할 수 없어."

네가 되받는다.

"너 자신도 놓아야 해!"

그가 말한다.

이제 너는 확신한다. 저기서 너에게 말을 걸고 있는 것은 사악한 목소리다. 그래서 너는 그것으로부터 벗어나겠다고 마음먹는다.

"어째서 너는 뒤에 숨어서 네 얼굴을 보이지 않는 거지? 난 알아. 너는 날 없앨 작정인 거야. 나를 네게로 꾀어낼 작정이지. 내가 허공에 떨어지도록 말이야."

그는 한동안 침묵하다 마침내 말한다.

"떨어지는 것을 배우라!"

심호흡을 하면서 너는 천에 가린 사람의 형상이 네 시

야에서 사라지는 것을 본다. 그러나 움직인 것은 그가 아니다. 둥근 천장을 가진 홀이 천천히 계속 돌고 있으며, 그와 함께 커다란 원탁도 돌고, 그 위 한가운데 앉아 있는 가냘프고 깨지기 쉬운 너도 돌고 있다. 그리고 벽의 갈라진 틈도 함께 돌아, 저 바깥에 있는 그 사람의 형상으로부터 멀어진다.

그런데 뭔가 달라지고 있다. 갈라진 틈은 다시 메워지지 않는다. 벽에 그려진 너의 별들 뒤편에, 그러니까 결코 흔들리지 않도록 튼튼하게 세워져 있는 너의 세계 바깥에, 너로 하여금 모든 것을 의심하게 만든 그 타인他人이 지금 머물고 있다. 너는 그것에 맞서 싸울 수 없다. 그렇다고 그것을 인정하고 받아들일 준비도 되어 있지 않다. 무엇에 얻어맞아 결코 치유될 수 없는 상처를 입은 기분에서 너는 한참동안 헤어나지 못한다. 이제는 모든 것이 예전 같지 않을 것이다.

그리고 다시, 움직이지 않는 폭풍 속에서 몸을 잔뜩 굽히고 있는 그 형상이 네 시야에 들어온다. 그는 물러간 것이 아니다. 그는 너를 기다린 것이다.

"자, 어서!"

부드럽고 깊은 목소리가 말한다.

"떨어지는 것을 배우라!"

너는 대답한다.

"누구든 허공으로 떨어지면, 그것으로 모든 상황은 끝나는 거야. 암튼 그것을 스스로 원해서 하든, 아예 배워서 하든, 그것은 신을 모독하는 짓이야! 너는 날 시험에 들게 하는 유혹자야. 난 네 유혹에 넘어가지 않아. 그러니 썩 물러가라!"

"너는 떨어지게 되리라!"

가려진 사람이 말한다.

"그리고 네가 떨어지는 것을 배우지 않으면, 너는 떨어질 수 없을 것이다. 그러니 모든 것을 놓아라! 어차피 머지않아 아무것도 너를 받쳐 주지 않게 될 것이다."

"너는 내 세계에 침입해 왔어."

너는 그를 향해 소리친다.

"나는 너를 부른 적이 없다. 그런데도 너는 함부로 내 피난처와 내 소유물을 파괴했다. 그래, 네가 나를 받치고 있는 것들을 파괴할 수 있을지는 몰라도, 날 너에게 복종하도록 강요할 수는 없어."

"난 너에게 강요하지 않아."

가려진 사람이 말한다.

"부탁한다, 피로 맺은 아우여! 이제 때가 되었다."

그 형상은 입을 다물고 어느새 다시 네 시야에서 사라져 가며 손을 들어 너를 향해 내밀어 보인다. 그리고 너는 '영원히 머물러 있는 번개'의 빛 속에서, 손톱으로 할

퀸 핏자국을 그의 손목에서 본 것 같은 느낌을 받는다. 하지만 너의 시선은 이미 방향을 바꾼 다음이다. 그리고 너는 둥근 천장 아래 있는 너의 탁자 위에서 계속 돈다.

이 모든 것은 환영에 지나지 않는다고, 너는 스스로 타이른다. 조만간 벽의 갈라진 틈은 언제 그랬냐는 듯 다시 메워질 것이다. 그 틈이 실제로 없었다는 것도 확인될 것이다. 왜냐하면 그런 틈 같은 것은 애당초 있을 수 없기 때문이고, 그 벽은 아주 오랜 옛날부터 있어 온 것이고 또 쉽게 파괴될 수 없는 것이기 때문이다. 지금까지 계속 존재해 온 것은 앞으로도 계속 존재할 것이다. 다른 것은 모두 착각일 뿐이다. 그런 틈이 어떻게 해서 생겼는지 모르지만 말려들면 안 된다. 그러나 저 살 떨리는 요구를 보라! 게다가 이건 거의 협박이 아닌가? 좋다, 그래서 네가 그 손을 잡아 보려 한다 치자. 그 손이 너를 붙잡아 줄 거라고 누가 보장하는가? 애당초 그 손이 너를 잡아 주려고 내민 것이 과연 맞기는 한 건가? 아니, 어쩌면 단순히 너를 안전하고 작은 이 세계에서 끌어내어 나락으로 밀어 넣으려고 하는 건지도 모른다. 그래, 차라리 너는 저 바깥에 있는 녀석의 눈에 아예 띄지 않도록 하는 편이 좋겠다. 더 작아져라! 보이지 않게 숨어라! 더 이상 너를 찾을 수 없으면, 아마 그도 단념할 테고, 그러면 모든 것이 다시 원래대로 될 것이다.

둥근 천장을 가진 홀이 천천히 돌고, 그와 함께 도시와 마을과 호수 같은 것들이 펼쳐져 있는 커다란 원탁이 돌고, 그 가운데 있는 너 자신도 돈다. 그리고 또 세 번째로 천에 가린 형상이 '움직이지 않는 폭풍' 속에서 영원히 머물러 있는 번개가 내는 빛을 받으며 네 시야에 들어온다.

"피로 맺은 아우여."

목소리가 말한다. 그런데 이번에는 고통을 참고 있는 것처럼 힘들어 하는 목소리다.

"내 말을 들어라. 그리고 믿어라! 너는 지금 네가 있는 그곳에 더 이상 머물 수 없어. 어서 나오라!"

"그럼 내가 떨어지면 나를 확실하게 잡아 주고 받쳐 줄 거야?"

네가 묻는다.

가려진 사람이 천천히 고개를 젓는다.

"네가 떨어지는 것을 배우면 너는 결코 떨어지지 않을 거야. 어차피 위도 없고 아래도 없는데 어디로 떨어지겠느냐 이 말이야? 별들은 서로 부딪치는 일 없이 저마다 자기 궤도에서 서로서로 균형을 유지하고 있지. 별들은 서로 피붙이기 때문이야. 우리 역시 그래야만 하는 거야. 나의 일부는 네 속에 있어. 우리는 서로서로 받쳐 주는 거야. 그것 말고 아무것도 우리를 받쳐 주지 않아. 우리는 원을 그리는 별이야. 그러니 모든 것을 버려라! 그리고 자유롭게 되라!"

"네 말이 옳다는 걸 어떻게 믿을 수 있는데?"

너는 절망해서 외친다.

"너 자신을 믿으면 돼."

그가 대답한다.

"내가 네 안에 있고, 네가 내 안에 있기 때문이지. 진실 역시 진실들끼리 서로서로 떠받드는 거지, 무언가에 의지해서 서 있는 게 아냐."

"싫어!"

너는 외친다.

"난 견딜 수가 없어. 너한테서 벗어날 길은 정녕 없단 말인가? 도대체 나한테 바라는 게 뭐야? 왜 나를 지금 있는 이 자리에 가만히 내버려 두지 않는 거야. 난 네가 말하는 자유 따윈 필요 없어!"

"너는 자유롭게 되거나, 아니면 너는 존재하지 않게 될 거야."

그가 말한다.

그리고 너는 한숨처럼 울리는 어떤 소리를 듣는다. 벽이 그 울림 때문에 흔들리더니 들썩들썩한다. 그리고 갈라진 틈이 서서히 메워진다. 네가 원했던 그대로 되고 있다. 너는 만족할 테지만, 그것은 오래가지 않는다.

무슨 일인가 네 주변에서 일어나고 있다. 너는 그것을 아주 서서히 알게 된다. 지금까지 친숙했던 너의 세계는 더 이상 친숙하게 느껴지지 않는다. 세계는 너에게서 등을 돌린다. 둥근 천장을 가진 홀에 그림자가 드리운다. 그 그림자는 곪주린 잿빛 안개에 싸인 모습이다. 나타났다가 다시 사라지는 크고 작은 얼굴들이다. 흥분해서 우르르 몰려가는 군중처럼, 녹아 흐르다가 끊임없이 새로 돋아나는 사지四肢와 몸통들이다. 저것들은 무슨 일을 꾸미는 걸까? 정체가 뭘까? 어디서 나타난 걸까? 장과 함에서, 시계에서, 그리고 벽에서도 솟아오른다. 네 자신을 안전하게 보호해 준다고 착각해 오던 모든 것들로부터 솟아오른다. 저것들은 모두 더 이상 예전의 그것이 아니다. 그것들은 스스로 자신을 파괴하고 있다.

둥근 천장의 홀이 깨지기 쉬운 '작은 중심'인 네 주위를 천천히 도는 동안, 너는 지금 일어나는 일들을 그냥 지켜보는 수밖에 없다. 너 스스로 그것을 불러냈기 때문이다. 다만 저들은 자기들을 존재하게 한 너에게 아직 불안을 느끼고 있다. 적어도 그렇게 보인다. 저들은 가장 구석진 곳으로 돌진하여 벽을 따라 전진한다. 그리고 돌로 된 벽에 몸을 문댄다. 마치 안개 같은 몸 전체로 벽들을 위로 아래로 핥는 것 같다. 벽에 그려진 별들의 색깔이 바랜다. 저들이 지나간 자리는 이음새가 희미해진다.

저들과 비슷하게 안개처럼 변한다. 저들은 네 세계에서 '현실'을 빼앗는다. 네 세계에서 실체를 고스란히 빨아들인다. 네 세계를 어느 한 세계의 망령으로 만든다. 저들은 네 세계를 아예 지워 버린다. 네 세계는 한 번도 존재한 적이 없기 때문이다.

저들은 지치지도 않는 모양이다. 점점 가까이 네게로 다가온다. 두꺼운 판자로 된 탁자와 그 위에 펼쳐진 풍경만이 여전히 돌고 있다. 그리고 그 가운데 있는 너도 돈다. 너는 저들이 너마저도 없애 버릴 거라는 것을 알아차린다. 네 세계는 한 번도 존재한 적이 없기 때문이다.

이제 너는 망치가 내리치는 것을 느낀다. 그러나 소리는 들리지 않는다. 저들은 또 무슨 짓을 하는가? 탁자의 둥근 상판 한쪽 끝에서 반대편 끝까지 파이프를 박고 있는 것이다. 힘든 일이다. 그런데 저들은 지칠 줄 모른다. 그리고 마침내 파이프가 상판을 관통하자, 무언가 흐르기 시작하더니 끝없이 계속 흐른다. 저들은 그것을 개떼처럼 게걸스럽게 죄다 핥아 먹는다. 그리고 너는 거기에서 흘러나오는 것이 마치 자신의 피 같다고 느낀다. 심장이 한 번 두 번 고동칠 때마다, 네 밑의 둥근 판자에서 현실이 빠져나온다. 이제 너는 가눌 수 없는 공포에 사로잡힌다.

"피로 맺은 형이여!"

너는 자신에게도 거의 들리지 않을 만큼 희미한 소리로 부른다.

"나를 구하소서! 떨어지는 법을 가르쳐 주소서!"

하지만 벽은 열리지 않는다. 더 이상 거기에 없기 때문이다. 이제 이곳엔 나락밖에 존재하지 않게 될 것이다. 너는 떨어질 것이다. 배우지도 않았는데 떨어질 것이다. 그리고 너는 피로 맺은 네 형의 또 다른 피붙이를 네 속에서 찾아 나서게 될 것이다. 저 별들이 피붙이로 저마다 자기 궤도에서 서로서로 떠받들고 있는 것처럼, 그것 말고는 너를 떠받들어 줄 수 있는 것이 없기 때문이다. 또 그것 말고는 네가 붙잡을 수 있는 것이 없기 때문이다. 그나저나 네가 그걸 해낼 수 있을까? 배우지도 않았는데 네가 그걸 해낼 수 있을까?

이제 모든 것이 사라져 버렸다.

때가 되었다.

지금이다!

11

눈을 감는다. 얼굴의 내부, 그밖엔 아무것도 없다.

어둠, 공허.

귀향.

귀향, 어디로?

나는 이제 알 수 없다.

누군가, 나는?

나는 향수鄕愁를 앓고 있다.

기억해 내라!

그곳, 내가 옛날 떠났던 곳, 고향.

너에게 고향이 있는가? 너는 고향의 아들인가?

누가 묻는가?

누가 대답하는가?

이제 눈은 뜨여 있다. 그러나 보이는 것은 암흑과 공허뿐이다.

여기 누군가 생각한다. 귀향을 위해, 나는 끝없는 여행을 했다. 이 여행을 위해, 나는 모든 것을 다 바쳤다. 내가 평생에 걸쳐 쟁취하고, 싸워서 얻고, 참고 견뎌 낸 그 모든 것을 말이다. 그런데 이제 남은 것은 몸에 걸친 누더기뿐이다. 귀향을 위해 나는 기다시피 사막을 건너고 산을 넘고, 얼어붙는 추위와 타는 듯한 더위를 견디며, 굶주림과 목마름과 말라리아 같은 열병도 참아 냈다. 귀향을 위해 나는 탈옥수처럼 가시 철망 밑을 기기도 하고, 지붕을 타고 도망치기도 했다. 대체 나는 무엇을 바랐던 걸까?

집으로 돌아가는 것. 그러나 지금 보이는 것은 이 어둠과 공허뿐. 나는 미리 깨달았어야만 했다. 우리는 결코 돌아갈 수 없다는 것을. 나는 예전의 내가 아니다. 따라서 예전과 같은 것은 아무것도 없다. 이제야 나는 그것을 안다.

누군가도 이제야 그것을 안다. 하지만 그는 너무 늦게 알았다. 왜냐하면 그는 더 이상 떠날 수 없게 되었기 때문이다. 그는 이제 이 자리에서 움직이지 않게 될 것이다. 그는 어둠 속의 이 지점에 돌처럼 굳게 될 것이다.

지니지 않게 된 지 오래된 시계를, 그의 손이 더듬어

찾는다. 적어도 그는 지금 자기 손을 느낀다.

그는 생각한다. 이 밤이 영원히 계속될 수는 없을 것이라고. 머지않아 아침으로 넘어갈 게 틀림없다. 물론 다시 아침이 오기는 온다는 전제로 말이다.

추위가 매서워진다. 추위가 그를 파고든다. 깊게, 더 깊게 파고든다. 뼛속까지 스민다. 그는 추위를 막으려 하지 않는다. 그는 그대로 받아들인다. 추위에 몸을 맡긴다. 그렇다고 드러눕지는 않을 것이다. 꼿꼿이 서 있다. 그는 기다린다.

긴 시간이 지나고, 그는 생각한다. 그래, 마침내, 마침내 날이 밝는구나. 그리고 그런 생각을 하면서 그는 알아차린다. 자신이야말로 이 세계가 존재하도록 자기 주변의 세계를 창조해야 하는 사람인 것이다.

강 건너 저편 숲 끝자락 위의 하늘에 밝은 띠가 나타난다. 연한 녹색이다. 그 위에 구름이 길게 뻗어 있다. 번진 잉크처럼 무겁고 어둡다. 새소리는 들리지 않는다. 아주 먼 곳으로부터 들려오는 그 어떤 소리도 아직 없다. 모두 죽은 것 같은 정적이다. 풍경은 굳을 대로 굳어 있다. 강물조차도 차가운 납처럼 회색으로 꼼짝 않고 있다.

앞으로 거기에 무엇이 존재하게 될지, 무슨 일이 일어나게 될지는, 그에게 달려 있다. 그런데 그는 자신이 감지한 것을 이해할 처지가 아직 아니다.

숲 가장자리에 앉아 있는 여인이 보인다. 커다란 회색 바윗덩어리 같다. 여인은 쉬지도 않고, 눈을 들지도 않고 계속 뜨개질을 하고 있다.

얼떨떨한 그의 시선이, 여전히 꼼짝 않고 있는 강에 걸린 구름다리로 건너간다. 그리고 그 순간 그는 흠칫 놀라며 공포를 느낀다. 거기엔 복면을 한 사내 둘이 서 있다. 한 사람은 크고 한 사람은 작다. 이미 오래전부터 그곳에 있었던 것처럼 서 있는 그들은 회갈색의 긴 코트를 걸치고, 머리와 얼굴엔 천을 감싸고 있으며, 장총을 어깨에 메고 있다. 이 두 사람이 누구인지 그는 모른다. 그러나 한 가지는 안다. 그들은 자신들의 시한이 지나기만을 기다리고 있다. 시한이 지나면 그들은 다리를 건너와 그의 집을 불태울 것이다.

나의 집, 그는 생각한다. 이제 그만 나의 집을 봐야겠다.

그는 집을 본다.

그것은 눈앞에 펼쳐진 들판, 불과 몇 걸음 거리에 있다. 하지만 그는 그것을 알아보지 못한다. 그것은 지금까지 한 번도 본 적이 없는 것이라고 그는 확신한다. 그를 이 건물과 이어 주는 것은 아무것도 없다. 극히 단편적인 기억조차도 없고, 오랜만에 집에 돌아왔을 때 느끼는 왠지 모를 서먹서먹함도 없다. 그것은 아름답다고도 추하다고도 느껴지지 않고, 낯설게만 느껴질 뿐이다. 그것은 마치 커다란 비둘기 집 같다. 그가 이곳에 사는 것은 불가능하다. 그것은 그와 아무런 관계도 없는 건물이다.

그는 그것을 지워 버리고 그 자리에 다른 건물을 앉혀 보려 한다. 그러나 그것은 그곳에 그대로 있다. 일부만이라도 바꿔 보려고 하지만 그것도 잘 되지 않는다. 그 대신 그는 절감한다. 그는 바로 이 집 때문에 책임을 추궁당하고 있는 것이다. 그는 죄를 지었다. 분명 큰 죄일 것이다. 그는 그것을 의심하지 않는다. 점점 또렷이 죄의 무게가 느껴지기 때문이다. 그는 무슨 일을 저질렀는가?

그는 이 집, 자신의 집을 부정하고 저버렸다. 그리고 배신했다. 그는 이곳이 아닌 다른 곳에서 위대한 사람이 되었다. 하늘에서 온 사자使者를 죽이는 킬러로 공포의 대상이 되고, 천사를 잡는 사냥꾼으로 이름을 날렸다. 그런 류의 만행에 관한 한 그를 능가하는 사람이 없었기 때문이다. 얼마나 많은 천사를 쓰러뜨리고 그 내장을 뽑아냈을까! 그리고 얼마나 그 반짝이는 날개와 값진 가죽을 마법이 풀린 세계의 권력자들에게 팔아넘겼을까! 또 얼마나 권력자를 쥐고 흔드는 그들의 여자들에게 팔아넘겼을까! 그래서 그녀들의 파티 의상을 치장하도록 했을까! 그는 그물을 치고 덫을 놓았다. 그리고 그가 쏜 탄환은 언제나 값비싼 깃털 옷이 상하지 않는 곳에 명중했다. 그것으로 그는 부자가 되었다.

그러나 그 다음엔 향수가 찾아왔다. 집으로 돌아오기 위해 그는 모든 것을 버렸다. 그리고 지금 여기에 서 있다. 그 어떤 낯선 곳에 있었을 때보다 이곳에서 더 낯선 이방인이다. 집을 오래 비워 놓은 사이 쥐들이 그의 집을 차지했다. 죽음을 퍼뜨리는 전염병처럼 그곳에 눌러앉아 위세를 부린다. 바로 이것이, 그가 저지른 죄다.

그리고 이제 그는 날이 밝기 전에 집을 청소해야 한다. 쥐가 남긴 페스트를 쓸어 내야 한다. 그렇지 않으면 집이 불태워질 것이다. 그리고 그 자신도 '폐기'될 것이다.

나 자신을 속이지는 않겠다. 그는 생각한다. 희망이 없다. 나는 절대 돌아오지 말았어야 했다.

설사 집 안으로 어떻게든 들어갈 수 있다 해도, 대체 어떻게 몇 백, 아니 어쩌면 몇 천에 이를지 모르는 쥐들을 깡그리 죽여 없앨 수 있단 말인가. 그것도 맨손으로 말이다. 그의 수중에 남아 있는 무기는 하나도 없다. 아무튼 집 안으로 들어가는 것조차 그로서는 전혀 불가능하다. 들어가는 문은 많다. 아니, 그냥 문이 있는 정도가 아니라, 원래 이 집은 지면에서 박공에 이르기까지 온통 열린 문으로만 만들어져 있다. 다만 문제는, 그 문들이 하나같이 그가 들어가기엔 너무 작다는 것이다. 기껏 담비 한 마리 정도 드나들 수 있을 정도다. 쥐야 물론 드나들 수 있겠지만, 사람은 무슨 수를 써도 안 된다.

나는 이곳이 아닌 낯선 곳에서 자랐다. 그는 생각한다. 예전처럼 다시 작아지려면 어떻게 해야 하는지 이제 나는 도무지 알 수 없다.

그는 집을 관찰한다. 그 작은 문들의 문턱엔 모두 까치발이나 작은 판때기나 막대기가 달려 있다. 하지만 아무것도 흔들리거나 움직이지 않는다. 죽은 것처럼 집은 서 있다.

쥐는 한 마리도 모습을 보이지 않고 소리도 들리지 않는다. 그러나 그는 알고 있다. 그놈들은 저 안에 숨어 있다. 그가 두려워 몸을 숨기고 쥐 죽은 듯 가만 가만히 있는 것이다. 그놈들도 기다리고 있다. 그가 다시 떠나기를 기다리고 있는 것이다. 그런데 아마도 그놈들은 잘 모르는 모양이다. 어떤 식으로든 자기들은 끝장날 운명이라는 것을 말이다. 그러나 그 역시 끝장이다. 희망은 없다.

그를 도와줄 사람은 정말 없는 걸까? 아니, 그의 편이 되어 줄, 살아 있는 존재는 하나도 없을까? 자신을 구해 줄 수 있는 무언가를 자기 자신 안에서 끄집어낼 순 없을까? 황야 같은 자신의 마음에서 황야의 피조물이나마 끌어낼 순 없는 걸까?

여기 늑대 한 마리가 있다. 검은 회색에 다부지고 사

납다. 그리고 날씬하고 날렵한 여우 한 마리도 있다. 아니다. 그가 생각한다. 나는 이놈들을 한 번도 길들인 적이 없다. 지들 멋대로 날 따라온 것이다. 이것도 희한한 우정이라면 우정이다. 정말이다. 언젠가 황야에서 나는 이 녀석들과 친구가 되었다. 늑대와 여우가 서로 상대방을 인정하기까지 오랜 시간이 필요했지만, 결국은 서로 공존하게 되었다. 이들은 어디든지 나를 따라다녔다. 도시에도 갔다. 배도 탔다. 그리고 모든 여행 가운데 가장 무의미한 이 마지막 여행까지 따라왔다. 이들은 한 번도 나와 떨어진 적이 없다. 이 밤에도 나의 오른쪽과 왼쪽에서 충실히 버티고 있다. 문장紋章 속의 동물처럼 꼼짝도 않고 있다.

그러나 그는 벌써 후회한다. 이들을 끌어들인 것에 대해서 말이다. 그는 생각한다. 내게 형이 집행되면 이 녀석들은 어떻게 될 것인가? 우리에 갇힐 것인가? 사슬에 묶일 것인가? 아니면 이 녀석들도 폐기될 것인가? 하지만 이들은 나의 죄와는 무관하다. 거칠기는 하지만 죄는 없다. 그나마 아직 시간이 있을 때 쫓아 버려야 한다. 그래, 지금 당장 말이다.

그는 녀석들의 털 위에 손을 얹어 본다. 따뜻하다. 그는 몸을 굽혀 귀에 대고 속삭인다. 용감하고 예쁜 녀석들아, 잘 들으렴. 우린 이제 헤어져야 해. 그러는 게 서로 좋아. 이제 날 혼자 있게 내버려 둬야 해. 난 더 이상 너희들을 달고 있을 수 없어. 자, 가라! 사라져라!

그러나 여우와 늑대는 그 자리에서 꼼짝도 하지 않는다. 마치 조각상처럼 버티고 있다. 할 수 없이 그는 이제껏 한 번도 해 본 적이 없는 행동을 한다. 그는 녀석들을 발로 차고 주먹으로 때린다. 그들은 그의 구타를 피하면서도 달아나지는 않는다.

가! 그가 헐떡인다. 그리고 흐느낌을 참으려 애쓴다. 가! 가란 말이야!

발길에 차이고 주먹에 맞을 때마다 녀석들은 작은 비명을 지르지만, 거기서 떠나지 않는다. 그는 이를 악물고 계속해서 그들을 쫓아 보려 한다. 차라리 잘됐다. 그가 생각한다. 이 녀석들은 이제부터 죽을 때까지 인간을 믿지 않을 것이다. 그래도 그들에겐 자유가 있고 생명이 있겠지.

마침내 녀석들도 사정을 알아차린 모양이다. 절룩거리고 신음하면서 물러간다. 그런데 달아나는 것이 아니다. 집을 향해 달려간다. 목덜미의 털이 휘날린다. 늑대는 성이 나서 으르렁거리고 여우는 짖는다. 입구를 찾아보지만, 문은 하나같이 작다. 여우가 들어가기에도 너무 작다. 늑대는 성나서 미친 듯이 양쪽 앞발로 집 맨 아래 있는 구멍 가운데 하나를 박박 긁는다. 그리고 전력으로 머리를 안으로 들이민다. 그러자 이젠 거기에 꽉 끼여 빼도 박도 못하게 된다. 늑대는 격한 울음을 한 차례 토해낸다. 길고 걸걸한 외침이다. 늑대는 몸을 뻗고 비틀고 밀며 빠져나오려 한다. 발톱으로 바닥을 파헤치자, 구멍 주위의 벽이 헐거워지면서 조각조각 부서져 떨어진다. 이제 머리가 자유로워진다. 어느새 여우는 소리도 내지 않고 번개같이 빠르게 안으로 미끄러져 들어간다.

갑작스러운 정적이 흐르는 가운데, 집으로 돌아온 '아무도 아닌 자의 아들(Nobody's Son)'은 자기 심장이 망치질하는 소리를 듣는다. 자기 동물들이 저기에서 무엇을 하는지 그는 아직 알지 못한다. 그런데도 어리석은 희망은 안에서 솟아오르고, 그는 그것을 거스르지 못한다.

아냐. 그가 생각한다. 그렇게 될 일이 아니야. 설령 여우가 쥐새끼 한두 마리 잡는다고 한들 그게 무슨 소용이란 말인가?

늑대가 돌아왔다. 그의 곁에 주저앉아 피 묻은 앞발을 핥는다. 집에서는 다급하게 낑낑거리는 소리가 들린다. 한순간 여우의 뾰족한 주둥이가 박공 가까운 곳, 가장 높은 쪽문 뒤에 나타났다 사라진다.

다리 위에 있는 복면한 사람 둘은 움직이지 않고 있다. 아무도 아닌 자의 아들은 눈을 굴려 그들의 얼굴을 보려 하지만, 천 사이로 어둠밖에 보이지 않는다. 커다란 회색 돌덩이처럼 여인은 뜨개질을 계속하고 있다. 강물도 여전히 굳어 있다.

그 순간 단말마斷末魔의 비명이 터진다. 무엇일까? 여우였을까? 저승의 신음이 이제 집 안에서 흘러나온다. 그리고 점점 커지는 날카로운 소음. 폭풍처럼 일어나는 술렁거림……. 마침내 여기저기서 터지는, 그러다 순식간에 멎어 버린 울부짖음. 정적……. 부서져 내린 구멍에서 여우가 붉은 불꽃처럼 튀어나와 자기 주인 쪽으로 돌진하다 공중제비를 돌더니, 그대로 넓은 들판으로 달려가 미친 듯이 이리저리 날뛴다.

복면한 사내 둘은 천천히 어깨에서 총을 내려 탄환을 장전하고 침착하게 겨눈다. 표적은 여우다.

쏘지 마라! 아무도 아닌 자의 아들이 외친다. 여우는 쏘지 마라!

그리고 그는 팔을 벌리고 사선射線에 끼어들어 총구를 향해 달린다. 복면한 사내들은 망설이다 무기를 내린다. 그는 여우를 뒤돌아본다.

여우는 그의 뒤에 바짝 붙어 누워서는 혀를 길게 밖으로 늘어뜨리고 헉헉거리며, 고개를 기울인 채 그를 바라보고 있다. 그 녹색 눈에는 거의 자만심에 가까운 무언가가 빛나고 있다. 여우는 앞발 사이에 놓인 작은 시체를 주둥이로 밀어 뒤집는다.

아무도 아닌 자의 아들은 노획물을 집어 올려 살펴본다. 털이 더부룩한 가죽이 검고 축축하다. 속은 텅 빈 것 같고, 몸은 이미 싸늘하며, 무게도 거의 느낄 수 없다. 그런데도 소름이 끼친다. 지금 죽어 있어서가 아니라, 이 물건이 언젠가 한 번은 살아 있었단 생각이 들어서다. 이런 것이 정말 존재했다니! 작은 세모꼴 얼굴엔 상상도 할 수 없는 태곳적 악의를 아직까지도 잔뜩 품고 있다. 사람 손처럼 생긴 작은 손은 굽어 있고, 손톱은 뾰족하고 길다. 이것을 쥐라고 한다면, 이제까지 쥐를 한 번도 본 적이 없다고 해야 맞을 것이다.

쭉 뻗어 있는 이 물건을 그는 두 손 위에 올려놓고, 복면한 사내들 쪽으로 간다. 여우와 늑대가 그를 따른다. 그렇게 그들 셋은 다리 앞에 멈춰 선다.

오랜 정적이 흐른 뒤에 복면한 사내 둘은 총을 다시 어깨에 멘다. 그리고 다시 긴 정적이 흐르고 그들은 몸을 돌려, 무겁고 불안정한 걸음으로 그곳을 떠난다.

아무도 아닌 자의 아들은 그들을 눈으로 좇는다. 그리고 지금, 뜻밖에도 모든 희망이 샘솟는다. 다시는 가질 수 없다고 믿었던 희망이 뜨거운 눈물처럼 몸속에서 치밀어 오른다. 뼛속에서도 온기가 올라오는 게 느껴진다. 온기는 그의 손발로, 그의 가슴으로, 그의 목구멍으로, 그의 눈으로 파도쳐 흘러간다. 비로소 그는 알아차린다.

이제야 그의 귀향이 시작된 것이다.

저편 숲 가장자리에 있는 커다란 회색 돌 같은 여인이 뜨개질을 멈춘다. 무릎 위에 손을 가지런히 놓는다. 지금까지 그늘져 어둡기만 하던 그녀의 얼굴이 날이 밝아 오면서 아침 햇살에 반사되어 이젠 밝게 빛난다. 기대에 찬 차분한 얼굴로 그녀는 점점 더 찬란함을 더해가는 하늘을 올려다본다. 저쪽 하늘, 그 빛에서 풀려나오는 무언가가 있으니, 아직은 아득해서 그냥 추측하는 것이지만, 그것은 벌새처럼 온갖 색채를 반짝이면서 어느새 첫 날갯짓을 시작하는 날개 한 쌍이다.

12

이미 여러 세기 전부터 우리가 건설하고 있는 다리는 결코 완성되지 않을 것이다. 누구를 붙잡으려는 것도 아니면서 의미 없이 뻗은 손처럼 다리는 우리 국경에 있는 가파른 벼랑 위로 돌출해 있고, 벼랑 아래에는 밑도 끝도 없는 검은 나락이 펼쳐져 있다. 활처럼 팽팽하게 휘어 있는 다리 위 아치는 심연에서 끊임없이 솟아오르는 짙은 안개에 싸여 저 너머 멀리 어딘가로 모습을 감추고 있다.

이런 건축물은 반대편에서 이쪽을 향해 똑같이 건설해 오지 않는 한 완성될 수 없다. 그리고 저편에서도 이런 프로젝트를 진행하고 있다는 징후를 지금까지 한 번도 발견할 수 없었다. 아마도 저쪽에서는 우리의 이 힘든 작업에 대해 전혀 감조차 잡지 못하는 듯하다.

우리 가운데는 심지어 반대편의 존재 자체를 의심하는 사람도 많다. 지난 두 세기 동안 이런 사람들은 예로부터 내려온 정통 교리教理에서 벗어나는 독자적인 교회를 세웠고, 그 신도들은 일면파一面派라는 이름으로 불렸다. 원래 이 이름은 정통파에서 붙인 경멸 조의 별명이었는데, 나중에 그들 스스로 좋다고 받아들여 그 뒤로는 일종의 자부심을 갖고 달고 다닌다. 그런데 그들의 신념이 다리 건설에 참여하는 일을 막는 것은 결코 아니다. 앞으로도 온 힘을 다해 다리를 건설하는 것은 우리의 윤리에 규정된 일이다. 그래서 오늘날 그들은, 예전엔 이따금씩 가해졌던 박해를 받는 일도 없고, 정통파와 동등하거나, 최소한 '거의' 동등한 권리를 지닌 것으로 인정받는다. 그들은 왼쪽 귓불에 세로로 난 작은 절개 자국으로 다른 사람들과 구분되며, 그 절개 자국이야말로 자신들의 일면성一面性에 대한 신앙 고백인 셈이다. 반면, 나머지 정통적인 다수는 자신들을 절반파折半派라 칭한다. 그들은 다른 한 쪽의 존재는 의심하지 않지만, 저쪽에 이르는 것은 불가능하다고 믿고 있다.

우리 쪽에서 다리가 절반 이상 뻗어 나간 일은 결코 없을 텐데, 그럼에도 그 위로 교통은 활발하다. 그곳에선 매일 밤낮없이 양쪽 방향으로 왕래하는 짐마차, 기사騎士와 보행자, 가마꾼과 짐꾼을 볼 수 있다. 다리 건너 쪽과 상거래가 없다면 오늘날 우리는 더 이상 생존할 수 없다. 모든 의약품, 우리 생필품 대부분이 저쪽에서 오기 때문이다. 대신 우리는 그들에게 온갖 종류의 질그릇, 벽돌과 금속 기구, 그리고 우리 광산에서 나는 지랍地蠟을 공급한다.

흔히 이방인들이 이해하기 어려워하는 것은, 자신들에게 명백한 모순으로 보이는 이 사실을 우리가 아무렇지도 않게 받아들여 끌어안고 산다는 점이다. 다리는 우리 손으로 직접 만든 부분만 실제로 존재한다. 이것을 의심하는 것은 우리 종교가 금하고 있으며, 이 점에 있어선 일면파와 절반파 사이에 차이가 없다. 우리 역사에 때때로 존재했던 광신자와 이단자는 즉시 우리 다리가 끝나는 곳으로 연행되어 계속 걸어가도록 강요된다. 물론 그들은 심연으로 떨어진다.

우리 나라에서 태어나지 않고 자라지 않은 사람이 또 납득하기 어려워하는 것은, 우리와 저쪽 사이에 교류가 이루어지기 위해서는 '양쪽의 교류는 애당초 불가능하다.'고 '우리 모두 굳게 믿는 것'이 전제되어야 한다는 사실이다. 가령 우리가 우리들 교리의 이 근간을 뿌리부터 흔들어 대는 날엔 즉각, 다리에서 우리가 건설한 부분이 무너져 내리고 우리도 멸망할 것이다. 이것은 우리가 확신하고, 또 우리의 신성한 모든 경전들이 증명하는 바이다. 그러므로 여행하는 사람은 함부로 혀를 놀리지 말고, 너무 기를 쓰고 우리 신앙의 비밀을 들춰내려 하지 말아야 한다. 그렇지 않으면 우리 사람들 가운데 이단자가 처했던 것과 같은 운명을 맞을 각오를 해야 한다. 그럼에도 우리의 다리가 아직 완성되지 않았고, 우리 쪽과 다른 쪽 사이엔 여전히 나락이 존재한다는 것을 꼭 몸소 확인해야겠다면 하는 수 없지만 말이다.

뿐만 아니라, 우리 나라의 아들딸과 저쪽의 아들딸 사이에 적지 않게 이루어지는 결혼식에서도 신랑과 신부는 그런 전제에 근거해 '존재하지 않음'을 엄숙하게 신앙 고백한다. 우리 나라 두 종파의 신앙 고백은 단지 그 문구만 차이 난다. 일면파가 서약하는 말은 이렇다.

"나는 아무 데서도 오지 않았습니다. 내가 유래한 곳은 아무 데도 없기 때문입니다. 그래서 나는 아무도 아닙니다. 그래서 나는 당신을 나의 남편(아내)으로 맞아들입니다."

반면 절반파는 이렇게 서약한다.

"내가 유래한 곳에서 내가 이곳으로 오는 것은 불가능합니다. 그래서 나는 이곳에 없습니다. 그래서 나는 당신을 나의 남편(아내)으로 맞아들입니다."

이렇게 식이 끝나면 당사자는 우리 나라에서 완전한 시민권을 얻게 되고, 그때부터 배우자로서 모든 권리와 의미를 지닌 실제적인 인격으로 승인되는 것이다.

13

여기는 방이다. 그리고 동시에 사막이다. 다 헐어 버린 벽들이 지평선 저 멀리 희미하게 솟아 있다. 사방은 온통 모래뿐이다. 모래 언덕 뒤로 모래 언덕이 사방으로 끝없이 이어지고 있다. 저 높은 곳에는 하얗게 빛나는 태양이 걸려 있다. 태양이 아니라면 저것은 푸르스름한 법랑을 입힌 양철 갓 속의 램프일까? 그 눈부신 빛이 모든 색깔을 깔아뭉개는 바람에 하얀 평면과 검은 그림자밖에 남아 있지 않다. 눈부셔 참을 수 없는 살인적인 이 빛의 골격은 우주의 용접기가 내뿜는 악의에 찬 광휘다.

방에는 북쪽에 하나, 남쪽에 하나, 두 개의 문이 있다. 가물거리는 지평선 위에 서 있는 이 문들은 거대한 모습으로 하늘의 푸른 열기를 안으로 빨아들이고 있다.

북쪽 문으로부터 작은 풍문風紋 자국이 여러 겹으로 굽이치며 사막 한가운데로 이어지고 있다. 그곳을 한 사내가 개미처럼 걷고 있다. 한 걸음 움직일 때마다 복사뼈까지 모래에 빠져 비틀거리고, 노를 젓는 것처럼 팔을 크게 휘젓는다.

이 사내는 신랑이다.

얼굴은 햇볕에 그을려 갈라지고 온통 물집이 잡혀 있다. 입술은 말라붙은 침으로 하얗고, 탈색되고 윤기 없는 머리털은 헝클어져 바싹 마른 지푸라기처럼 얼굴을 덮고 있다. 땀범벅이 된 코에서 계속 미끄러져 내리는 안경을 사내는 미련하고 끈질기게 반복해서 제자리로 밀어 올린다. 왼손에는 낡아서 우글쭈글한 실크해트가 흔들거리며 들려 있다. 왕년에는 몸에 꼭 맞았을 것 같은 혼례용 모닝코트는 이젠 너무 늘어나 코트의 뾰족한 옷자락이 발뒤꿈치까지 늘어져 있고, 천은 닳을 대로 닳아서 곳곳이 해져 있다. 셔츠는 바지 밖으로 나와 있고, 바지도 너무 헐렁해서, 세 걸음 옮길 때마다 추슬러야 한다. 한쪽 발엔 바닥이 떨어져 너덜거리는 에나멜 구두를 신고, 다른 쪽 발엔 모래 열기를 조금이나마 막아 보려고 지저분한 손수건을 감고 있다.

이 사내의 이십여 미터 앞에 또 한 사내가 가고 있다. 유난히 단정한 옷차림으로 보아 관官에 몸담고 있는 사람

같아 보인다. 짙은 색 양복에 짙은 색 모자를 쓰고, 한 손엔 서류 가방, 다른 손엔 꼭꼭 접은 우산을 들고 있다. 얼굴이 약간 창백한 것을 빼곤 정말 아무 특징도 없다. 마치 얼굴을 지우개로 지워 놓은 것 같다.

두 방랑자 사이의 거리가 서서히, 그러나 꾸준하게 벌어진다. 신랑이 발길을 재촉하지만, 숨을 헐떡이며 고전할 뿐이다. 쓰러졌다 다시 일어나고, 또 비틀거리다가 다시 쓰러지기를 반복한다.

"제발 부탁이에요!"

그가 외친다. 그의 목소리는 고음으로 쥐어짜는 늙은 여편네의 그것처럼 들린다.

"잠깐만 기다려 보세요! 물어볼 말이 있단 말이에요."

지우개로 지워 놓은 것 같은 얼굴의 사내는 자신을 부르는 소리를 제대로 듣고도, 그대로 조금 더 걸어간다. 이윽고 그는 멈춰 서서 한숨을 쉬며 돌아본다. 마치 말도 안 되는 핑계를 대며 골백번 자신을 잡아 세우는 버릇없는 아이의 칭얼거림에 질렸다는 투다. 귀찮은 듯 우산을 짚고 서서, 신랑이 힘겹게 모래 언덕을 기어오르는 것을 지켜본다.

"거 좀 빨리 오시오!"

그가 차갑게 말한다.

"도대체 또 뭐요?"

"말씀 좀 해 보세요."

신랑이 헉헉거린다. 그런데 자기가 뭘 물어보려 했는지조차 헷갈려 하는 게 눈에 보인다.

"제발, 제발, 말씀 좀 해 주세요. 아직도 멀었나요?"

그가 말할 때, 부은 입술에서 침이 흘러내린다.

"몇 걸음만 더 가면 된다는데 그러시오."

그 사내가 전과 마찬가지로 똑똑하게 대답한다.

"저기 저 문까지만 가면 되오."

그러면서 우산으로 남쪽에 있는 문을 가리킨다. 그가 다시 걸어가려고 돌아서자, 신랑이 그를 꽉 붙잡는다.

"죄송한데요."

그가 아주 힘들어하며 말을 꺼낸다.

"어디로요? 내가 금방 까먹어서요. 대체 우리는 어디로 가는 겁니까?"

"거야, 당신 신부가 있는 곳이지."

다른 사내가 설명한다. 벌써 여러 번 이렇게 대답했다는 게 그의 말투에 드러난다. 귀가 어두운 사람이나 머리가 모자란 사람에게 얘기하듯이 한 음절 한 음절 강조하면서 큰 소리로 말한다.

"내가-당신을-당신-신부가-있는-방으로-데려다-준다고!"

신랑은 한동안 입을 벌린 채 그를 바라보다가, 손으로

이마를 두드리며 미안하다는 듯이 얼른 웃어 보인다. 그리고 말하는 동안에도 애써 웃으려 한다.

"그녀가 있는 곳에 도착하기만 하면 모든 게 다 잘 되겠죠? 그렇죠? 설마 내 옷차림이 이렇게 엉망이 됐다고 날 타박하거나 하지는 않겠죠? 이게 다 그녀 때문이니까, 그녀도 이해해 주겠죠? 내가 이렇게 고생한 것만으로도 내가 자기를 얼마나 사랑하는지 충분히 알 수 있겠죠? 그녀가 날 믿어 줄 거라고 전 확신해요. 그녀는 분명 두 팔 벌려 반갑게 날 맞아 줄 거예요."

"그건 신부가 있는 곳에 도착하고 나서의 얘기요."

그 사내가 사무적으로 못을 박는다.

"암요, 알다마다요."

신랑이 중얼거린다.

"이제 얼마 안 남았겠죠. 정말 얼마 안 남았을 거예요. 그래서 내가 직선 코스를 택한 거거든요. 저 뒤의 저 문에서 저 앞의 저 문까지만 가면 되니까요. 직선 코스가 아무래도 제일 빠르지 않겠어요? 거야 어린애도 다 아는 일이죠."

"그렇지 않소."

사내가 무표정하게 말한다.

"이곳 '한낮의 방'에서는 그렇지가 않아요. 내가 처음부터 그러지 않았소? 그런데 당신은 그걸 믿으려 하지 않았지. 어떤 길로 돌아서 왔더라도 그게 더 짧았을 거요. 그런데 당신은 내 말 따윈 안중에도 없었소. 아무튼 이젠 늦었소. 우린 너무 멀리까지 와 버렸소."

신랑은 불쏘시개처럼 바짝 마른 혀로 터진 입술을 핥는다.

"도착하기만 하면 난 그녀를 내 마음대로 할 수 있어요."

그가 속삭인다.

"그녀는 군말 없이 뭐든지 고분고분 따라야 해요. 내 신부니까요. 하지만 난 그렇게 하지 않을 거예요. 난 그녀에게 나쁜 짓은 아무것도 하지 않을 거라고요. 무슨 말인지 아시겠어요? 그녀는 아주 예쁘고 젊어요. 그리고 온전히 순결해요. 아시겠어요? 아무튼 나는 그녀에게 자상한 남자가 될 거예요. 부드럽고 매너 있게 할 거라고요. 내가 직선 코스로 방향을 잡았다고 해서, 그게 곧, 내가 그녀에게 갑자기 들이닥치겠다는 얘기는 아니었어요. 난 그녀에게 시간을 줄 거예요."

안내자는 아무 말이 없다. 그는 그래서 뭐 어쩌라는 거냐는 듯이 지평선 쪽을 바라본다.

신랑은 한동안 에나멜 구두 밖으로 튀어나와 있는 자신의 엄지발가락을 바라본다. 그러다가 갑자기 의심스럽다는 듯이 묻는다.

"근데 아직도 그녀는 예쁘고 젊겠지요? 내 신부요. 그러니까 내 말은, 그녀가 아직까지 그렇겠느냐는 말이에요. 그렇겠죠? 솔직한 생각을 좀 말씀해 보세요!"

"거기에 대해서 난 아무 생각이 없소."

얼굴 없는 사내가 대답한다.

신랑은 이마를 문지른다.

"예, 예, 알아요. 다만 모든 게 너무 오래되었어요. 그녀가 어떻게 생겼는지 거의 생각나지 않아요. 솔직히 말해서, 이젠 그 사람에 대해 아무것도 모르겠어요. 어느 낯선 아가씨일 뿐이죠. 이름이 뭐였더라? 맙소사, 우리가 길 떠난 지 벌써 이렇게 오래되었다는 거네요."

"우리는 저 문에서 나왔소."

냉정한 목소리가 말한다.

"그리고 저기 있는 문을 향해 가고 있소. 그게 다요."

"난 이해할 수 없어요."

신랑이 고백한다.

"이렇게 멀다는 것이, 도무지 이해할 수가 없다고요."

"당신은 이해할 수 없소."

그 사내가 되받으며 계속 걷기 위해 돌아선다.

"그래도 당신 신부는 기다리고 있소. 어서 갑시다!"

신랑은 그의 소매를 다시 한 번 잡고 늘어진다.

"대체 그걸 어떻게 아시죠? 기다리다 벌써 오래전에

포기했는지도 모르잖아요. 아니면 아예 처음부터 기다리지 않았을지도 모르죠. 또 그 사이에 다른 상황이 끼어들었을 수도 있고요. 그렇다면 이 모든 것이 완전히 헛고생이라는 거 아닙니까? 결국 내 꼴만 우스워지잖아요."

"그건 말이오."

건조한 목소리가 대답한다.

"당신이 눈앞에 있는 저 문을 통과하게 되면 가장 잘 알게 될 거요."

"눈앞에 있는 저 문……."

신랑이 속삭인다.

"저기 도달하는 건 불가능해요. 저 문은 항상 우리 눈앞에 있어요. 항상 똑같은 거리에 있다고요……. 저건 파타 모르가나(*신기루를 나타나게 한다는 이탈리아 전설 속의 요정. 이 이름이 지금은 '신기루'라는 의미로 굳어졌다.)예요. 문이 아니라고요."

"말도 안 되는 소리!"

그 사내가 웃지도 않고 말한다.

"파타 모르가나는 나타났다 사라지는 거요. 그런데 저 문은 처음부터 저기 있었고, 계속 같은 자리에 있소. 전혀 변하지 않았다는 말이요."

신랑이 끄덕인다.

"그래요. 변하지 않았죠. 내가 떠나던 그때부터, 그리고 내가 아직 젊었던 그때부터…….”

“그러니까 파타 모르가나는 아니라는 거요.”

안내자가 결론을 내리는 말투로 말하고 움직이기 시작한다.

두 사내는 긴 시간을 나란히 서서 방랑한다. 그러나 차츰 둘 사이에 다시 거리가 생겨나더니 점점 벌어진다. 또다시 신랑이 앞사람을 부르고, 단정한 옷차림의 사내는 한참만에야 다시 멈춰 서서 우산을 짚고 그를 기다린다. 신랑은 눈에 띄게 힘이 빠져 있고, 옷은 이제 누더기가 되어 몸에 간신히 매달려 있다. 그가 더 쪼그라들고 더 늙은 것처럼 보이기도 한다.

“그때만 해도요,”

그가 숨을 몰아쉬며 간신히 목소리를 짜낸다. 그리고 이제는 차양밖에 남지 않은 실크해트를 북쪽 문이 있는 방향으로 정신 사납게 흔들어 댄다.

“그때만 해도 내가 힘이 남아돌았었는데, 기억하세요? 그때만 해도 앞서 가는 건 나였지, 당신이 아니었어요. 생각나시죠?”

“간혹 그랬지.”

사내가 정정한다.

“아주 어쩌다 그랬지.”

신랑은 고집스럽게 고개를 흔든다.

"아니, 아니에요. 당신은 나를 따라잡지 못했어요. 당신은 나와 보조를 맞추는 것조차 힘들어했어요. 그땐 내가 당신보다 젊었으니까요. 당신보다 훨씬 젊고 훨씬 기운이 좋았죠. 말 그대로 난 늠름한 청년이었어요."

"난 말이오."

안내자가 대꾸한다.

"여전히 같은 나이요."

신랑은 주름투성이 얼굴에서 모래를 손으로 닦아 낸다.

"생각나네요."

그가 속삭인다.

"우리가 문을 나설 때 말이에요. 거기에 늙을 대로 늙은 여자 하나가 바닥에 웅크리고 있었어요. 마치 햇볕에 시든 것처럼 조그맣게 쪼그라든 모습이었죠. 그 여자는 몸에 거미줄처럼 돼 버린 천 조각 몇 개만 걸치고 있었어요. 어쩌면 자기가 신부였을 때 썼던 면사포가 그렇게 삭은 건지도 모르죠. 불쌍한 노파였지! 살갗에 주름처럼 납작하게 달라붙은 가슴을 보고 난 구역질이 났어요. 그때 나를 쳐다보던 그 시선! 나는 아직도 그 시선을 잊을 수가 없어요. 안으로 푹 꺼진 반소경의 눈이었죠. 그리고 그 여자는 시든 장미 두어 가지를 든 손을 내게 내밀었어요. 그런데 그 시선이 나로 하여금 무언가를, 아니면 누군가를 자꾸 떠올리게 했어요. 그게 뭐였는지 지금은 잊어버렸지만요. 아직 생각나는 건, 그녀가 너무 늙고 추해서 내가 오히려 민망했다는 것뿐이에요. 나는 내 옷깃 단춧구멍에 꽂혀 있던 붉은 카네이션을 뽑아, 그녀에게 던져 주었어요. 그녀는 그걸 받고는 이가 다 빠진 입을 벌리며 웃더군요. 내 선물이 기뻤던 모양이에요. 그래요. 그때 난 정말 늠름한 청년이었어요. 힘이 넘치는 황소 같았죠. 나는 몇 걸음만 가면 그녀한테, 그러니까 내 신부한테 갈 거라고 생각했어요. 나는 마음이 급했어요. 그래서 직선 코스로 그녀에게 가려고 했던 거예요."

"갑시다, 어서!"

안내자가 말한다. 그런데 이제는 조금 초조해한다.

하지만 신랑은 아직 할 말이 남았다. 상대가 알아듣게 말하려면 힘이 들지만 그게 문제가 아니다.

"차라리 이러면 어떨까요?"

그가 쉰 목소리를 낸다.

"밤이 될 때까지 기다리는 게 더 낫지 않겠느냐고요. 선선해지면 걷는 것도 훨씬 수월할 텐데 말이에요."

"제발!"

얼굴 없는 사내가 대답한다.

"정신 좀 차리시오! 그렇잖아도 당신 때문에 모든 게 뒤죽박죽이오. 우리는 지금 '한낮의 방'에 있다는 걸 모르시오? 밤이 된다는 건 딴 세상에나 있는 얘기요. 당신 눈으로 한번 보시오. 여기는 우리 그림자도 하나 없지 않소. 빛은 하늘 정점에 있으며, 그건 변한 적도 없고 변하지도 않소."

신랑은 슬프게 고개를 끄덕인다. 그리고 팔을 축 늘어뜨리고 말한다.

"더는 못 하겠어요."

안내자는 대수롭지 않게 우산으로 모래를 쑤신다.

"그 얘긴 벌써 수백 번도 더 했소. 당신 책임감에 호소하는 것에 나도 이젠 지쳤소. 당신을 기다린다지 않소. 당신 신부가 이제나저제나 분초를 세면서, 당신을 애타게 그리워하고 있소. 젊은 여인의 그리움이란 바로 그런 것이오. 그런데도 당신은 아무 상관없다는 거요?"

"누가 상관없답니까!"

신랑이 서둘러 부정한다.

다시 두 사내는 긴 거리를 묵묵히 방랑한다. 번쩍이는 빛 속에서 몇 시간이 흘렀는지, 몇 년이 흘렀는지 모른다.

갑자기 신랑이 바닥에 몸을 내던지고 뒹군다. 그리고 딱지가 앉은 입술로 하늘을 향해 외친다.

"왜, 왜냐고. 왜 이렇게 길이 기냐고. 나는 절대 도착하지 못할 거야. 절대, 절대로 난 내 신부를 만날 수도,

안을 수도 없을 거야. 왜 나는 그녀에게 이런 말조차 할 수 없는 거야? 당신을 갈망한다고, 당신을 갖고 싶다고, 당신의 살갗을, 당신의 몸을 만지고 싶다는 말조차 할 수 없느냐고?"

기침이 갑작스럽게 터져 나와 몸을 가눌 수 없어 말을 잇지 못한다.

안내자는 냉담하게 기침이 멎기를 기다린다. 그리고 말한다.

"다 했소. 그 말들, 당신은 다 말했소. 그래서 한 글자도 빠트리지 않고 여기 기록해 둔 거요."

그가 우산으로 가죽으로 된 서류 가방을 톡톡 친다.

신랑은 잠시 말 없이 입술만 움직인다.

"하지만 왜?"

마침내 그가 더듬거린다.

"나는 그녀 곁에 있지 않고 왜 여기에 있는 거죠? 왜 난 아직도 그녀에게 이르지 못한 채 여전히 그녀에게로 가기만 하는 거죠? 왜, 왜냐고요."

"당신이 기어이 그러려고 했기 때문이오."

다른 사내가 말하며 그를 내려다본다.

"수도 없이 되풀이해 당신에게 말하지 않았소. 직선 코스가 가장 길다고 말이오. 당신은 그 말을 귓등으로도 안 들었소. 지난 일이야 그렇다 치고 최소한 지금은 듣고 있소?"

"예."

신랑이 긁어 파는 소리를 낸다.

그는 안내자를 한참 뚫어지게 보고 나서, 웃음을 터뜨린다. 끊임없이 내지르는 날카로운 비명처럼 들린다. 사내는 꼼짝도 않고 기다린다. 이윽고 신랑은 침을 꿀꺽 삼키고 속삭인다.

"그러니까 그 말은, 내가 수학에 완전히 속았다는 말인가요?"

"아니오."

안내자가 말한다.

"저쪽에서는 그게 맞소."

신랑은 머리를 모래에 처박았다가 태양을 응시한다. 달군 쇠꼬챙이가 관통하는 것처럼 눈이 아프다. 하지만 눈물은 나오지 않는다. 눈물도 이젠 말라 버렸다. 그는 손가락 사이로 모래를 흘리며 중얼거린다.

"그러니까 그게 그랬다는 거지. 그만두겠어. 집어치워. 더는 못 하겠어. 집어치우라고."

"자, 힘을 내시오."

안내자가 말한다. 하지만 아무 관심 없다는 투다.

"저기 코앞에 문이 있소. 불과 몇 걸음 되지도 않소."

신랑은 손가락 사이로 모래를 계속 흘린다. 안내자는

그를 일으켜 세운 다음, 팔을 뻗어 자기 앞으로 들어 올린다. 그만큼 가벼워져 있는 것이다. 그의 다리는 인형의 다리처럼 허공에서 대롱거린다.

"아무것도 보이지 않아요."

그가 속삭인다.

"난 이제 눈이 없어요."

"그럼 당신 신부는?"

사내가 묻는다.

"난 이제 아무것도 몰라요. 이젠 아무것도 이해할 수 없어요. 이젠 아무것도 바라지 않는다고요. 나한텐 신부가 없어요. 그런 건 가져 본 적도 없어요. 갈망한 적도 없고, 사랑한 적도 없어요. 나는 존재한 적도 없다고요. 제발 날 가만 놔둬요."

그러나 안내자는 물러서지 않는다.

"당신한텐 자기 존재를 포기할 권리가 없소. 당신은 자기 자신밖에 생각하지 않는구려. 하지만 당신은 책임이라는 걸 짊어졌소. 인격 있는 남자가 그걸 그렇게 쉽게 내던져 버릴 순 없는 일이오."

"인격이라……."

신랑이 속삭인다. 다리는 여전히 흔들거리고 있다.

"궁금한 게 있어요. 차라리 당신이 나 대신 신랑 노릇을 하면 되는데, 어째서 그렇게 하지 않는 거죠? 그 젊은

아가씨가 좋아하지 않겠어요? 당신은 여전히 젊잖아요. 적어도 나보다는 젊잖아요."

안내자는 그를 내려놓는다. 그는 넝마 다발처럼 모래로 떨어진다. 눈을 가늘게 뜨면서 자기 위로 우뚝 버티고 서 있는 얼굴 없는 사내를 보려고 한다.

"우리의 의무는 말이오,"

매끄러운 목소리가 말하는 게 들린다.

"같은 게 아니오."

신랑은 다시 모래로 장난을 한다.

"의무라……."

그가 속삭이며 피식거린다.

"의무……."

이제 처음으로 사내가 불쾌한 얼굴을 한다.

"당신 정말, 인생 다 산 사람처럼 계속 이럴 거요?"

"사실이 그런 걸요."

신랑이 대답하고 슬프게 끄덕인다.

"돌이켜 보건대, 난 인생 다 산 거죠. 아시겠어요? 난 이제 노인이에요. 그런데 난, 인생을 살아 본 적이 없어요. 모든 게 삭제돼 버렸다고요. 난 내 인생을 사기당했어요. 도대체 누구한테 당한 건지도 모르지만요. 그리고 이제 난 인생 같은 것 바라지도 않아요. 난 인생 따윈 갖고 싶어 한 적도 없어요. 이건 당신도 어떻게 할 수 없는 문제예요."

"해 주겠소."

사내가 말한다.

"얼마 안 남은 몇 걸음 내가 당신을 안고 가리다."

신랑이 피식 웃는다.

"얼마 안 남은 몇 걸음……. 그렇게 될 일이 아냐!"

"실례하오!"

사내가 말한 다음 대답을 기다리지도 않고 신랑을 높이 들어 올려 팔에 안는다. 신랑은 여위고 가느다란 팔을 안내자의 어깨에 두르고, 흔들거리는 백발의 작은 머리를 그의 목에 묻는다. 그렇게 그들은 또다시 먼 길을 걸어간다. 신랑은 거의 무게가 나가지 않지만, 그래도 안고 있는 사람의 팔은 끝내 마비되고 만다. 결국 그는 신랑을 바닥으로 미끄러뜨린다.

"몇 걸음 안 남았다더니……."

신랑이 꼬투리를 잡았다는 듯이 툭툭거린다.

"보세요, 보라고요!"

얼굴 없는 사내는 대꾸하지 않는다. 그는 자기 우산 손잡이를 신랑 모닝코트 칼라, 아니 아직까지 남아 있는 옷의 잔해에 건 다음, 신랑을 뒤로 질질 끌면서 모래를 헤쳐 나간다.

다시 한없는 시간이 지난다.

신랑은 사내가 자신을 놓아 주는 것을 느낀다. 비로소 넝마 다발 신세에서 벗어난 것이다.

"다 왔소."

무관심한 목소리가 말하는 것이 들린다.

"내가 말하지 않았소. 불과 몇 걸음 되지 않는다고 말이오."

신랑은 마지막 안간힘을 다해 일어나 앉으며 눈을 크게 뜬다. 빛이 끓는 쇳물처럼 눈으로 밀려들어 온다. 그는 비명을 내뱉지만 자기 자신에게조차 들리지 않는다.

힘을 잃고 서서히 꺼져 가는 눈앞에 문이 흔들리고 있다. 문은 열려 있다. 햇볕이 들지 않는 문 안쪽은 문 주위를 감싸고 있는 어스름한 푸른 하늘보다 더 어두침침하다. 문이 열린 그곳에 키가 크고 다리가 늘씬한 아가씨가 하늘거리는 신부의 베일 하나만 몸에 걸친 채 서 있다. 머리에서부터 드리워져 온몸을 감싸고 있는 그 베일은 부드러운 안개처럼 속이 다 비친다. 그녀의 얼굴은 이 안개에 거의 감춰져 있다. 그 대신 안개는 그녀의 길고 가는 팔다리와 허벅지, 작은 가슴, 날씬한 몸매, 그리고 사타구니의 '밤 그림자'를 더 도드라져 보이게 한다. 손에는 장미 꽃다발을 들고 있다.

"마침내 오셨군요!"

그녀가 외친다.

"애타게 그리다가 이대로 죽는 줄만 알았어요! 대체 그이는 어디 있죠? 어디 있냐고요?"

안내자는 신랑을 돌아본다. 그런데 신랑은 아주 힘겹게 앙상하게 뼈만 남은 손가락 하나를 들어 올려 말하지 말라는 듯, 움푹 파이고 이가 다 빠진 입에 갖다 댄다.

안내자는 눈치채지 못하게 어깨를 들썩여 보이고는 신부에게로 몸을 돌린다.

"당신 신랑은 저 북쪽 문 뒤에서 당신을 기다리고 있소. 원한다면, 내 당신을 직선 코스로 신랑에게 안내하리다."

"가죠!"

그녀가 외친다.

"어서 가자고요. 몇 걸음만 가면 그이 곁으로 가겠네요."

그녀는 뛰어가려다가 멈춰 선다. 신랑이 그녀에게 손을 뻗었기 때문이다. 당황해서 그녀는 그를 잠시 살펴본다. 그리고 손에 들고 있는 꽃다발에서 장미 한 송이를 뽑아 그에게 던져 준다.

신랑은 안내자를 올려다본다. 그는 팔짱을 끼고 지켜보다가 작은 소리로 말한다.

"어쨌거나 당신들은 만난 거요. 당신들은 이미 여러 번 만났고, 앞으로도 계속 되풀이해 만날 거요. 그것이 모든 사람에게 해당하는 건 아니지만 말이오."

그리고 그는, 북쪽 지평선에 거대하게 서 있는 또 다른 문을 향해 껑충껑충 사막으로 뛰어드는 아가씨를 쫓는다. 두 사람의 모습이 모래 언덕 사이로 점점 작아진다. 그리고 마지막에는 작은 풍문이 굽이친 자국만 남는다.

신랑은 손가락으로 장미꽃을 더듬으며 우유처럼 하얗게 된 눈으로 그들을 뒤쫓는다.

"정말 예쁘구나!"

그가 속삭인다.

"오오, 정말 예뻐!"

그리고 그는 모래 속으로 빠져 들어가며 중얼거린다.

"그녀는 나를 찾게 될까? 저 너머 또 다른 문 뒤에서……."

14

결혼식에 온 손님들은 춤추는 불꽃이었습니다. 그들은 색색의 밀랍으로 된 성 안에서 세상의 온갖 파티 가운데 가장 화려한 파티를 즐기고 있었습니다. 갖은 색깔의 반투명 벽과 탑들, 문과 창들이 밤의 나라 구석구석을 비출 만큼 멀리까지 빛나고 있었습니다.

그곳에는 깃털을 곤두세운 것 같은 황금 불꽃들이 장중하게 흔들리고 있었고, 날씬한 은빛 혀들은 서로 뒤섞여 민첩하게 날름거리고 있었습니다. 작고 귀여운 불꽃들도 곳곳에 뛰놀고 있었고, 크고 점잖은 불길들은 거의 움직이지 않고 그 자리에 머물러 있었습니다. 눈부실 만큼 하얀 불길이 있는가 하면, 어두운 오렌지색이나 진홍색 불길도 있었습니다. 불꽃 없이 연기만 내는 불길도 있

었는데, 그 연기가 마치 길게 나부끼는 사제司祭의 두건 같았습니다. 그리고 중요한 파티에는 빠짐없이 그 모습을 드러내는 매우 엄숙한 교회 제단용 초들도 여기저기에 보였습니다. 한마디로, 결혼식에 초대된 손님이 수천 명 있었고 나도 거기에 있었습니다.

우리는 모두 그 성의 색색 밀랍에서 불타는 우리 삶을 위한 양분을 얻었습니다. 그렇게 우리는 어떤 걱정이나 사소한 배려 같은 것은 뒤로 밀어 두고 그 파티를 즐기면서 그 성을 다 먹어 치우고 다 써 버렸습니다. 맨 먼저 녹은 것은 두말할 것도 없이 초록색 밀랍 기와로 된 거대한 지붕이었습니다. 녹은 지붕은 서까래와 지붕 밑 다락방의 굵고 검은 양초 기둥을 타고 흘러내렸고, 그것은 끈적이는 작은 시내가 되어 맨 위층의 방과 홀들로 흘렀습니다.

그러자 대리석 모양의 바닥도 녹아내려 층층이 오색찬란한 색깔을 내는 폭포가 되어, 돌고드름과 돌순을 만들고, 동굴과 구덩이를 만들면서 회랑回廊과 넓은 계단을 타고 흘러 내려갔습니다. 건물이 자꾸 녹을수록 손님들은 더 거칠고 더 거리낌 없이 춤을 추었습니다. 그들은 그야말로 환희에 도취되어, 흥분의 도가니가 되도록 활활 타올랐고, 술 취한 쾌락의 불꽃으로 윤무輪舞를 추며 소용돌이친 것입니다. 어느새 그들은 손에 손을 잡고 긴 사슬이 되어 번개처럼 빠르게 홀과 복도들을 휩쓰는가 하면, 또 어느새 소용돌이처럼 빙글빙글 돌기도 했습니다. 그러고는 다시 신나게 몸을 흔들고, 쌍쌍이 서로서로 핥아 주고 이리저리 미끄러지면서 축제의 탱고와 사라방드(*삼 박자의 느린 무곡)를 추었습니다.

불타는 파티에 신나게 삼켜지면서 그 성은 달팽이 모양의 덩어리, 솔방울 모양의 고드름, 기괴한 웅덩이로 녹아내리며 그렇게 천천히 스러져 갔습니다. 벽과 평방(*기둥 위에 초방을 짜고, 그 위에 수평으로 올려놓은 나무), 계단과 주랑(*기둥만 있고 벽이 없는 복도)의 밀랍 성분이 점점 빛과 불로 바뀌어 감에 따라 불꽃은 점차 사그라지기 시작합니다. 취하고 배부르게 끝까지 다 타오른 불꽃은 하나둘 모습을 감추어 갔습니다.

마침내 새벽 동이 트기 시작할 때가 되니, 굳은 색색의 밀랍 호수 위에서 팔락거리며 춤추는 손님은 몇몇 뿐이었습니다. 그러나 지칠 줄 모르던 이 마지막 춤꾼들도 점차 자기 속으로 가라앉아 갔습니다. 마지막으로 원을 한 번 그리며 활주하는 것으로 그 생명을 다한 것입니다. 경쾌한 아침의 미풍이 아직 불고 있어, 매끈하게 펼쳐진 광활한 평지 위로 작고 하얀 연기 깃발을 나부끼게 했습니다. 그리하여 결혼식은 끝이 났습니다.

나는 그 자리에 있었습니다. 그리고 이것 하나만은 날

믿어도 좋습니다. 그것은 신의 집에서 있었던 웅장하고 화려한 축제였습니다!

15

잿빛으로 넓게 펼쳐진 하늘을 어느 스케이터가 허리를 숙이고 목도리를 휘날리며 미끄러져 갔다. 그가 그렇게 할 수 있었던 것은 하늘이 얼어붙었기 때문이다.

수많은 사람들이 콧물을 흘리며 입을 벌린 채 땅 위에서 구경하고 있었다. 사람들은 그를 가리키며, 이따금 특히 어려운 점프(물론 거꾸로 하는)가 성공할 때마다 박수를 보냈다.

그는 커다란 아치와 곡선들을 그렸다. 스케이트가 지나친 자국이 하늘에 새겨질 때까지 몇 번이고 되풀이해서 같은 모양을 그렸다. 이젠 그것이 글자라는 게 분명해졌다. 어쩌면 아주 급한 메시지인지도 몰랐다. 그리고 그는 그곳에서 미끄러져 나가 저 멀리 지평선 뒤로 사라졌다.

수많은 사람들이 하늘을 뚫어져라 올려다보고 있었지만, 누구 하나 그 글자를 아는 사람이 없었다. 누구 하나 그 문자를 해독할 사람이 없었던 것이다. 서서히 그 자국은 사라졌고, 하늘은 다시 잿빛으로 넓게 펼쳐진 평면에 지나지 않았다.

사람들은 집으로 돌아갔고 이내 이 모든 일을 잊었다. 결국 누구에게나 자기 나름의 걱정거리가 있는 법이고, 게다가 그 메시지가 정말 그렇게 중요한 것이었는지는 아무도 모르기 때문이다.

16

이 신사는 오로지 글자로만 이루어져 있다. 그것도 아주 엄청나게 많은 문자로 되어 있다. 가히 천문학적으로 엄청난 수의 문자로 말이다. 아무튼 무슨 소리를 하든지간에, 정말 글자로만 이루어져 있는 것 하나는 확실하다.

여기 그의 여자 친구가 있다. 여러분이 아시는 바와 같이, 살과 뼈로 이루어져 있다. 세상에 정말 '희한한 것'으로 이루어진 사람도 다 있다! 그것은 보기만 해도 즐거운데, 하물며 만지는 것에 대해서야 더 말해 뭐하겠는가!

그건 그렇고, 두 사람이 연말 대목에 서는 시장에 함께 간다. 배처럼 생긴 그네와 거대한 물레방아처럼 생긴 관람차를 탈 때까지만 해도 모든 게 좋기만 했다. 그런데 그 후 두 사람은 사격대로 오게 된다. 조금 특이하기는 하지만 사격대인 것은 틀림없다.

위쪽에 '당신의 능력을 보여 주세요!'라고 크게 쓰여 있다. 그리고 훨씬 아래쪽엔 규칙들이 쓰여 있는데, 읽어 보니 단 세 가지다.

1. 쏘면 반드시 명중한다.
2. 명중하면 덤으로 한 번 더 쏠 수 있다.
3. 첫 발은 공짜다.

신사는 여자 친구의 허리를 팔로 감싸고 문장을 하나하나 주의 깊게 연구해 본다. 신사가 서둘러 그 자리를 떠나려 하자, 여자는 손해 볼 것 없는 게임이니 어서 한 번 해 보라고 조른다. 여자는 신사의 능력을 보고 싶은 것이다.

그러나 신사는 하려고 하지 않는다.

"자기야, 도대체 왜 안 하겠다는 거야. 뭐가 문젠데?"

문제는 아주 희한한 표적을 향해 총을 쏴야 한다는 것이다. 바로 자기 자신을 향해, 다시 말해, 금속 거울에 비친 자신을 향해 총을 쏴야 하는 것이다. 그리고 글자로 이루어진 신사는 자기 실체를 전적으로 신뢰할 수 없기 때문에, 그렇게 대담한 방법으로 자기 자신과 자기 거울상을 구분할 수가 없다.

"자기가 쏘든지……."

마침내 여자 친구가 화가 나서 말한다.

"아니면 내가 자기를 떠나든지 둘 중 하나야."

그는 고개를 젓는다. 그래서 그녀는 다른 남자와 함께 떠난다. 그 남자는 살과 뼈에 대해 잘 아는 푸줏간 주인이다.

신사는 혼자 남겨진 채 떠나는 여자를 바라본다. 그녀가 인파에 묻혀 그의 시야에서 사라지자, 그는 조그만 소문자와 대문자로 서서히 허물어져 작은 글자 더미로 쌓이고 인파에 차여 뿔뿔이 흩어진다.

이렇게 될 바엔 차라리 한번 쏴 보는 게 좋지 않았을까?

17

원래는 양이 문제였습니다. 하지만 우리 인간들도 숨어 있지 않으면 안 되었습니다. 왜냐하면 양을 모두 넘기라는 엄한 지시를 따르지 않는 사람은 누구든 자기 목숨을 걸어야 하기 때문이었습니다. 심지어 양이 있는 곳을 알면서 보고하지 않는 것만으로도 상황은 크게 위태해질 수 있었습니다.

동물 하나 넘기는 일이 어째서 그렇게 가혹한 조치가 내려져 강요되었는지, 우리는 모두 이해하지 못했습니다. 왜냐하면 끌어간 모든 양을 바로 도살한다는 것은 도저히 납득할 수 없는 일이기 때문이었습니다. 고기, 그것도 양고기가 그렇게 필요할 리 없었습니다. 넉넉하게 잡아 넘겨진 양의 절반이 바로 도살된다 치더라도, 나머지 절반은 어떻게 되는 것인지 알 수 없었습니다. 일단 커다란 창고 같은 곳에 비축해 두는지, 아니면 나라 밖으로 실어 가는지 우리 가운데 누구도 아는 사람이 없었습니다. 게다가 우리는 이 조치의 전모를 이해할 수 없었기 때문에, 어쨌든 처음 며칠은 그랬기 때문에, 그 세세한 것들에 대해 말도 안 되는 온갖 추측만 무성하게 키우고 있었습니다.

어쨌거나 우리는 우리 양들을 몰아넣을 텅 빈 홀을 찾아내고는 모두 크게 기뻐했습니다. 나의 아내 한나는 그곳이 예전엔 커다란 차고 같은 곳으로 쓰였던 게 틀림없다고 했고, 나는 이런 건물은 상설 시장으로밖에 쓸 수 없다고 강력하게 주장했습니다.하지만 아내나 나나 자기 주장을 실제로 증명해 보이진 못했습니다. 키가 낮은 판자 칸막이들이 벽을 따라 빙 둘러져 있는 것만으로는 누구 생각이 맞는지 알 수 없었기 때문이었습니다. 아무튼 우리는 그 칸막이 안으로 양들을 몰아넣었습니다.

이런 상황에서 기다리는 것만큼 어려운 일은 없다고들 하지만, 이때의 경험에 의하면 그건 틀린 말이었습니다. 우리는 오히려 유쾌해서 서로 유치한 농담을 걸 정도였습니다. 여기저기에 크고 작은 무리를 지어 이야기꽃을 피웠습니다. 몇몇은 혼자, 또는 짝을 지어 홀 안을 오락가락하며 산보하기도 했습니다. 홀 전체에 왁자하게 사람들 소리가 넘치고 웃음소리가 끊이지 않았습니다. 그렇습니다. 실제로 그랬습니다. 우리는 웃었습니다. 피투성이 앞치마를 두른 도축업자들이 몰래 기르는 양을 찾아 온 마을을 떼로 몰려다니고, 심지어 이웃집까지 드나들면서도 우리 홀을 수색할 생각을 하지 못하는 것이 아주 고소하고 재미있었습니다. 게다가 우리 가운데는, 놈들 코가 삐뚤어져 냄새를 제대로 못 맡는 게 분명하다고 조롱 조의 논평을 하는 사람들도 있었습니다.

마침내 우리는 우리 상황에 자신감을 갖게 되었고, 그래서 양들을 칸막이 밖으로 풀어 놓는 지경에까지 이르렀습니다. 그런데 이 동물들이 살짝 당황해서는 어쩔 줄 몰라 하며 우리 사이를 서성거리는 바람에, 우리는 서서히 긴장하기 시작했습니다. 게다가 한 놈은 심심찮게 울어대기까지 했습니다. 당연히 그것은 이제 뭔가 일이 좀 꼬일 수도 있다는 징조로 받아들여질 수밖에 없었습니다. 그런 생각이 들기 무섭게, 도축업자들이 수시로 드나드는 바로 이웃집에서 한 열 마리쯤 되는 양 무리가 끌려나와 밖에서 기다리고 있던 트럭에 실리는 것을 지켜보면서, 그때까지 좋던 분위기는 순식간에 싸늘해졌습니다. 우리는 서둘러 양들을 칸막이 안으로 다시 몰아넣고 조심스럽게 문을 잠갔습니다. 밖에서는 트럭이 쓸데없이 수선스럽고 시끄럽게 방향을 돌려 그곳에서 멀어져 갔습니다.

그런데 삼십 분도 채 지나기 전에 그 트럭은 다시 돌아와 바로 우리 홀 앞에 멈춰 섰습니다. 천막 덮개가 설치된 트럭 뒷문이 발에 채여 열리고, 도축업자 몇 명이 짐칸에서 뛰어내리는 게 보였습니다. 그들은 **영치기 영차** 소리치면서 짐칸에서 피가 뚝뚝 떨어지는 커다란 고깃덩어리들을 함께 끌어 내렸습니다. 한 덩어리를 두세 명이 함께 어깨로 져서 날라야 할 정도로 엄청난 크기였습니다. 그것이 어떤 동물의 것인지는 지금도 알지 못합니다. 크기로 보아 코끼리, 아니면 매머드 같아 보였지만, 아무튼 양은 아닙니다.

그건 그렇고, 우리는 그 광경에 간이 서늘해졌습니다. 게다가 도축업자들이 그 피가 질질 흐르는 물건을 우리 홀로 곧바로 끌고 오려고 할 때는 간이 떨어지는 줄 알았습니다. 규칙적인 **영치기 영차** 소리는 일종의 단조로운 흥얼거림으로 어느새 바뀌었습니다. 두 줄로 된 그 흥얼거림은 끝없이 반복되었고, 그 리듬에 맞춰 사내들이 움직였습니다.

양을 가져오라! 희생양을 날라라!

양을 바치지 않는 자 희생양이 되리라…….

우리는 모두 그 흥얼거림에 서서히 장단을 맞추기 시작했습니다. 이렇게라도 해야, 위에서 내린 지시를 준수하는 문제와 관련해 우리에게 나쁜 의도가 없었으며 우리 모두 양심적인 사람이라는 것이 도축업자들에게 증명된다는 어리석은 희망을 가졌기 때문입니다. 우리는 칸막이 안에 숨겨 놓은 양 가운데 한 놈이라도 울어 젖히지 않을까 너 나 할 것 없이 간이 콩알만 해졌습니다. 우리는 점점 더 크게 노래했습니다. 우리 동물 가운데 어떤 미련한 녀석이 사람 잡을 소리를 내더라도 덮어 버리기 위해서였습니다. 그런데 정말 다행스럽고 놀랍게도 녀석들은 조용히 있었습니다. 마치 상황이 위험한 것을 잘 알기라도 하는 것처럼 말입니다. 물론 양들이 실제 그랬을 리야 없지만요.

그런데 그러는 사이 도축업자의 수는 트럭 한 대로 왔다고는 도저히 믿을 수 없을 만큼 크게 불어나 있었고, 고깃덩어리를 짊어 맨 도축업자들의 행렬이 천천히, 그리고 무슨 축제 행렬처럼 움직여 바로 나와 아내 한나가 서 있는 곳으로 다가왔습니다. 나는 아내를 옆으로 비켜서게 했습니다. 그리고 반쯤 옆으로 몸을 돌리는데, 우리 뒤에 있는 벽, 칸막이 두 개 사이에 문이 하나 있는 것이 보였습니다. 문은 열려 있었고 지하실 아래로 통하는 것 같았습니다. 이 문을 향해 행진해 온 도축업자들은 짐을 진 채 한 사람 한 사람 아래로 사라졌습니다.

이상한 것은, 아무도 다시 나오지 않았다는 것입니다. 아무리 보아도 행렬은 한 방향으로밖에 움직이지 않았습니다. 홀 앞에 세워 둔 트럭에서 지하실 문으로 말입니다. 이 사실이 나는 너무 신기해서 꼬리에 꼬리를 물고 내 앞을 지나는 인간들한테서 오랫동안 눈을 뗄 수 없었습니다. 아마 또 다른 문을 통해 밖으로 나가는 게 틀림없다고 나는 나 자신에게 설명했습니다. 그래서 나는 그들이 다시 지나갈 때 알아볼 수 있도록 얼굴 하나를 똑똑히 기억해 두려고 했지만, 답답하게도 근시인 나로서는 그게 그렇게 간단한 일이 아니었습니다. 안경을 쓰고 눈을 가늘게 떠 보았지만 얼굴들은 흐릿하기만 했습니다. 이것은 나 자신도 제대로 설명할 수가 없습니다. 우리가 흔히 말하는 대로, 내 눈은 갑자기 **양의 눈**이 되어 버린 것이었습니다. 알다시피 양이라는 동물은 특히 불안에 빠지면 사물이 흐릿하거나 이중으로 보이니까요.

감당할 수 없는 긴장이 나를 휘감았고, 나는 아내의 얼굴을 보면 조금 진정이 되고 여유가 좀 생기지 않을까 하는 기대를 갖고 한나를 돌아보았습니다. 그런데 그 사이 아내는 없어져 버렸습니다. 아마도 도축업자들이 설치는 광경을 오래 두고 보기 힘들었던 모양이었습니다.

나는 겉으로라도 태연한 척해야 한다는 생각이 들어 도축업자들의 노래를 크게 따라 부르며 우리 동료들 사이를 어슬렁거렸습니다. 홀에는 일종의 측랑(*교회 내부 측면에 줄지어 늘어선 기둥 밖에 있는 복도) 같은 것이 딸려 있었는데, 그 건너편에 한나가 입고 있던 옷의 밤색과 흰색 마름모꼴 무늬가 잠시 반짝했다 사라지는 것이 보였습니다. 서둘러 그녀가 있는 곳으로 건너가니, 그녀는 조그만 접이식 의자에 앉은 늙은 내 어머니와 얘기를 나누고 있었습니다.

"여기서 뭐해!"

나는 거의 숨도 쉬지 않으며 말했습니다.

그녀는 잠깐 나를 바라보더니 빙긋 웃으며 고개를 까딱해 보이고는, 다시 어머니에게로 몸을 숙이고 소곤소곤 이야기를 나누었습니다.

나는 어깨 너머로 고개를 돌려 뒤를 돌아보았습니다. 여전히 도축업자들이 끊임없이 줄지어 들어오고 있었습니다. 그리고 여전히 같은 노래를 부르면서 그 끔찍한 짐을 끌어오고 있었습니다. 그런데 저 건너편에, 아까 나와 아내 한나가 서 있던 지하실로 통하는 문 옆에 한나가 서 있었습니다. 그러니까 여전히 그곳에 서 있는 것이었습니다! 등을 돌리고는 있었지만, 옷의 커다란 밤색과 흰색

마름모꼴 무늬에서, 머리카락에 감도는 붉은 기운에서, 몸매와 몸짓에서 난 그것이 한나라는 것을 분명히 알 수 있었습니다. 그녀는 춤추는 것처럼 두 팔을 옆으로 올린 채, 손가락으로 딱딱 소리를 내면서 노래 박자에 맞춰 가볍게 몸을 흔들고 있었습니다.

나는 홱 돌아보았습니다. 내 앞에도 마찬가지로 어머니한테 몸을 숙이고 여전히 얘기에 빠져 있는 한나가 있었습니다!

나는 그녀의 팔을 세게 움켜잡고 힘껏 잡아당겼습니다.

"아, 아프단 말이야!"

그녀가 말했습니다.

"왜 그래?"

나는 흥분한 나머지 입이 떨어지지 않았습니다. 나는 팔을 뻗어 저쪽에 있는 또 다른 한나를 가리켰습니다. 그러나 나한테 손목을 꽉 잡혀 있는 그녀는 내가 왜 놀랐는지 이해하지 못하는 것 같았습니다. 그녀는 나를 바라보더니 좀 답답하다는 듯이 고개를 흔들었습니다. 내게 그녀의 얼굴은 마치 하얀 얼룩 같아 보였습니다.

"그래, 정말이네!"

어머니가 말하는 것이 들렸습니다. 그러니까 어머니도 내가 본 것을 본 것이었습니다.

그러고 나서 내가 가장 두려워하던 일이 일어났습니다. 저쪽에 있는 또 다른 한나가 몸을 돌리더니, 마치 나를 찾고 있었던 것처럼 서둘러 우리 쪽으로 건너왔습니다. 그녀는 내 옆에서 여전히 나한테 손목을 꽉 잡혀 있는 자신의 분신을 알아보고는 멈춰 섰습니다. 그리고 두 손을 내밀고 웃으며 외쳤습니다.

"너, 자이나(*자이나교. 인도에 현존하는 유서 깊은 종교) 아냐?"

둘은 오랜만에 다시 만난 친구들처럼 악수를 나누었습니다. 그것은 꼭, 거울 하나를 사이에 두고 양쪽에서 서로 바라보는 것 같았습니다. 완전히 똑같은 하얀 얼룩 둘이 말입니다!

나는 외쳐 보려 했습니다.

'아냐, 아냐, 이건 자이나가 아니야! 이건 당신 자신이야!'

그런데 그 순간 나는 무릎에서 힘이 빠지면서 네 발로 엎드리게 되었습니다. 그리고 '메에, 메에' 하고 울게 되었습니다.

두 여자는 반신반의하는 얼굴로 망설이며 서로 바라보았습니다. 악수하던 그들의 손이 떨어졌습니다.

도축업자들은 노래를 멈추고 있었고, 내가 가만히 살펴보니, 그들은 지고 있는 거대한 고깃덩어리 아래로 몸을 구부리고 이마를 숙인 채 우리를 건너다보려고 애쓰고 있었습니다.

18

남편과 아내가 전시회에 가려고 한다. 두 사람은 한껏 멋을 내고 들뜬 기분으로 기대에 부풀어 있다.

전시회가 열리고 있는 창 없는 커다란 건물의 입구 앞에는 공원 같은 작은 녹지가 있다. 잔디는 짓밟히고 개똥으로 뒤덮여 있으며, 작고 앙상한 나무들이 직사각형으로 이 녹지를 둘러싸고 있다. 이곳에는 정육면체의 시멘트 구조물 몇 개가 두 줄로 입구를 향해 늘어서 있다. 조그만 신문 판매대 크기 정도다. 이 구조물의 정면에는 낮고 작은 미닫이창이 달려 있고, 그 위에 '입장권'이라고 쓰여 있다.

남편이 가장 가까운 상자로 가서 창구를 들여다보는 동안 아내는 잔디밭 벤치에 앉는다. 창구 안에는 바지 멜

빵을 한, 아주 비정상적으로 뚱뚱한 대머리 남자가 입을 벌리고 자고 있다. 남편은 처음에는 유리창을 조심스럽게 두드리다가 나중엔 점점 세게 두드린다. 뚱보 남자는 눈을 뜨고 턱에 흐른 침을 닦고 조그만 창을 연다.

상대방이 알아듣도록 얘기하려니 남편은 몸을 깊이 수그릴 수밖에 없다.

"어른 두 장 주세요. 얼마죠?"

뚱보는 생각에 잠겨 우두커니 앞을 바라본다. 그는 두어 번 끄덕이더니, 창을 닫고 다시 잠에 빠져든다.

남편은 잠시 기다리지만 뚱보가 다시 눈을 뜨지 않자, 아내에게 좀 기다리라는 신호를 보내고 다음 시멘트 상자로 간다.

이곳 안에는 여자가 의자에 앉아서 자고 있는 게 보인다. 여자는 엄청나게 살이 쪄서 그 작은 공간 전체를 거의 꽉 채울 정도다. 남편은 이 여자가 도대체 어떻게 문을 드나들까 생각한다. 그런데 그때 남편은 이 시멘트 상자에 문이 전혀 없다는 사실을 알아차린다. 조그만 미닫이창이 유일하게 존재하는 뚫린 곳인 듯하다.

그가 똑똑 두드린다. 잠시 후 여자가 일어나 창을 연다.

"어른 두 장이요."

그가 말한다.

"얼마죠?"

"예."

그녀가 시큰둥하게 대답한다.

그는 기다린다.

여자는 작은 창을 닫고 다시 잠이 든다.

남편은 아직 그 정도로 쉽게 포기할 생각이 없다. 다음 상자 안을 들여다보니, 아니나 다를까, 마찬가지로 뚱뚱한 젊은 남자가 앉아 있고, 그 다음 상자에는 남부럽지 않게 볼륨 있는 노파가 속옷 바람으로 앉아 있다. 머리카락이 드문드문한 머리엔 헤어네트를 쓰고 있다. 두 사람 모두 남편이 한참을 노크한 다음에야 부스스 깨어나서, 작은 창을 열고, 용건을 듣고, 고개를 끄덕이고, 작은 창을 닫고, 다시 잠에 빠진다.

남편은 끈질기게 상자에서 상자로 옮겨 간다. 엄청나게 비만하다는 것을 빼면 창구에 들어앉은 사람들은 서로 비슷한 점이 하나도 없다.

마지막 창구의 작은 창 안에는 한 아이가 앉아 있다. 한 여섯에서 여덟 살 정도 되는 여자아이다. 아이의 나이와 키를 감안하면 그 어떤 상자 안에 있는 사람보다 더 뚱뚱하다. 부은 얼굴이 부푼 찐빵 반죽처럼 허연 이 아이는 윤기 없는 머리에 분홍색 리본을 달고 있다.

남편이 지금까지 다른 창구에서 했던 것과 마찬가지로

노크를 막 하려는데, 바깥에서 볼 수 있게 유리창 안쪽에 붙여 놓은 종이쪽지 하나가 그의 눈에 들어온다.

당신이 바라는 것을 말하지 마세요!
내게 없는 것을 나에게 물어보세요!

남편은 손짓으로 아내를 불러, 서툰 아이 필체로 그려 놓은, 그리고 잉크까지 번져 있는 이 안내문을 함께 연구한다.

아내가 한숨을 쉰다.

"어떻게 된 게, 요즘은 쉽게 할 수 있는 게 없네요."

"그래, 정말 그래."

그가 말한다.

"어쩌면 그래서 이렇게 손님이 적은지도 모르지. 여기 온 후로 우리 말고 아무도 볼 수 없잖아."

그가 노크를 한다. 허옇고 뚱뚱한 아이가 일어나 작은 미닫이창을 연다.

"여긴 정말 문이 없는 거니?"

남편이 묻는다.

"네가 드나들 수 있는 문 말이야."

"없어요."

아이가 대답하고, 마치 부끄러운 일을 고백이라도 한

것처럼 얼굴을 살짝 붉힌다.

이때 아내가 얘기에 끼어든다.

"그러면 사람을 먼저 가운데 두고 둘러싸서 상자를 만들었단 말이니? 그게 아니라면 어떻게 들어간 거지?"

뚱뚱한 여자아이가 침울하게 끄덕인다.

"우리를 둘러싸서 만들었어요. 그런데 우리 몸이 모두 불어난다는 걸 계산에 넣지 않았죠. 우리는 한 가족이에요. 아마도 겉으론 그렇게 보이지 않겠지만요."

"그럼 너희 가족은 서로 얘기조차 할 수 없잖니!"

아내가 동정하며 자기 생각을 말한다.

"뭐 그건 그렇게 안 좋은 일은 아니에요."

아이가 말했다.

"얘기를 할 수 있으면 우린 허구한 날 싸우기만 했을 테니까요. 가장 안 좋은 일은, 입장권을 파는 건 바로 우리인데, 우린 전시회에 절대 들어갈 수 없다는 거예요. 우리가 없으면 아무도 안으로 들어갈 수 없잖아요."

"그게 너한테 그렇게 중요하니?"

아내가 궁금해한다.

"내 말은, 넌 아직 작지 않니, 아니, 아무튼 어리지 않니. 그런데 네가 작품을 모두 이해할 수 있다고 생각하니?"

"이해요……."

아이는 어깨를 들썩여 보인다.

"전 그냥 저 안에 가면 뭘 보게 되는지 알고 싶은 거예요."

"그거야 우리가 말해 줄 수 있지."

아내가 제안한다.

"우리가 보고 나와서 말이야."

아이가 고맙다는 표정으로 두 사람을 바라본다.

"그런데 말이다."

남편이 말한다.

"그러려면 당연히 먼저 안으로 들어가야겠지? 우린 입장권 두 장이 필요하단다. 알겠니?"

"예."

뚱뚱한 아이가 말하고는 어느새 다시 몹시 졸린 얼굴을 한다. 그래서 얼른 그가 다시 말을 잇는다.

"만일 네가 거기서 자유롭게 풀려난다면 뭘 하고 싶니?"

"먼저 안으로 들어가야죠. 어째서 우리가 여기에 갇혀 있어야 하는지 알아볼 거예요."

"하지만 네가 자유롭게 풀려나면, 그건 네가 여기 갇혀 있지 않다는 얘긴데, 그러면 안에 들어갈 이유가 전혀 없는 거란다."

뚱뚱한 아이가 놀라서 남편을 바라본다.

"정말 그렇네요!"

아이가 중얼거린다.

"그러면 그냥 여기 앉아 있는 것도 똑같이 좋은 거네요. 그런 생각은 전혀 못 했어요."

"거 보렴!"

아내가 말하고, 상냥하게 웃는다.

"이제 우리 입장권 두 장 주렴!"

"카탈로그도 하나!"

남편이 서둘러 덧붙인다.

"어른 두 명…… 카탈로그 하나……."

뚱뚱한 아이가 사무적으로 반복한다.

"자, 여기 있습니다."

아이는 표 두 장과 카탈로그를 창구에서 내밀고, 돈은 받지도 않고 작은 창을 닫는다. 그리고 만족한 얼굴로 다시 잠에 빠진다.

남편과 아내는 서로 바라보며 동시에 안도의 한숨을 내쉬고, 커다란 출입문을 통해 창 없는 건물 안으로 들어간다. 문 위에는 커다란 글씨로 전시회 제목이 쓰여 있다.

'오브제'

첫 번째 전시실에서 두 사람은 머리를 숙이고 귀를 내려뜨린 채 구석에 서 있는 양 한 마리를 마주하게 된다.

남편은 카탈로그를 뒤적여 '양'이라는 제목을 찾는다. 그는 낮은 소리로 그것을 읽는다.

"거의 진짜 같아요. 그렇지 않아요?"

아내가 겁먹은 얼굴로 묻는다.

양이 작은 소리로 울며 슬퍼한다. 아내가 남편 팔에 꼭 매달리며 속삭인다.

"빨리 다음으로 가요!"

다음 전시실에는 유리 진열장이 하나 있다. 그 안에는 총채 하나가 세워져 있다. 남편은 다시 카탈로그를 뒤져 '총채'라는 제목을 찾는다. 그리고 다시 그것을 낮은 소리로 읽는다.

아내는 진열장 주변을 돌면서 전시품을 사방에서 관찰한다.

"맞네요!"

마침내 그녀가 이해했다는 듯 고개를 끄덕인다.

그 다음 방은 사막의 모래가 복사뼈까지 잠길 정도로 깔려 있다. 물론 작품의 제목은 '사막의 모래'다.

두 사람은 힘껏 모래를 밟으며 지나간다.

그 다음에 그들은 '불타는 횃불'이라는 제목이 붙은 불타는 횃불을 감상한다. 횃불은 여러 개의 긴 도끼와 손도끼와 함께 스탠드에 꽂혀 있다. 다음 작품은 '그물'이라는 제목의 아주 기다란 그물이다. 그물은 홀 전체에 걸쳐 비스듬히 걸려 있다. 다음 전시실에는 '상자 모양 추시계'라는 제목의 기다란 상자 모양 추시계가 세워져 있다.

이곳에서 남편과 아내는 다른 관람객을 만난다. 두 사람에게 반갑게 인사하는 그는 남편의 동료다. 그는 살아 있는 바닷가재를 무슨 부피가 나가는 물건처럼 왼쪽 옆구리에 끼고 있다.

먼저 이런저런 얘기를 잠시 나눈 다음, 남편 동료가 느닷없이 묻는다.

"이 전시회가 어떤 거 같으세요?"

남편과 아내는 서로 자신 없는 눈길을 주고받고 대충 얼버무린다.

"글쎄, 아직 뭐라 판단하기가……."

"지금 막 와서……."

동료가 두 사람 말을 가로막는다.

"그러니까 유감스럽지만 말입니다."

그가 거침없이 큰 소리로 말한다.

"정말 유감스럽지만, 솔직히 말해서, 이런 종류의 예술을 보면 난 정말 말문이 탁 막히더라고요. 내 생각에 이건 정말 감당이 안 되는 것들이에요."

"예술이요?"

남편이 극도로 놀라서 묻는다.

"아, 그러니까 지금 이게 예술 전시회라고요?"

동료 역시 어이없어하며 그를 뚫어지게 본다.

"아니 왜, 이게 예술이 아니죠? 그러면 내가 완전히 엉터리 전시회에 왔다는 말이네요! 그럼 여기 있는 것들은 대체 뭡니까?"

어색한 침묵이 잠시 흐른다. 그리고 남편은 그냥 무슨 말이든 해야겠다는 생각에 바닷가재로 화제를 돌려, 그 놈을 요리할 생각이냐고 묻는다.

"아뇨, 아니에요!"

동료는 거의 격분해서 대답한다.

"이 녀석은 며칠 전 나를 찾아왔어요. 그런데 이 녀석을 집에 둘 수가 없어요. 아 글쎄, 이놈의 마누라가 이 녀석을 집에 두고 나가기만 하면 바로 창밖으로 던져 버리겠다고 협박을 하거든요. 이 착한 녀석이 우리 집 소파를 망가뜨린다고 우기는 거예요. 물론 전혀 근거 없는 트집이죠. 오로지 내가 즐거워하는 꼴은 절대 못 보겠다는 심산으로요. 두 분도 우리 집사람 아시잖아요! 아무튼 그래서 나는 이 녀석을 이렇게 항상 데리고 다니게 되었어요. 물론 이게 장기적인 해결책은 아니지만요."

남편과 아내는 그 동료가 현재 겪고 있는 불편에 대해 유감을 표시하고, 하루 속히 모든 문제가 잘 풀리기를 바란다는 희망도 전한다. 그러고 나서 두 사람은 그와 헤어져 전시회장을 다시 걷기 시작한다.

두 사람은 '비둘기 집'이라는 제목이 붙은 커다란 나무 비둘기 집을 열심히 살펴본다. 그들은 기름종이로 싸서 접착테이프로 묶어 놓은 다이너마이트 다발 앞에도 상당히 오래 머무른다. 그 다발은 다양한 색깔의 전선 가닥들로 똑딱거리는 자명종에 이어져 있다. 목록에는 제목이 '시한폭탄'이라고 되어 있다.

"예쁘네요."

아내가 조금 불안한 얼굴로 말한다.

"쉿!"

그녀 남편이 말하고, 지금 막 전시실에 들어서는 두어 명의 다른 관람객을 돌아본다. 왜냐하면 아내의 그런 판단이 왠지 적절치 않다는 느낌이 들기 때문이다.

다음 전시실에서 그들은 커다란 붉은 글씨로 '그린'(green)이라는 단어가 벽에 그려져 있는 것을 본다. 놀랍게도 이번 제목은 남편이 예상한 '그린'이 아니라, '문자'이다.

"독특하군."

그가 중얼거린다. 그녀가 끄덕이며 덧붙인다.

"하지만 맞잖아요. 아녜요?"

그 다음 그들은 구토를 느낄 정도로 악취가 나는 한 전시실에 들어선다. 그도 그럴 것이, 거기엔 물고기 눈이 한가득 들어 있는 커다란 들통이 하나 있기 때문이다. 제목은 예상한 대로 '물고기 눈'이다.

아내는 냄새를 견디지 못하고 서둘러 지나간다.

그 다음 전시실 한가운데에는 나무로 만든 단壇 위에 양철통 하나가 세워져 있다. '양철통'이라는 제목의 그것은 아주 평범한, 원통형의, 사방이 막힌 양철통이다.

그 앞에 한 작은 아이가 혼자 꼼짝도 않고 서서 감상에 빠져 있다.

"아니, 얘야."

아내가 엄마다운 목소리로 묻는다.

"네 엄마 아빠를 잃어버렸니?"

그녀는 아이한테 몸을 숙이다가 적이 놀란다. 아이 뺨과 턱이 온통 검은 수염으로 뒤덮여 있었기 때문이다. 잠시 얘기를 나누며 그가 유명한 비평가라는 걸 알게 된다.

"이건 말이죠."

비평가가 말하면서 작은 손가락으로 통을 가리킨다.

"대단한 걸작입니다!"

남편은 교양을 쌓을 이런 기회를 그냥 흘려보낼 수 없다 싶어 질문한다.

"어떤 기준으로 작품을 판단하십니까?"

"우선 말이죠."

수염 난 아이가 설명한다.

"이 예술가가 우리에게 뭘 전달하고 싶었는지 생각합

니다. 그 다음, 예술가가 사용한 수단이 그 전달에 적합한지 판단합니다. 사방이 꽉 막힌 이 통은 그 어떤 커뮤니케이션도 절대 불가능하다는 것을 표현하고 있지요. 안의 것은 아무것도 밖으로 나오지 못하고, 밖의 것은 아무것도 안으로 들어갈 수 없습니다. 이 예술가는 우리에게 전달의 가능성이 없다는 것을 매우 인상적인 방법으로 전달하고 있습니다. 그리고 이런 전달 수단은 정말 설득력이 있습니다."

"그 설명에 어딘지 모순이 있지 않습니까?"

남편이 조심스럽게 반론을 시도한다.

"당연하죠!"

아이가 기분 상해서 대답한다.

"모순이 없으면 예술 작품이라고 할 수 없죠!"

"그러니까 이게 정말 예술 전시회라는 거군요!"

아내가 말한다.

비평가는 열이 올라 그녀를 올려 보다가, 이내 마음을 가라앉히고 대답한다.

"그건 말하면 입만 아프죠."

남편과 아내는 귀중한 가르침에 감사를 표하고 서둘러 그 자리를 뜬다. 다음 전시실에는 '목발'이라는 제목의 목발이 하나 있다. 그리고 그 옆엔 달걀 하나와 시든 이파리도 하나 있다. 각각 '달걀'과 '이파리'라는 제목이 붙어 있다. 그런데 두 사람은 조금 전에 배운 것을 여기에 어떻게 적용해야 할지 헷갈린다. '망원경'이라는 제목이 붙은 무거운 놋쇠 망원경도 그 의미가 다가오지 않는다.

그들은 조금 맥이 빠져, 나머지 전시품들을 큰 관심 없이 지나친다. 그러다 그들은 짧은 자루에 끈을 감아 놓은 채찍 앞에 한번 멈춰 서 본다. 제목은 '서커스 채찍'이다. 하지만 여기서도 그들은 뭘 전달하겠다는 건지 그 숨은 의도를 찾지 못한다.

"이리 와 봐!"

남편이 말한다.

"여기 어디서 불이 난 것 같아."

정말 지금 두 사람이 있는 전시실은 순식간에 연기로 휩싸인다. 그때 하얀 가운을 입고 코와 입을 살균 마스크로 가린 의사 두 명이 급한 걸음으로 자욱한 연기 속에서 튀어나온다. 그들은 남편과 아내 사이를 가르며 들것으로 소방관 한 사람을 나른다. 소방관의 제복에선 모락모락 연기가 피어오르고, 그의 왼쪽 다리는 무릎까지 잘려 나가, 남은 부분에 피투성이 붕대를 감아 놓았다.

남편과 아내는 몸을 보호하기 위해 손수건으로 입을 막고 출구를 향해 내달린다. 그들은 그을음에 코가 새까맣게 되고 눈은 시뻘겋게 되어 출구에 도달한다. 옷은 여기저기 타서 구멍이 나고, 머리도 그슬려 있다.

그들은 뚱뚱한 어린 소녀가 들어 있는 시멘트 구조물 앞에 멈춰 서서 공기를 들이마신다. 아이가 작은 창을 열자 남편이 대체 무슨 일이 일어난 거냐고 묻는다.

"폭탄이 터졌어요."

아이가 말한다.

"'쾅' 하는 소리 정말 못 들으셨어요?"

"우린 정말 아무 소리도 듣지 못했는데."

남편이 말했다.

"그런데 이상하네요."

아내가 덧붙인다.

"아니 벌써 또 전쟁이 터진 건가?"

"아직은 아니에요."

아이가 제법 어른스럽게 설명한다.

"지금은 일단 수상首相을 노린 암살 테러가 있었을 뿐이에요."

"그래?"

남편이 말하며 더러워진 손수건으로 눈물이 나는 눈을 닦는다.

"그분이 여기 와 있는 줄은 전혀 몰랐는데."

"사고를 당한 건 그분이 아니에요."

뚱뚱한 아이가 대답한다.

"다행히도 그분은 지금 카란 엘 추르에서 열리고 있는

회의에 참석 중이에요."

"아, 그래."

아내의 생각이다.

"그럼 이제 더 이상 아무 일도 일어나지 않겠구나."

"예, 다행히도 그래요."

아이의 생각이다.

"우편집배원 한 사람이 공중으로 날아갔지만요. 하지만 물론 그건 단지 실수로 빚어진 일이죠."

"소방관이었지."

남편이 바로잡는다.

"아니에요. 우편집배원이에요."

아이도 지지 않는다.

"암튼 그건 자기 잘못이에요. 그 사람은 여기서 어슬렁거릴 게 아니라 편지나 제대로 배달해야 했어요. 그래서 그 죽음은 아무 인정도 받지 못할 거예요."

이 말을 끝으로 뚱뚱한 여자아이는 작은 미닫이창을 닫고 다시 잠이 든다.

"안에서 뭘 보게 되는지 우리가 왜 저 아이한테 알려준다고 했던 거죠?"

아내가 좀 언짢아서 묻는다.

"뭐든 저렇게 우리보다 잘 아는데 말이에요."

두 사람은 창 없는 건물 곁을 지나간다. 출구에선 여

전히 연기가 뿜어져 나오고 있다. 석벽에 의사 두 사람이 붙어 서서, 벽을 두드리며 청진기를 대 보고 있다.

"거 신기하네!"

한 사람이 귀에서 청진기를 떼며 말한다.

"폭발은 석벽 내부에 넓게 자리 잡아 가고 있어. 서서히, 하지만 멈추지 않고 진행되고 있는 것 같아."

다른 사람이 고개를 흔들며 중얼거린다.

"전혀 예기치 못한 측면 효과군."

남편과 아내는 생각에 깊이 잠겨 집으로 향한다. 얼마 후 남편이 말한다.

"그건 소방관이었어. 아주 확실하다고."

아내가 고개를 끄덕여 동의하고 남편은 말을 잇는다.

"아 그 사람들, 왜 이렇게 우리를 괴롭히는 거지?"

아내가 그의 팔짱을 끼고, 그을음에 새까맣게 된 손가락을 남편 손에 깍지 끼면서 돌연 말로 설명할 수 없는 슬픔에 사로잡혀 말한다.

"어쩌면 우리를 적으로 생각한 게 아닐지도 몰라요. 그 사람들 분명 악의는 없었어요. 하지만 당신 말이 맞아요. 그 사람들 그런 어리석은 짓은 하지 말아야 했어요."

19

젊은 의사에게 진료실 한 구석에 앉아 그 과정을 지켜봐도 좋다는 허락이 떨어졌다. 하지만 어떠한 경우에도 환자와 말을 하거나, 그 밖의 다른 방법으로 방해되는 행동을 해서는 안 된다는 엄한 경고도 내려졌다. 그는 골똘히 그 기계를 관찰했지만, 어떤 물건인지 짐작이 되질 않았다.

그것은 치과나 이발소에서 사용하는 것과 같은 종류의 의자였다. 다만 한 가지 다른 점은, 의자 등판에 진료실 바닥에서 천장까지 수직으로 니켈 도금한 봉이 세워져 있다는 것이었다. 의자는 이 봉을 따라 끊임없이 위아래로 미끄러져 오르내리고 있었다.

의자에 앉은 환자는 굉장히 뚱뚱하고 분을 짙게 발라

얼굴이 밀가루처럼 하얀 노부인이었다. 말을 걸 수도 없게, 마치 걸신들린 것처럼, 그녀는 온갖 음식을 입 안으로 꾸역꾸역 쑤셔 넣었다. 케이크와 고기 조각, 소시지와 아티초크와 튀김옷 입힌 생선 전채 등이 그녀 앞에 있는 이동식 전동 탁자 위에 준비되어 있었다. 이 인간이 한입 삼킬 때마다 의자는 캐터펄트에 의해 사출되는 것처럼 높이 치솟아 올랐다가 증기 해머(*공격용으로 쓰이는 고대 그리스 · 로마의 투석기) 같은 굉음을 내며 밑으로 다시 떨어졌다. 한입에 먹는 양이 많을수록 의자는 부인을 싣고 더 높이 날아올랐다. 마치 음식을 먹으면 몸이 더 무거워지는 게 아니라 오히려 가벼워지는 것 같았다.

의자에 앉은 부인과 자기 말고는 방 안에 아무도 없는 데다가, 당분간은 누구도 기계를 조작하러 올 기미도 없어 엄중한 금지 명령에도 불구하고, 이 젊은 견습 의사는 살짝 물어보고 싶은 마음을 끝내 참지 못했다.

"어떤 목적으로 이런 치료를 받고 있습니까?"

부인이 그의 목소리를 듣고 자신의 먹는 임무를 아주 잠깐 중단하기까지 그는 이 질문을 몇 차례 더 반복해야만 했다.

"내 병은요,"

그녀가 말하고는 자기 뒤편에 앉은 그를 간신히 돌아다보았다.

"진행성 중력증이에요. 계속 음식을 먹어야만 몸이 가벼워져요. 단 몇 초라도 먹는 것을 중단하면 바로 체중이 늘어나죠. 지구 중력의 교란 현상이에요. 이해가 되세요? 만일 몇 시간 아무것도 먹지 않으면 내 뼈대는 내 살의 무게를 견디지 못하고 으깨져 버릴 거예요. 나라고 이 짓이 좋을 리 없지만, 이렇게 계속 먹지 않으면 계속 체중이 늘어나니 낸들 어쩌겠어요."

좀 게으름을 피웠다는 듯 급하게 그녀는 한입을 새로 삼켜 넣었다. 그리고 위아래로 춤추는 의자 놀이도 다시 시작되었다.

"여기 분들이 분명히 잘 치료해 드릴 겁니다."

젊은 의사가 중얼거렸다.

"금방 훨씬 좋아지실 겁니다. 걱정 마세요."

그녀가 괴로워하는 것은 누가 봐도 분명한 사실인데, 이 지방 잔뜩 낀 인간을 진심으로 이해할 수 없다는 것에 그는 우울한 기분이 들었다.

그녀가 아무 대꾸도 하지 않자, 잠시 후 그는 자리에서 일어나 그 기계를 좀 더 자세히 살펴보았다. 바닥 가까운 곳, 니켈 봉과 움직이는 의자 등판 사이에 특별히 그의 관심을 사로잡는 장치가 하나 있었다. 그것은 상당히 커다란 유리 실린더로, 안에선 피스톤이 마치 공기 펌프에서처럼 의자의 리듬에 맞춰 오르락내리락하고 있었다. 아마도 의자가 떨어질 때 생기는 강한 충격을 완화하기 위한 것 같았다. 이 유리관 안에는 동물 하나가 들어앉아 있었다.

젊은 의사는 이 생물을 어떤 종으로 분류해야 할지 몰랐다. 다만, 지금까지 본 동물 가운데 가장 추한 것이라는 점은 틀림없었다. 그것은 유별나게 커다란 새거미(*애완용으로도 키우는 손바닥만 한 크기의 거미)와 흡사하게, 공 모양의 몸통과 까만 털에 뒤덮인 아주 날렵한 수많은 다리로 이루어져 있다. 하지만 그 다리들은 곤충처럼 뻣뻣하지도 않고, 관절로 분할되어 있지도 않으며, 오히려 문어처럼 아주 말랑말랑한 것 같았다. 날카로운 소리를 내며 내려오는 피스톤에 얻어맞을 때마다 이 동물은 고통을 견디지 못하고 그 무수한 다리를 돌돌 말아 뒤엉킨 실몽당이처럼 만들었다. 이미 의식이 거의 마비된 상태에서 이 동물은 참혹한 감옥에서 탈출하려고 끊임없이 시도했지만, 그 어디에도 출구는 없었다.

잠시 젊은 의사는 그 학대받는 피조물을 관찰하면서 저렇게 생물에게 고통을 주면 환자의 고통이 덜어지는 것인지, 그것이 정말 불가피한 것인지 고민하지 않을 수 없었다. 그 동물의 존재 자체가 그에게 동정심을 불러일으킨 것은 아니었다. 그러기에는 동물이 너무 추악했다. 그보다는 그것이 어떤 종류의 것이든, 모든 생명체가 갖고 있는 생존권은 어느 정도 존중되어야 한다는 것이 그의 기본적인 자세였다. 그래서 그는 모든 불필요한 학대를 혐오했다. 그 동물을 그렇게 고문할 어떤 이유도 찾지 못했기 때문에, 그는 그 동물에 대해 연민을 느끼게 되었다. 동물이 말로 다 할 수 없을 정도로 추했기 때문에 더 그랬다.

"그만두세요!"

갑자기 그는 여전히 꾸역꾸역 입에 음식을 쑤셔 넣고 있는 지방 낀 부인을 향해 소리쳤다.

"이제 좀 어지간히 하고 그만두시라고요!"

그러나 여자는 그의 목소리가 들리지 않는 모양이었다. 어쩌면 그냥 듣고 싶지 않은 건지도 몰랐다. 어쨌거나 그녀는 그의 말을 완전히 깔아뭉개고, 계속해서 미친 듯이 음식을 입에 밀어 넣었다.

그 순간 젊은 의사는 의분이 끓어오르는 것을 느꼈다. 그는 마침 손 닿는 곳에 있던 니켈처럼 반짝이는 기구 하나를 집어 들고, 있는 힘을 다해 여러 차례 내리쳐 유리 실린더를 산산조각 냈다. 의자는 바로 멈춰 섰지만, 부인은 그것에 개의치 않았다. 그녀는 볼이 터지도록 우물거리면서 곁눈질로 그 의사를 나무라는 눈길을 보낼 뿐, 그 때문에 자기 식사를 중단하지는 않았다.

그 사이 거미처럼 생긴 피조물은 문 쪽으로 달아났다.

젊은 의사는 문을 열어 밖으로 미끄러져 나가도록 해 주었다. 이런 충동적인 행동은 응분의 벌을 받을 게 틀림없다는 생각이 얼핏 들었다. 하지만 그가 서둘러 방에서 나간 것은 사실 그게 두려워서는 아니었다. 그보다는 뭐라 잘 설명할 수 없는 호기심이 자기도 모르게 발동했다. 이제는 자기 마음대로 움직일 수 있게 된 그 생물이 그렇게 급하게 어디로 내빼려 한 것인지 보고 싶었다. 놀랍게도 그놈은 분명한 목표 의식을 갖고, 그 무수한 다리를 놀리며 연구소 복도를 여러 개 지나 밤거리로 서둘러 빠져나갔다. 그리고 마치 어떤 대가를 치르고라도 특정한 장소에 반드시 가야 하는 것처럼 계속 달려갔다.

어둠 속에서 잃어버릴까 싶어, 젊은 의사는 몸을 반쯤 구부린 채 그 동물 뒤를 계속 쫓아 달렸다. 적막한 골목길과 공터를 지나고, 다리와 계단을 넘고, 아치문과 고가철도 교각 아래를 통과하더니, 마침내 그 생물은 아주 초라해 보이는 어느 임대 아파트 건물 안, 희미한 불빛만 깜박거리는 복도에 들어가 앉았다. 그놈은 더 이상 움직일 기색을 보이지 않았다.

젊은 의사는 탐색하듯 주변을 둘러보았다. 도대체 무엇이 저 생물을 이 장소로 끌어온 것인지 아무 단서도 찾을 수 없었다. 어쩌면 이런 분위기에 홀리고 있는 건지도 모른다고 그는 자신에게 타일렀다. 그러니까 저 동물이 이곳으로 온 것은, 여기가 특별한 장소여서가 절대 아니라 그냥 아주 단순하게 여기서 도주를 끝낸 것일 뿐이었다. 그 참혹한 유리 감옥에서 가능한 멀리 떨어진 이곳에서 말이다. 그랬다. 틀림없이 그랬다. 동물이 다시 놀라 달아나지 않도록 그는 아무것도 하지 않았다. 아니, 소리 하나 내지 않고 무슨 일이 일어날지 기다렸다.

그가 그렇게 기다리며 서 있는 시간이 길지는 않았다. 어두운 복도 맞은편 끝에서 또 한 마리의 동물이 헐레벌떡 다가오는 것이 보였기 때문이다. 크기는 거미와 비슷했지만, 생긴 모습은 전혀 달랐다. 그것은 차라리 튼튼한 집게발이 달린 살찐 딱정벌레 같았다. 그와 거의 동시에 또 다른 동물이 하나 더 나타났다. 크기는 다른 두 마리보다 약간 크고, 생긴 건 똑같다고는 할 수 없어도 메뚜기에 가까웠다. 그 세 마리 동물은 머리를 맞댄 채 꼼짝도 하지 않고 모여 앉아 있었다. 그렇게 모여 있는 몸뚱이들은 세 방향으로 내뻗는 별 하나를 타일바닥 위에 만들고 있었다. 누군가 지켜보는 것에 대해선 신경 쓰지 않는 것 같았다.

오랜 시간 그 이상 아무 일도 일어나지 않았다. 그리고 젊은 의사는 자신의 참을성에 놀라기 시작했다. 도대체 무엇이 자신의 기다리는 마음을 이렇듯 팽팽하게 유지하도록 하는지, 그 자신도 설명할 수 없을 정도였다.

그러다 결국, 이제 그만 가자는 쪽으로 이성에 더 많이 기대어 결정했을 때, 그의 귀가 갑자기 쫑긋해졌다.

들릴 듯 말 듯, 독특한 울림이 공중에 퍼져 있었다. 듣다 보니, 그것은 그가 의식하지 않았을 뿐, 이미 오래전부터 들려오던 것이라는 사실을 깨닫게 되었다. 아무튼 이제 주의를 기울여 들으니, 정말 이 세상의 것이라고는 생각되지 않는 부드럽고 순수한 삼화음이 점점 더 또렷하고 깨끗하게 들렸다. 그 아름다움이 너무 황홀해서 눈물이 날 정도였다. 이렇게 기분 나쁘게 생긴 피조물 셋이 함께 음악을 연주하는 것이 도대체 어떻게 가능한 일일까? 저 어두컴컴하고 더러운 구석에 옹기종기 모여 앉은 저들이 세상의 모든 화음 가운데 가장 순수한 이런 화음을 만들어 내는 것이 정말 가능한 일일까? 신이시여! 젊은 의사는 황홀에 겨워 생각했다. 신이시여, 말로는 표현할 수 없는, 이 얼마나 큰 행복입니까!

날이 밝아 오면서 음악은 사라졌지만, 동물들은 꼼짝 않고 그 자리에 앉아 있었다. 젊은 의사는 여전히 약간 몽롱한 상태에서 거리로 나왔다. 눈앞에는 작은 녹지가 이른 새벽빛 속에 펼쳐져 있었다. 짓밟힌 잔디 위 벤치에는 십여 명의 사람들이 앉아서, 마치 밤새도록 세 마리 동물이 만들어 내는 그 삼화음에 빠져 있었던 것처럼, 저마다 생각에 잠겨 있었다. 농부의 얼굴을 가진 그들은 이제 한 사람씩 차례로 젊은 의사를 바라보고 미소 지으며, 어딘지 모르게 격식을 갖추어 그에게 머리 숙여 인사했다. 남자들은 모피 모자를 쓰고 수염을 길렀으며, 여자들은 스카프를 두르고 있었다. 모두 염색도 하지 않은 거친 마포로 만든 헐렁한 가운을 걸치고 있었다. 그들 앞으로 다가간 젊은 의사는 그 가운이 글자들로 빼곡히 뒤덮여 있는 것을 보게 되었다. 하지만 그에겐 낯선 문자의 기호들이었다. 그는 그것이 키릴 문자(*9세기 말 무렵, 불가리아에서 만들어진 문자. 현재 러시아 문자의 모체가 되었다.)라고 생각했다.

"이름인가요?"

그가 물으면서 문자들을 가리켰다.

"당신들 이름인지 해서요."

질문받은 사람들은 웃으며 고개를 끄덕였다. 하지만 그들은 질문을 이해해서가 아니라, 단순히 친근감의 표시로 끄덕이는 것 같았다.

"어-디-서-오-셨-나-요?"

젊은 의사가 한 마디씩 천천히 분명하게 발음하며 물었다.

허연 수염이 난 한 노인이 대답했지만, 그것은 들어본 적 없는 말이었다. 그때 난데없이 수탉 한 마리가 울었다. 젊은 의사는 놀라서 주변을 둘러보았고, 농부들은 그가 놀라는 것을 보며 유쾌하게 웃었다. 그러면서 자기 들 줄 끝에 앉아 있는 한 여자를 가리켰다. 젊은 의사는 그 여자에게 다가갔다. 그리고 그녀가 자신의 빵빵한 가슴이 그대로 드러나도록 가운을 활짝 열어젖히고 있는 것을 보았다. 젖가슴에는 아이콘이 하나 그려져 있었다. 화려하고 부분적으로는 금박도 입혀져 있었다.

수탉이 쉰 소리로 우는 게 다시 들렸고, 농부들은 웃었다. 가슴을 풀어 헤친 여자는 웃고 있는 사람들에게 그러지 말라는 듯이 손을 내저었다. 그러고 나선 벤치 뒤에서 자루 하나를 끌어내 열었다. 그리고 연 상태 그대로 젊은 의사에게 내밀었다. 그는 자루 속을 들여다보았다. 자루엔 얼음 조각이 반 정도 채워져 있는 게 보였다. 그 얼음 더미 위에 털이 다 뽑혀 완전히 알몸이 된 수탉 한 마리가 앉아 있었다. 닭은 물론 멀쩡하게 살아 있었다. 그리고 닭은 자기를 아래로 굽어보고 있는 젊은 의사의 얼굴을 살피고는, 끝이 잘려 나가 뭉뚝한 날개로 홰에 올라 세 번째로 울었다.

20

사무실 일이 끝난 후 물고기 눈을 가진 사내는 6번 라인 세 번째 칸에 올랐다. 전차는 이 시간이면 언제나 그렇듯 만원이었다. 승객 대부분은 코트 깃을 높이 세우고, 중절모를 얼굴 깊숙이 눌러 쓰고 있는 남자들이었다. 이날 저녁은 몹시 추웠고, 사내는 모나지 않은 공허한 시선으로 수많은 입에서 솟아오르는 입김이 만들어 내는 작은 구름들을 바라보고 있었다.

그는 한동안 서 있어야만 했다. 다섯 정거장을 지나니 그 앞의 자리가 비었고, 그는 앉았다. 종점까지는 아직 한참 남았다. 그는 코트 안주머니에서 신문을 꺼내 정성스럽고 판판하게 펴서 꼼꼼하게 읽었다. 그런데 어쩐 일인지 기사에 집중하는 것이 잘 되지 않았다. 상당수 문장의 의미를 이해할 수 없었다. 몇 번을 읽어도 마찬가지였다. 장을 넘기면서 드디어 그는 깨달았다. 처음에는 드문드문 나오던 오자誤字가 뒤로 갈수록 점점 많이 나오는 것이었다. 아마 식자공(*활자를 원고대로 조판하는 사람)의 착각이나 부주의 때문인지, 몇몇 단어, 몇몇 줄, 아니면 아예 단락 전체가 낯선 알파벳으로 인쇄되어 있었다. 모르긴 해도 그리스 문자나 키릴 문자 같았다. 어쨌거나 그는 오늘 밤 당장에라도 이 일에 대한 항의 편지를 신문 편집부 앞으로 써야겠다고 마음먹었다.

아침에 갔다가 저녁에 돌아오기 위해 그가 매일 두 번 이용하는 전차는 대략 편도 사십오 분이 소요되었다. 교통 체증이 심한 운 없는 날엔 훨씬 더 오래 걸릴 때도 있었다. 하지만 그는 그렇게 늦어지는 것이 짜증 나기보다 차라리 편안했다. 그는 집으로 가는 것을 별로 좋아하지 않았다. 그는 집과 가족이 편하다고 느낄 수 없었고, 아직까지 한 번도 그런 행복을 느껴 본 적이 없었다. 사무실 동료가 행복한 듯 집과 가족 이야기를 하면, 그는 열심히 들으면서 그와 관련된 무엇이든 상상해 보려고 애쓰지만 소용없었다. 하지만 그는 지금까지 살아오면서 이러한 결함에 익숙해져 있었다. 그 결함은 좋든 싫든 감수하면서 살 수밖에 없는 사소한 육체적 결함 같은 것이라고 생각했다. 그는 혼자 살았기 때문에, 자기 집 문이 뒤로 닫히는 순간, 그의 하루도 되돌릴 수 없이 닫혀 버렸다. 반면 전차 안에 앉아 있는 동안만큼은 최소한 아직 온갖 가능성이 열려 있는 것 같았다. 그럴 때 그가 생각하는 것은 특별한 것이 아니었다. 그것은 매일 밤 똑같이 다가왔다 사라지는 허무맹랑한 약간의 희망과 거의 느껴지지도 않는 약간의 실망이었다.

잠시 후 그는 신문 읽던 눈을 들었다. 그런데 오늘은 전차가 거의 텅 비어 있어 놀랐다. 딱 네 사람만 남아 있었다. 아니, 그를 포함하면 다섯 명이다. 그의 맞은편에는 살이 찌고 나이가 든 여자 둘이 커다란 장바구니를 들고 앉아 있었다. 서로 상대방의 장바구니를 미심쩍은 듯 유심히 살폈는데, 한순간도 거기에서 눈을 뗄 수 없다는 걸 노골적으로 드러냈다. 두 사람 모두 아주 우스꽝스러울 정도로 많은 숄과 카디건과 모직 스카프를 잔뜩 몸에 걸치고 있었고, 손가락 부분이 뚫린 장갑을 끼고 있었다. 두꺼운 옷 위로 드러난 붉은 얼굴만 본다면 두 사람은 신기할 정도로 비슷했다. 어쩌면 둘은 자매인지도 몰랐다.

약간 떨어진 자리에 초라한 옷차림의 조그만 남자가 앉아 있었다. 그는 아래로 시선을 떨어뜨리고 일정한 간격으로 고개를 설레설레 흔들고 있었다. 마치 아무리 다시 생각해도 이해할 수 없는 것을 이해하려고 애쓰는 것 같았다. 그 옆에는 얼굴이 보송보송한 어린 소년이 하나서 있었다. 기다란 금발에 세일러 모자를 쓴 그 아이는 콧노래를 부르면서, 손가락으로 유리창의 성에를 녹여 밖을 내다볼 구멍을 만들고 있었다. 아이는 갑자기 밖에서 무언가 발견했는지, 흥분해서 사내를 잡아당기기 시작했다. 그래도 사내가 별 반응을 보이지 않자 좀 보라는 듯 심지어 얼굴을 끌어당기기까지 했다. 잠시 후 사내는 어느 정도 정신을 차리고 아이에게 귀를 내 주고 그 중요한 얘기를 전해 듣고는 고개를 끄덕였다. 전차가 멎었고, 두 사람은 손을 잡고 전차에서 내렸다.

다음 정거장이 가까워 오자, 여자들도 일어나 낑낑거리면서 육중한 장바구니를 승강구까지 끌고 갔다. 한 사람은 뒷문으로, 한 사람은 앞문으로 가면서 몇 번이고 돌아보면서 서로 잡아먹을 듯이 노려보았다. 비대한 그들로서는 머리 돌리는 것도 수월치 않았는데 말이다.

물고기 눈을 가진 사내는 그들을 지켜보았다. 창에 낀 성에에 입김으로 내다볼 구멍을 만들어 두 사람이 같은 방향으로 가는지 확인하려고 했지만, 그들은 온데간데없었다. 전차가 다시 출발했고, 그는 뒤로 기대며 텅 빈 전차 안을 이리저리 둘러보았다.

잠시 후, 검표하는 사람이 차에 오를지도 모른다는 생각이 문득 들었다. 그는 코트 단추를 풀고 주머니란 주머니는 모두 뒤져 정기 승차권을 찾았지만 주머니 어디에도 없었다. 이런 일은 처음이었고, 그로서는 정말 알다가도 모를 일이었다. 물론 전차 노선의 이 끄트머리 구간에 검표하는 사람이 올라탈 가능성은 거의 없었다. 하지만 혹시라도 그런 일이 벌어진다면 난감한 상황이 될 터였다. 그런 생각에 더 불안해진 그는 다시 한 번 모든 주머니를 샅샅이 뒤져 보았다. 결국 그는 찾기를 포기하고, 그 승차권을 마지막으로 손에 쥐었던 게 언제였는지 생각해 내려고 했지만 헛수고였다.

시간이 조금 지난 뒤 그는 문득 깨달았다. 사무실에서 퇴근할 즈음 막 기울기 시작했던 해가 아직도 완전히 지지 않은 것이었다. 아니, 오히려 해는 분명히 다시 조금 솟아올라 있었다. 놀라운 일이었다.

그는 손톱으로 유리창의 성에를 긁어낸 다음 밖을 살펴보았다. 빌라들이 지나가고, 꽃이 핀 너른 정원에 둘러싸인 시골 풍의 작은 목조 가옥들도 지나갔다. 가벼운 여름옷을 입거나, 아예 웃통을 벗은 아이들이 그네를 타고 있었다. 물고기 눈을 가진 사내는 경솔한 일이라고 생각했다. 저러다 아이들이 감기에 걸려 죽을 지도 모를 일이었다. 사무실에서 오늘 서류에 써 넣은 날짜는 1월 23일이었다. 그런데 저 차창 밖의 나무들은 푸르렀고, 그 가운데는 심지어 꽃을 활짝 피운 나무도 많았다. 그때 꽃 묘판에 둘러싸인 기념상 하나가 눈에 들어왔다. 그것은 쉬고 있는 수사슴이었다. 잎이 잔뜩 달린 진짜 나뭇가지가 뿔 대신 이마에서 자라고 있었다.

그가 이 길을 오간 것이 거의 십육 년이 되었지만, 저런 기념상은 지금껏 한 번도 눈에 띈 적이 없었다. 게다가 그는 이 전차가 이제 어디를 달리고 있는지조차 알 수 없었다. 그는 코트의 소매 단추를 풀고 손목시계를 들여다보았다. 아무래도 시계 바늘이 거꾸로 돌아간 것 같았다. 시계 수리를 맡기면 이삼 일은 시계 없이 지내야 하는데, 그것은 그에게 단순한 불편함 이상의 것이었다. 왜냐하면 그는 정확한 시간 계획에 따라 생활하기 때문이었다. 시계를 풀어 귀에 대고 흔들어 보았다. 그러자 시계는 완전히 멈춰 섰다.

지금 전차 운전사는 늦은 시간을 만회하려고 애쓰는 게 분명했다. 이제 정거장 같은 것은 아예 무시하고, 꽤 오래 허용 속도 이상으로 속력을 내고 있었다. 물고기 눈을 가진 사내는 이 역시 경솔한 짓이라고 생각했다.

창문의 성에가 점점 녹기 시작했다. 작은 얼음 조각들이 유리창을 타고 아래로 미끄러져 서로 포개지며 떨어졌다. 전차는 이제 작은 숲을 달리고 있었다. 잎이 무성한 관엽 식물 사이로 거대한 양치식물과 나무만큼 키가 큰 쇠뜨기와 야자수가 솟아 있었다. 물고기 눈을 가진 사내는 전차를 잘못 탔을지도 모른다는 생각에 걱정이 되었다. 하지만 그건 있을 수 없는 일이었다. 왜냐하면 그가 전차를 탄 정거장에는 6번 노선밖에 없기 때문이었다. 그러므로 잘못 탈 가능성은 처음부터 없었다. 그는 뒤로 기대어 기다렸다.

그러다 그는 '히힝' 하는 거친 말 울음소리에 깜짝 놀랐다. 하얀 말 한 마리가 그가 있는 창 바로 아래서 전차와 나란히 질주하고 있는 것이었다. 동양적 분위기가 나는 안장과 고삐로 무장한 그 말의 갈기와 꼬리가 바람에 휘날리고 있었다. 때때로 몇 초씩 우거진 나뭇잎과 덤불에 가려 시야에서 사라졌다가 이내 다시 달리는 전차 옆으로 모습을 드러내곤 했다. 물고기 눈을 가진 사내는 이 말이 도대체 언제부터 이런 희한한 짓을 하고 있었는지 신경 쓰지 않았다. 또 그러거나 말거나, 그것은 자기가 알 바 아니라고 생각했다. 하지만 이놈의 백마가 끈질기게 따라붙으며 신경을 건드리는 바람에 결국은 자리에서 일어나, 뒤쪽 승강구로 가 손짓으로 위협해 말을 쫓아 버리려 했다. 하지만 그것으로는 아무 소용이 없자, 그는 문을 열려는 시도까지 하게 되었다. 원래 전차 문은 운행 중에는 잠기도록 되어 있는 자동문이었는데, 두세 번 흔드니 그냥 열려 오히려 그가 놀랐다. 뜨겁고 축축한 공기가 밀려 들어왔다.

하얀 말은 열린 문에 사내가 서 있는 것을 보자마자

바짝 다가왔다. 마음만 먹으면 발판에서 쉽게 안장으로 올라탈 수 있을 정도였다. 그러다 보니 말이 전차의 측면에 거의 닿을락 말락 할 지경이 되었다. 물고기 눈을 가진 사내는 말을 발로 차고, 팔을 휘두르며 소리쳤다.

"저리 가! 어서 저리 가란 말이야!"

그는 백마가 전차에 부딪치기라도 하면 어쩌나 걱정이 들었다. 그러면 경찰이 사고 경위를 확인해야 할 것이고, 그동안 전차는 오도 가도 못 하고 한없이 기다려야 하는 상황이 벌어질 게 뻔했다. 그러다 보면 그의 귀가도 몇 시간이 늦어질지 알 수 없는 일이었다. 아무튼 그는 모든 방법을 다 써 보았지만, 그럴수록 그 동물은 그에게 가까이 붙으려고 점점 더 기를 쓸 뿐이었다. 순간 묘안이 하나 떠오른 그가 손가락 두 개를 입에 넣어 날카로운 휘파람 소리를 내자, 말은 그제야 그 자리에 곧바로 멈춰 섰다. 그는 손잡이를 꽉 붙잡고 몸을 밖으로 쑥 내밀었다. 벌써 저만치 멀어져 있는 그 동물이 귀를 아래로 접고, 급작스럽게 덮친 공포에 기겁해 이를 허옇게 드러내고 있는 게 보였다. 그리고 그는 자기 자리로 돌아갔다.

그 사이 밖의 풍경이 달라져 있었다. 이번에는 불타버린 초원이었다. 아직 불이 꺼지지 않은 잔디가 있는 곳 여기저기에서 가벼운 연기구름이 피어오르고 있었다. 초원 위의 공기는 열기에 어른거렸다. 조금 떨어진 곳에서 죄수들이 줄지어 가는 것이 먼저 눈에 들어왔다. 줄무늬 옷을 입은 그들은 허기에 완전히 진이 빠진 모습이었다. 그들은 높은 죽마를 타고 있었는데, 아마도 바닥의 열기를 피하기 위한 것 같았다. 그는 코트를 벗어 옆 좌석 등받이에 조심스럽게 걸쳐 두었다. 태양은 이젠 하늘 꼭대기에 걸려 있었다. 건조한 열기가 입을 바싹 마르게 했다. 뭐라도 좀 마시고 싶은 생각이 굴뚝 같았지만 집에 갈 때까지 참는 수밖에 없었다. 어차피 이젠 그렇게 오래 걸리지도 않을 터였다.

잠시 후, 전차가 갑자기 속도를 크게 줄였다. 전차는 거의 끝없이 펼쳐진 커다란 공장 지대를 따라서 움직였다. 그곳은 죽은 듯 인적이 끊어져 있었다. 건물의 창이란 창은 모두 부서지고, 지붕들은 구멍 나고 가라앉아 있었다. 아무래도 이 구간은 전차 레일도 크게 망가져 있는 게 분명했다. 거의 참을 수 없을 정도로 바퀴가 덜커덩거리며 흔들리는 게 느껴졌다.

물고기 눈을 가진 사내가 이 폐허가 된 공장 지대에서 볼 수 있었던 유일한 사람은 거인 같은 노인이었다. 수염을 땋아 거의 바닥까지 길게 늘어뜨린 그는 완전히 벌거벗은 채 따가운 햇볕을 온몸으로 받으며 하얀색 타일을 깔아 놓은 곳 한가운데 서서, 지나가는 전차를 향해 손짓을 하고는 어마어마하게 커다란 집게손가락으로 다른 손에 높이 쳐들고 있는 호박을 계속 애타게 가리켰다. 그리고 뭐라고 소리쳤다. 그가 입술을 동그랗게 한 것으로 보아 그것은 한 음절 단어 같았다. 그러나 물고기 눈을 가진 사내는 바퀴의 굉음 때문에 그 말을 들을 수 없었다.

전차는 다시 속력을 냈다. 이제 전차는 모래와 돌과 드문드문 서 있는 바위가 보이는 사막을 달린다. 바위는 반쯤 녹아 내린 조각상이나 기계 같아 보였다. 물고기 눈을 가진 사내는 이 전차가 지금 길을 돌아가고 있는 게 틀림없다고 스스로 되뇌었다. 어디선가 도로 공사가 진행 중이면 이런 일이야 얼마든지 있을 수 있었다. 그 사이 숨 쉬는 것마저 힘들 정도로 갈증이 심해졌다. 그는 심호흡을 하며 공기를 들이마셨다. 서서히 그는 의식이 오락가락하는 반수半睡 상태로 빠져들었다.

그가 다시 정신이 들었을 때, 주변은 훨씬 시원해져 있었다. 해가 지평선으로 기울고 있는 게 보였다. 그런데 이번엔 또 환장하게도 해가 동쪽 지평선으로 기울고 있는 게 아닌가! 갑자기 그의 몸이 눈물마저 마른 흐느낌에 흔들리기 시작했다. 미련하게 인내하는 것처럼 아니면 무관심한 것처럼 가장하면서, 지금까지 자신에게 벌어진 일들을 사실로 받아들이는 것을 애써 외면해 왔는데, 그 인내심과 무관심이 갑자기 증발해 버린 것이다. 그는 오늘 밤 당장 격렬한 항의 편지를 대중교통 관리국 앞으로 쓰고야 말겠다고 혼자 크게 소리 질렀다. 하지만 그런다고 아무것도 달라지지 않았다. 달라질 거라고 이미 그 스스로 믿지도 않았다. 그걸 인정해 버리자 두려움이 머리끝까지 차올랐다. 그는 어떻게 해야 할지 속수무책이었다. 자신이 이해할 수 없는 상황으로 발가벗겨진 채 내몰린 기분이었다. 그는 혼란에 휩싸였다. 그는 자리에서 일어나 질주하는 전차에 흔들리며 앞쪽 승강구로 비틀비틀 갔다. 거기서 그는 객차 세 칸의 유리창 건너 맨 앞 칸에 있을 전차 운전사를 찾으려고 했다. 유리는 먼지에 뒤덮여 아무것도 보이지 않았다. 그는 소리치고 울부짖으며 두 손으로 유리창을 두드렸지만, 아무 소용이 없었다. 그래서 그는 비상 브레이크를 움켜쥐었다. 이건 바로 이런 경우에 사용하라고 있는 거란 생각이 들었다. 그는 절망이 주는 모든 힘을 모아 힘껏 잡아당겼다. 하지만 아무 일도 일어나지 않았다. 그는 다시 한 번 잡아당겼다. 팔이 마비될 때까지 당기고 또 당겼다. 다른 팔로도 잡아당겼다. 얼마 후 그는 가눌 수 없는 분노에 휩싸였다. 그의 손엔 빨간 손잡이가 들려 있었다. 그는 아이처럼 꺼이꺼이 크게 울면서 그 손잡이를 바닥에 내팽개쳤다. 선 채로 잠시 그는 그것을 뚫어지게 보았다. 마른 흐느낌 때문에 헉헉하는 숨소리마저 이따금씩 멎었다. 차츰 그는 마음을 가라앉혔다.

그는 자기 자리로 돌아와, 모나지 않은 공허한 시선으로 먼지 낀 유리창 너머 스쳐 지나가고 있는, 마치 정지된 화면처럼 그 모습이 전혀 변하지 않는 황야를 내다보았다. 그렇게 긴 시간이 지나고, 그의 눈에 들어온 유일한 생명체는 은색으로 반짝이는 볼품없는 우주 비행사 복장을 한 사내였다. 그는 자기 뒤에 송아지 한 마리를 밧줄로 묶어 억지로 잡아끌었지만, 송아지는 버티면서 끌려가려 하지 않았다. 사내와 송아지는 끝없이 긴 그림자를 대지에 던지고 있었다. 그게 다였다.

그러더니 전차가 갑자기 아주 천천히 가기 시작했다. 거의 걸어가는 속도였다. 멍하게 넋을 놓고 있던 그가 후닥닥 튀어 일어나, 코트와 모자를 낚아챈 다음, 문이 열린 채로 있는 뒤쪽 승강구로 쏜살같이 달려가 밖으로 뛰어내렸다. 전차 속도를 너무 얕잡아 보았던 탓에 돌에 걸려 비틀거리다 넘어졌고, 몇 초 동안 그대로 누워 있었다. 그러다 이 끝없는 대지 한가운데 이렇게 떨어져 버리면 무슨 수로 집까지 걸어서 갈 것인가 하는 생각이 퍼뜩 들었다. 집까지 얼마나 먼지는 차치하더라도, 길도 모르고, 방향조차 잡을 수 없었다. 일어서서 보니, 전차는 아직 그렇게 멀리 가지는 않았다. 다행히 속도를 더 늦춘 것 같기도 했다. 그는 달리기 시작했다. 그러자 이번에 전차도 속도를 다시 높였다. 그는 죽을 힘을 다해 달린 끝에 전차의 맨 뒤 승강구에 간신히 따라붙어, 발버둥 치고 질질 끌리다시피 하면서 몸을 위로 끌어올렸다. 그렇게 네 발로 기어 전차 안으로 들어온 그는 숨을 가쁘게 몰아쉬며 더러운 바닥에 그대로 뻗어 버렸다. 그리고 팔을 굽히고 거기에 얼굴을 묻었다.

한참이 지나고 나서야 그는 겨우 일어날 기운을 되찾았다. 조심스럽게 그는 무릎과 팔꿈치의 먼지를 두드려 털었다. 양복은 곳곳이 찢어지고, 바지 왼쪽 가랑이는 무릎까지 피에 물들어 있었다. 모자와 코트는 없어졌다.

그는 열려 있는 문에 기대서서 눈을 감고 땀으로 범벅이 된 얼굴을 세차게 다시 불기 시작하는 맞바람으로 식혔다. 그는 그 무엇에 대해서도 더 이상 저항하지 않았다. 그는 자신이 이미 모든 것에 동의한다고 밝혔다는 사실을 알았다. 앞으로 무슨 일이 생기든 그것은 그 스스로 원한 것이었다.

해는 저 멀리 동쪽 지평선까지 가라앉아 있었다. 그가 문에서 몸을 내밀자 눈이 부셨다. 그는 손으로 햇빛을 가리면서 뭐가 어떻게 되어 가고 있는지, 자신을 태운 전차가 어디를 향해 달리고 있는지 알아내려고 했다. 지평선에 드리워진 어두운 띠를 그는 처음엔 아주 멀리 있는 산맥이라고 생각했다. 그러다 그는 폭풍이 다가오는 게 그렇게 보인다고 생각하고, 곧 쏟아질 비에 마음이 들뜨기도 했다. 그런데 조금 더 가까이 다가가서야, 그 어둠이 스스로 움직이고 스스로 호흡하고 있다는 것을 알게 되었다. 마치 그것은 폭풍우가 휩쓸고 간 숲처럼 보였다. 아니면 지평선 전체에 드리워진 거대한 커튼의 벽처럼 보이기도 했다. 그 커튼은 천천히 위아래로 휘날리고, 부풀어 오르고, 서로 뒤섞여 휘감겼다가 다시 서로 풀려 나가고 있었다.

색깔은 맨 나중에야 보였다. 오팔로 만든 탑들이 끊임없이 새롭게 세워졌다 다시 사라지고, 여기저기 세워져 있는 투명한 자개로 만든 벽들은 녹아 흐르는 유리처럼 휘황하게 빛나고 투명했다. 그리고 하얀색이 보였다. 처음 그가 벽처럼 펼쳐진 폭풍 가운데 번개라고 생각했던 그것은 하얀색이었던 것이다!

그때 갑자기 물고기 눈을 가진 사내는 도대체 이게 무슨 일인지, 자신이 어디를 향하고 있는지 깨닫게 되었다. 심장이 멎을 정도로 분명하게 깨달았다.

바다다.

21

산 위의 매춘 궁전은 오늘 밤 차가운 빛을 발하고 있었다. 수천에 이르는 빛이 꼬리에 꼬리를 물고 장사진을 쳤고, 작은 램프들로 이루어진 화환 행렬이 궁전을 싸구려 술집처럼 비추었다. 이 창녀 도시의 저 아래, 음산한 뒷골목과 남루한 변두리 공터들은 스스로 불을 밝히는 일이 없기 때문에 항상 어둠에 휩싸여 있었지만, 오늘 밤만큼은 그 빛이 아래까지 뻗어 나갔다. 성문 앞길, 집 대문 앞, 움푹 파인 창문턱, 그리고 도시의 지저분한 구석구석까지 무수한 얼굴들이 빽빽이 몰려 있었다. 빛이 반사되어 유령처럼 보이는 그 얼굴들 가운데는 작거나 큰 얼굴, 또는 부어오른 얼굴이나 볼이 움푹 파인 얼굴들이 있었다. 그들 모두 거대한 건물의 샃갓 버섯 모양의 탑들과 이중 반구형 지붕과 배가 볼록한 석벽을 목이 빠지게 올려다보고 있었다.

긴 갈기의 하얀 말이 화려한 고삐와 안장으로 치장하고, 궁전으로 가는 길을 타박타박 올라가고 있는 것을 알아챈 사람은 몇 안 되었다. 말은 마치 말굽이 납으로 만들어지기라도 한 것처럼 지친 모습으로 천천히 움직였다. 말 머리는 무겁게 아래로 처져 있었다. 말안장에는 갈기갈기 찢어진 옷을 입고 머리에 종이 왕관을 쓴 외다리 거지가 몸을 앞으로 굽힌 자세로 앉아 있었다. 풍상에 찌든 얼굴은 비탄에 젖어 있었다.

"우리 여왕이 결혼식을 올린대."

여기저기서 수군거렸다.

"저 사람이 신랑이래."

"그런데 여왕은 이미 남편이 있잖아."

결혼 얘기를 들은 사람들이 대꾸했다.

"여왕한테 그게 뭔 상관이겠어."

몇몇 사람의 생각이었다.

"어차피 창녀의 여왕인데."

그러자 또 두어 명은 이런 대담한 말까지도 했다.

"여왕의 남편을 본 사람이 누군데? 어쩌면 남편 같은 건 아예 없는지도 몰라."

하지만 그들은 얼른 입을 닫아 버렸다. 이런 얘기는

아무래도 뒤가 켕긴다. 여왕은 이런 건 또 귀신같이 알아내 자기가 놀림감이 되는 걸 그냥 봐 넘기지 않기 때문이다.

말 탄 거지가 니켈 빛으로 번쩍이는 커다란 여자 성기 모양의 궁전 정문에 도착하자, 하얀 말이 어떻게 알았는지 스스로 멈춰 섰다. 아무도 이 손님을 맞으러 나오지 않았고, 아무 소리도 들리지 않았다. 불을 밝게 밝힌 그 건물은 마치 죽어 있는 것처럼 보였다. 거지는 안장에서 미끄러져 내려와, 안장 머리에 걸어 두었던 거친 나무로 만든 목발 두 개를 내려 짚고 절룩거리며 계단을 올라갔다.

건물 내부는 모두 금속처럼 빛나는 흑연색 자재로 되어 있었다. 그 모양은 공학적인 것에 바탕을 둔 것도 있고, 유기체적인 것에 바탕을 둔 것도 있었다. 예를 들어 벽과 천장엔 늑골 모양의 줄무늬가 있어 꼭 사람 입 안에 들어온 것 같았다. 바닥에는 혈관 모양 무늬들이 매듭을 지으며 사방으로 뻗어 나가고 있었다. 그리고 관管이나 구멍 속에서 천천히 왔다 갔다 미끄러지고 있는 거대한 피스톤들도 있었고, 같은 운동을 엄청나게 빨리 반복하고 있는 작은 피스톤들도 있었다. 게다가 헉헉 가쁘게 숨쉬는 소리와 끙끙 아파 신음하는 희미한 소리도 들렸고, 때론 삐걱 문 닫는 날카로운 소리와 끼익 브레이크 밟는 요란한 소리도 들렸다. 여러 개의 관절로 이루어진 집게 팔에 의해 작동되는 반지 모양의 동그란 고리가 반짝반짝 기름칠한 굵은 막대기를 따라 위아래로 오르내리기도 했고, 펌프 모양의 기계 장치가 거대한 말뚝을 깊은 수직 갱도에 박아 넣기도 했다. 뜨거운 금속에서 뿜어져 나오는 냄새에 공기마저 무겁게 느껴졌다.

또 다른 방들에선 배가 볼록한 노즐이 일정한 간격으로 끈적끈적한 액체를 수로水路나 벽의 갸름한 구멍으로 뿜어내고는 부르르 떨며 입을 닫아 버리기도 했다. 목발 짚은 사내를 특히 애먹게 한 것은 기다란 복도였는데, 그 벽과 바닥이 미끌미끌한 데다가, 끊임없이 연동 운동(*근육의 수축이 천천히 꿈틀꿈틀 이뤄지는 운동)을 하고 있었기 때문이다. 이윽고 그는 혹이 잔뜩 달린 기둥의 숲에 들어서 길을 잃었다. 기둥들은 부풀어 곧게 섰다가 다시 오그라들기를 반복하고 있었다. 그는 어느 쪽으로 가야 할지 더 이상 알 수 없었다.

갑자기 허리 굽은 회색 형상 하나가 그 앞에 나타났다. 노인이었다. 노인은 가는 눈으로 그를 찬찬히 살핀 다음, 쉰 목소리로 물었다.

"부름을 받은 자가 자넨가?"

거지가 끄덕였다.

"이리 오게!"

노인이 말하고 앞장섰다.

이리저리 한참 걸은 후에야 어느 커다랗고 텅 비어 있는 어두컴컴한 원형 홀에 들어섰다. 홀 가운데에는 사각이 아닌 둥그런 복싱 링처럼 생긴, 가슴 높이 정도의 단상이 있었고, 그 위로 스포트라이트가 눈부시게 비추고 있었다. 그 단상 가운데 니켈 빛으로 번쩍이는 수술 의자가 있었고, 그 위에 창녀의 여왕이 누워 있었다.

지금까지 그녀의 얼굴을 본 사람은 아무도 없었다. 얼굴에 강철 마스크를 쓰고 있었기 때문이다. 머리엔 머리털이 하나도 없고, 발가벗은 몸에도 털 한 올 없었다. 상아처럼 매끄러운 그녀의 팔다리와 몸매와 가슴은 흠잡을 데 없이 아름다웠지만, 그녀의 나신은 해부학 교실의 발가벗겨 놓은 몸통처럼 병원 분위기를 풍겼다.

노인과 사내가 단상 앞에 이르자, 왜소한 회색 사내가 가벼운 헛기침을 했다.

그녀가 머리를 들고, 강철 마스크의 눈꺼풀을 열고, 비취빛 눈으로 거지를 바라보았다.

"가까이 오라!"

그녀가 느릿느릿 말했다.

"이리 올라오라!"

그녀의 목소리가 매끄럽고 부드럽게 울렸는데, 딱히 설명할 순 없지만, 어딘지 모르게 인공적이었다.

왜소한 회색 사내는 거지가 무대로 올라가는 것을 도와주려 했지만, 거지는 손을 저어 거절한 다음 그 자리에 꼼짝 않고 서 있었다.

"넌 아직도 나를 경계하고 있구나."

그녀가 몸을 일으켜 단상 가장자리로 왔다. 그녀는 거지 바로 앞에 서서, 자기 가슴 너머로 그를 내려다보았다. 그녀에게서 풍겨 나오는 뜨거운 금속 냄새에 의식이 마비되는 것 같았다.

"너의 사랑하는 아내를 감옥에서 썩게 한 게 누구냐?"

그녀가 부드럽게 물었다.

"여왕, 당신이지."

"네 아이들을 망가뜨려 너한테 반항하게 한 건 누구냐?"

"여왕, 당신이지."

"네 다리는 어떻게 잃었느냐?"

그녀가 애정을 담은 듯한 말투로 계속 물었다.

"너를 거지로 만든 건 누구냐? 네 모든 것을 빼앗고, 오욕의 똥물을 뒤집어씌운 건 또 누구냐?"

"모두 여왕 당신이지.

그녀가 끄덕이고 가볍게 웃었다.

"그래, 그런데도 여전히 날 경계한단 말이냐?"

그가 고개를 들어, 그녀의 눈을 들여다보았다.

"나는 당신의 왕국을 만들어 주었어."

그가 천천히 말했다.

"난 당신의 적들로부터 당신을 지켜 주었어. 그건 기억하겠지?"

왜소한 회색의 노인이 헛기침을 했다. 그녀는 거만한 고갯짓으로 그 노인이 물러가도록 명령했다. 그는 명령을 받들어 말 없이 홀의 어둠 속으로 사라졌다.

"나한텐 그런 기억이 없는데."

노인이 물러가고 나서 그녀가 말했다.

"하지만 뭐 그랬을 수도 있겠지. 어쨌거나 너는 여왕에 대한 네 의무 이상의 것은 하지 않았어."

거지는 고개를 가로저었다.

"내가 그렇게 한 건 맹세 때문이었어. 오래된 일이지. 그땐 우리 둘 다 아직 젊었었지."

"넌 아주 무엄하구나."

그녀가 조롱하듯 가로막았다.

"그땐,"

그가 말을 이었다.

"내가 아직 당신을 믿었었지."

"그럼 지금은 날 믿지 않는다는 말이냐?"

"안 믿어."

"그럼 어째서 네 맹세를 진작 깨지 않았지?"

"맹세는 흥정해서 사고파는 게 아니야. 그 결과가 어떨지는 신이 결정할 일이야."

"모든 건 흥정할 수 있어."

그녀가 말했다.

"모든 건 사고팔 수 있어. 모든 것을 말이야. 신도 예외는 아냐. 신도 자기 가격이 있는 걸. 그렇지 않아? 당연히 적은 금액은 아니겠지만."

잠시 그들은 말 없이 서 있었다. 그리고 그가 물었다.

"당신은 왜 강철 마스크를 쓰고 있는 거지? 당신 얼굴을 보여 봐!"

그녀는 마치 음탕한 제안이라도 받은 것처럼 웃었다.

"넌 정말 몰라. 나도 부끄러워할 때가 있다는 걸……. 네가 부끄러워하는 경우와 정반대이긴 하지만 말이야."

그녀는 단상에서 아래로 뛰어내려 그 앞에 바짝 다가섰다. 그가 얼굴을 돌리자, 그녀는 자기 집게손가락으로 그의 턱을 들어 올려 억지로 자기 눈을 계속 들여다보도록 했다.

"보고에 따르면, 네가 어제 우리 성모 교회 계단에서 구걸을 했다던데, 정말이야?"

"예, 그렇습죠, 여왕 폐하."

"들리기론, 사람들이 너한테 적선을 많이 해서 돈이 아주 산더미처럼 쌓였다던데, 맞아? 가난한 사람, 돈 많은 사람 할 것 없이 도시 전체가 너한테 적선하려고 들썩였다며?"

그가 끄덕였다.

"얼마나 받았는데?"

"많이."

그가 말했다.

"해질 무렵엔 자루 다섯 개가 가득 찼지."

"금붙이와 보석도 있었어?"

"그랬지."

여왕은 갑자기 그에게서 등을 돌리고 거의 들리지 않는 소리로 말했다.

"사람들은 널 사랑해. 그렇지 않아?"

그가 잠자코 있었다.

"어째서 사람들이 널 사랑하지? 설명해 봐!"

"그건 나도 몰라."

"하지만 난 그걸 알아."

그녀가 갑자기 가혹한 말투로 말했다.

"제발 말하지 마, 여왕……. 제발 관용을 베풀어 줘."

"관용이라……."

그녀가 놀라서 되뇌었다. 그녀는 천천히 그의 주위를 돌아 등 뒤에 섰다.

"넌 말이야……."

그녀가 그의 귀에 대고 속삭였다.

"적어도 그런 착각만큼은 용인될 거라고 믿고 있어. 넌 두려운 거야. 내가 마지막 남은 네 작은 비둘기마저 죽여 버릴까 봐 말이야. 내 혀는 칼이라서, 지금 당장이라도 그 목을 따 버릴 수 있거든. 내 명령 하나로 모두 그렇게 해 왔으니까."

그녀는 뒤에서 그를 안고 벌거벗은 몸을 그에게 밀착했다.

"아냐, 아니야."

그녀가 그의 귀에 입김을 불어 넣으며 속삭였다.

"그렇지 않아. 그냥 해 본 말이야. 두려워하지 마. 아무 일 없을 거야. 난 피곤해. 난 목이 말라. 난 아프다고. 날 도와줘! 이번 한 번만 더 도와줘. 맹세했잖아!"

"여왕, 당신은 아무도 도울 수 없어. 당신 자신조차도."

갑자기 그녀는 바닥에 미끄러져 내리더니, 그의 다리에 매달리며, 자신의 강철 입으로 그의 발에, 심지어 목발에까지 키스를 퍼부었다. 그러면서 흐느꼈다.

"넌 할 수 있어! 너, 너만이 날 도울 수 있어. 네가 적선받은 것 가운데 뭐라도 좀 줘! 나한테도 나눠 달라고! 자비를 베풀어 줘! 난 너무 추워. 난 이렇게 혼자라고."

그는 그녀를 내려다보며, 상아처럼 매끈한 그녀의 벗

겨진 머리를 만지려다 손을 다시 거두어들였다.

"잔인하게 그러지 마! 옛날엔 날 사랑해 줬잖아."

그녀는 거의 울부짖다시피 했다.

"이렇게 무릎 꿇고 부탁하잖아. 너도 알지? 난 지금까지 한 번도 인간에게 애원해 본 적이 없어. 그런데 지금 이렇게 빌잖아. 네가 받은 모든 선물 가운데 가장 작은 것, 가장 가치 없는 것이라도 좋으니 나에게 줘. 아무 보상 없이 주어진 무언가를 단 한 번이라도 나눠 가질 수 있게 해 줘!"

한동안 경련에 떨리는 그녀의 흐느낌만 들렸다. 그리고 그가 냉정하게 말했다.

"여왕, 당신은 너무 많은 것을 차지해 왔어. 이젠 더 이상 아무것도 받아들일 여지가 없을 정도로 말이야. 그래서 당신은 나에게서 아무것도 얻을 수 없어. 그리고 나 역시 당신에게 아무것도 줄 수가 없어. 왜냐하면 난 모든 걸 줘 버렸거든."

그녀가 벌떡 일어서며 뒷걸음질 친다.

"누구에게 줬는데?"

거지가 웃었다. 풍상에 찌든 그의 얼굴이 젊어 보이기까지 했다.

"가난한 사람들이지 누구겠어?"

그녀는 천천히 얼굴을 돌린 다음, 단상에 등을 기대고

바닥에 주저앉았다. 그는 그녀를 지켜보았다. 그녀는 마치 몸이 얼기라도 하는 것처럼 몸을 움츠린다. 그리고 잠시 윗몸을 앞뒤로 흔들었다.

"가난한 사람들."

그녀가 날카롭게 말했다.

"언제나 이웃 사랑 실천의 대상 노릇이나 하는 것들! 왜 그것들이 신으로부터 그런 특전을 받았는지 설명할 수 있어? 어째서 그것들이 천국에서든 지상에서든 그런 식으로 특별 대우받는지 말해 보라고! 너희들! 너나, 신이나, 모두 한통속인 너희 같은 부류들에게 그건 문제도 아니겠지! 세상에 가난보다 더 비참한 건 아무것도 없어! 네가 좋아하는 그 가난뱅이들이 너한테서 받은 걸로 뭘 사지? 하루 이틀 배가 터지게 처먹겠지. 아니면 코가 비뚤어지게 선술집에서 퍼마실 거야. 그러고도 돈이 남으면 우리 창녀들 구멍에 쑤셔 넣는다고. 결국, 빈털터리가 되어서는 아무것도 남는 게 없지. 가난은 어떤 약으로도 고칠 수 없는 병이라는 거 몰라?"

"알아."

그가 대답했다.

"없어진 한쪽 다리 같은 거지."

그녀가 아무 대꾸도 하지 않자 그가 물었다.

"당신 같으면 받은 걸로 뭘 할 건데?"

"아, 나!"

그녀가 말했다. 독이 오른 목소리가 울렸다.

"나는 그냥 한 사람의 여왕에 불과해! 내가 뭘 했을 거 같은데? 난 네가 적선한 것을 내 몸에 지녔을 거야. 그걸로 내 몸을 따뜻하게 했을 거야. 그건 내 어둠을 밝혀 주었겠지."

"가난한 여왕이군!"

그가 말했다.

그녀가 그를 뚫어지게 보았지만, 자신의 강철 마스크 같은 그의 얼굴을 뚫고 들어갈 수 없었다. 그녀가 일어섰다.

"차가움은 내 안에 없어."

그녀가 어두운 홀을 향해 외쳤다.

"나는 불에 녹은 용암으로 만들어진 별이다. 그러나 나를 둘러싼 우주는 텅 비어 있고 차갑다. 그리고 내가 안으면 모두 재가 된다."

메아리가 그녀의 말을 되받아 반복을 거듭하며 점점 멀어져 갔다. 거지는 조용해질 때까지 기다린 다음, 낮은 소리로 말했다.

"나한테 두 가지 물건이 있어. 당신이 그 가운데 하나를 고르도록 해 주지."

그녀가 주저하면서 다가갔다. 뜨거운 금속 냄새가 다

시 그를 감쌌다.

"보여 줘!"

그녀가 속삭였다.

"여기, 내가 쓰던 나무로 된 거지 밥통이야."

그가 누더기가 된 재킷에서 그것을 꺼냈다.

"오래전에 잃어버렸었지. 그런데 지금 나한테 돌아왔어."

그는 팔을 뻗어 그녀에게 그것을 내밀었다. 말 그대로 그 거지 밥통은 너무 오래 써서 닳을 대로 닳아 있었다. 거의 알아볼 수 없는 글씨가 그 모서리에 낙인되어 있었다. 여왕이 그것을 해독했다. **인내와 겸양**. 그녀는 고개를 가로저었다.

"이건 나한테 맞지 않아. 네가 갖는 게 좋겠어. 또 하나는 뭐지?"

거지는 그 밥통을 조심스럽게 다시 집어넣고, 자기 셔츠 목깃에서 황금 메달이 달려 있는 작은 사슬을 들어 보였다. 메달은 성당에서 볼 수 있는 작은 성체 현시대聖體顯示臺 모양으로, 한가운데 찌그러진 유리구슬이 하나 놓여 있고, 구슬 안엔 검은색 액체 한 방울이 떨고 있었다.

"이게 뭔지는 나도 몰라."

거지가 말했다.

"하지만 아마도, 지니고 있으면 축복을 받는다는 거겠

지."

갑자기 그녀는 그의 목에서 작은 사슬을 낚아채, 한참 동안 꼼짝 않고 서서 구슬을 들여다보았다.

"드디어 해답을 찾아냈어."

그녀가 속삭였다. 그리고 킥킥 웃기 시작했다. 그러다 점점 더 격하게 웃더니, 끝내는 신들린 사람처럼 몸을 떨며 째지는 소리로 웃고 소리쳤다. 그녀는 주체 못 하던 웃음을 갑자기 멈추고 단상으로 기어 올라갔다.

거지가 그녀를 올려다보았다.

"왜 그렇게 웃으십니까, 여왕님?"

"나는 신의 위트에 대해 웃는 거야! 신은 정말 대단한 익살꾼이야. 넌 몰랐어? 이 구슬은 옛날, 내가 아직 신을 믿던 시절, 악마가 내게 선물했던 거야. 당시 나는 어린 아이였지. 오래전부터 나는 이 구슬을 없애려고 해 왔지. 난 이걸 펄펄 끓는 화산에 던져 넣었어. 그런데 지금 이렇게 나한테 돌아왔잖아. 네 거지 밥통이 돌아온 것처럼 말이야."

"그래, 그게 뭔데?"

그녀는 수술 의자 같이 생긴 자신의 옥좌에 앉아, 음탕하게 팔다리를 활짝 폈다.

"축복은 아냐, 이 가난한 친구야. 어쨌든 네가 생각하는 그런 건 아냐. 이 작은 유리 껍데기 안에 들어 있는 건

이 세계에 속한 것이 아니야. 그래서 이 세계를 멸망시킬 수도 있는 것이지. 이 작은 한 방울만으로도 지상의 모든 생명을 싹 쓸어 버리기에 충분하다고. 그러니까 신이 창조한 세계라는 것이 이 작은 구슬을 깨뜨리는 것만으로 폭삭 무너질 정도로 허술하다는 얘기지."

그녀는 사슬에 달린 메달을 눈앞에 대고 흔들며 불타는 눈으로 그것을 바라보았다.

"이 구슬은 이 지상에서 번식 능력을 앗아갈 거야. 그 어떤 어미도 새끼를 낳지 못하게 되고, 모든 종자는 씨가 마르게 돼. 그리고 모든 것이 번식할 수 없게 되면, 결국 인류도 사라지는 거야. 아마도 마지막까지 남는 인간이 하나 있겠지. 그 인간도 점점 늙고 병들어 가겠지. 그런데 그가 마침내 이 현세에서 영생할 수 있는 불사不死의 비밀을 발견했다 쳐. 그럼 뭐해. 이러나저러나 그는 결국 혼자고, 끝내는 이제 더 이상 다가오지 않게 된 죽음을 부르게 될 거야. 그리고 그는 인류의 책 마지막 장을 쓰게 되겠지. 그건 이런 내용일 거야. '최후에 인간이 천지를 멸하니라. 땅이 혼돈하고 공허하며 흑암이 깊음 위에 있더라. 마지막 인간이 가라사대 빛이 있으라 하매, 여전히 어둠이 있었고, 그렇게 저녁이 되며 아침이 되지 않으니 이는 마지막 밤이니라.'"

그녀는 메달 달린 사슬을 빙빙 돌려 손가락에 감았다.

잠시 침묵이 흘렀고, 이윽고 그녀가 말했다.

"아무튼 선물은 고마워."

거지는 바닥으로 무너져 내려 죽은 듯이 누워 있었다. 그녀가 그런 그를 바라보았다. 눈부신 스포트라이트가 그녀의 강철 마스크에 반사돼 반짝거렸다.

"깨뜨릴 거야?"

거지가 물었다. 여왕의 이가 딱딱 소리를 내며 부딪히고 있었다.

"내 손에 들어왔으니……."

그녀가 대답했다.

"깨뜨리게 되겠지."

"언제?"

"때가 되면."

"무엇으로 당신을 막을 수 있지?"

그녀가 작은 사슬로 장난하는 것을 멈추고 잠시 생각했다.

"날 사랑해 주겠어?"

그녀가 물었다.

"그건 할 수 없어. 당신을 사랑하는 건 아무도 할 수 없어."

그녀가 상아처럼 매끈한 자기 몸매를 손으로 부드럽게 쓰다듬었다.

"그럼 신은?"

"신도 마찬가지야. 그렇게 되면 당신은 당신이 아니게 될 거야."

여왕은 비웃는 듯 작은 웃음을 흘렸다.

"그렇게 쉽게 단념하다니, 신도 별 볼 일 없는 허약한 남자라는 거야?"

거지는 머리에 쓴 종이 왕관을 잡아채 마구 구겨 버렸다.

"당신은 신을 모독하고 있어!"

"이런 생각은 안 해 봤어?"

그녀가 대답했다.

"신이 나를 모독하고 있다는 생각 말이야."

거지는 다시 일어서려고 힘겹게 애를 썼다. 몇 번씩이나 목발이 미끄러지는 바람에 그때마다 그는 바닥에 넘어졌다. 간신히 그가 일어서서 말했다.

"여왕, 이제 그만 가야겠어."

"아직 안 돼."

그녀가 부드럽게 대답했다.

"난 아직 너에 대해 알고 싶은 게 있어. 너는 나에게 넘어오지 않은 유일한 사람이야. 봐, 지금도 그렇잖아. 너는 사라지지 않았어. 너는 현실로 계속 남아 있어. 너는 네 목숨을 스스로 끊지 않았어. 어떻게 그럴 수 있었지?"

그는 아무것도 대답할 수 없었다. 마침내 그가 말했다.

"신이 날 도와주었어."

"그래, 그래."

그녀가 약간 조급하게 말했다.

"네가 신앙심이 깊다는 건 알고 있어. 네가 괴로워하는 것도 알아. 그리고 나는 괴로워할 능력조차 없다는 것도 알아. 그건 너도 알 거야. 그렇지 않아? 그래서 난 지금 너에게 내 비밀을 털어놓고 싶어. 너한테만. 넌 이제부터 그 비밀을 끌고 다녀야 할 거야. 그리고 그 덕분에 난 그걸 털어 버릴 수 있지. 왜, 떨려?"

"여왕, 당신은 무서운 사람이야!"

"아무렴 네 신만큼 무섭겠어."

그녀가 대답했다.

"하지만 난 이제 너희 둘을 풀어 줄 거야. 신, 그리고 그토록 고집스럽게 자신과 신을 혼동하고 있는 너를 말이야. 나는 내 침대 안에서 재가 되어 버린 이 도시와 이 왕국도 이제 내 침대로부터 풀어 주겠어. 난 더 나은 섹스 파트너를 찾아갈 거야. 경험도 많고, 내 끼를 맘껏 발산할 수 있는 남자 말이야. 난 무無를 부둥켜안아, 내 음부로 끌어들일 거야. 그러면 내가 실망하는 일 같은 건

없겠지. 무는 무한하니까. 너희는 날 잊어도 좋아. 나도 너희를 잊을 테니."

그녀가 계속 말했다.

"들어 봐. 어젯밤 난 그에 대한 꿈을 꿨어. 그래, 신과 악마가 나를 두고 서로 싸우는 꿈이었지. 볼 만한 광경이었어. 정말이라니까. 둘은 밤새도록 싸웠고, 나는 나의 로쥬(*칸막이 관람석)에서 지켜보았어. 누가 이길지 정말 흥미로웠지. 마침내 날이 밝았을 때, 누가 이겼을 거라고 생각해? 왜 말이 없어? 이런 쥐뿔도 없는 친구야, 머리를 좀 써. 내가 알려 주지. 물론 신이야."

거지가 끄덕였다. 여왕도 역시 끄덕였다.

"신이 승자였지. 그건 예상할 수 있던 일이었지. 그렇지 않아?"

그녀가 잠시 가만있었다. 그리고 결론을 내렸다.

"문제는 그때 내가, 둘 가운데 누가 처음에 신이었는지 더 이상 알 수 없더라는 거야. 한쪽은 다른 한쪽이 거울에 비친 모습에 지나지 않았던 거야. 그런데 난 어느 쪽이 누구였는지 잊어버렸어."

거지가 더 이상 아무 대꾸도 하지 않자 그녀가 말했다.

"이제 가도 좋아."

혼자 남은 그녀는 오랫동안 꼼짝 않고 앉아 있었다.

그리고 회색 양복을 입은 허리 굽은 작은 사내가 앞에 나타나 가볍게 헛기침을 하자, 그제야 눈을 들었다.

"불을 꺼!"

그녀가 그에게 명령했다.

"전부 다!"

그리고 잠깐 생각한 다음 덧붙였다.

"그리고 영원히."

"여왕님은 뭘 하실 건데요?"

그녀가 대답했다.

"기다려야지."

회색의 노인이 그대로 서서 그녀를 바라보았다.

"무엇을요?"

그녀는 더 이상 대답하지 않았다. 그리고 그는 물러갔다.

하나둘, 매춘 궁전의 등불이 꺼져 갔다. 궁전이, 그리고 그와 함께 창녀의 도시 전체가 어둠 속으로 사라져 갔다.

22

세계 여행가는 이 항구 도시의 작은 골목을 돌아다니는 것을 그만두기로 결심했다. 더불어 다른 모든 도시의 빈민가와 궁전 그리고 마을과 야영지와 은둔 암자, 이 지상의 모든 사막과 원시림을 여행하는 것도 그만두었다. 키가 크고 가슴 부분이 가느다란 건물의 문으로 올라가는 지저분한 돌계단에 그는 앉았다. 이 건물은 문 위에 걸려 있는 등燈으로 미루어 볼 때 중국식 유곽이 분명했다. 그는 산보용 지팡이 손잡이에 손을 깍지 끼어 얹고, 턱을 그 위에 괸 채, 굉음을 내며 지나가는 자동차와 전차를 아무 초점 없는 눈으로 무심히 바라보았다. 자신의 이 긴 여행을 계속 이어가게 하는 일체의 호기심과 일체의 흥미가 1초, 2초 시간이 흐를수록 그의 마음에서 사라져 가고 있었다. 이젠 여행에서 기대할 만한 최소한의 그 무엇도 없었다.

그는 이 세상의 모든 기적과 비밀을 보았다. 티아마트 사원에선 공중에 둥실둥실 떠 있는 월장석 기둥을 보았고, 맨해튼의 유리 탑들도 보았다. 호드 섬에 있는 피의 간헐 온천에서 피도 마셔 보았고, 부에노스아이레스의 도서관에 있는 장님 신사와 운명의 본질에 대해 토론도 했다. 인류의 기억을 지배하는 힘을 주는 무라바탄 여왕의 반지도 손가락에 직접 끼어 보았고, 이방인은 그때까지 한 번도 들어간 적이 없는 도시 엘디스의 불꽃거리들을 원 없이 걸어 보기도 했다. 디트로이트에선 강철 가마에 실려 기계가 가득한 창고에 가 보기도 했고, 로마에선 대수로의 미로에 빠져, 밤마다 과거와 미래의 환영들이 나타나 무시무시한 유령의 살육전을 벌이는 그곳에서 맨 정신으로 꼬박 밤을 지새우기도 했다. 이렇게 그는 수많은 비밀을 보았지만, 그 모든 것들은 정작 자신과는 아무런 관계가 없었다. 그에 대한 비밀은 거기에 없었다. 그리고 그가 자신의 비밀을 찾지 못했기에, 다른 모든 비밀도 침묵하고 있었다.

그가 이 여행을 아예 시작하지 않았더라면, 이 세상 어딘가에 징표가 있을 거라는 꿈이라도 최소한 남아 있었을 것이다. 그에게만 유효한, 그만이 이해할 수 있는 언어로 그에게 말을 건네는, 자기 존재의 수수께끼를 푸는 열쇠가 되는 징표 말이다. 하지만 이제 그는 그와 비슷한 그 무엇도 존재하지 않는다는 것을 인정할 수밖에 없었다. '이 지구는 단지, 우주의 무한한 틀과 무한한 힘을 반영하여 반짝이는 은색 구슬 같은 존재에 지나지 않는다.'는 가설이 진리라면, 인간의 본질을 우주라는 존재에 연결할 것이 결국 아무것도 없기 때문에 '인간의 고향은 우주다.'라는 오류를 믿어도 될 것이다. 하지만 반대로 인간이 애초부터, 그리고 영원히, 이 우주에서 이방인이라면, 우주는 너무나 작다. 말도 안 되게 너무 작은 존재다!

그때 여행가는 인기척 소리에 놀라 뒤를 돌아보았다. 수수한 회청색 옷을 입은 가무잡잡한 피부의 동양 아가씨 하나가 나직하고 얌전한 목소리로, 실례지만 고매한 선생님께 이 하찮은 사람의 부족한 봉사를 받아 주십사는 청을 드려도 되겠느냐고 말을 걸어 왔기 때문이었다.

그러면서 그녀는 모시겠다는 제스처를 취하며, 건물 문을 통과해 돌계단 위 가장자리까지 밀고 온 작고 평평한 수레를 가리켰다. 여행가는 갑작스런 제의에 당황스럽기도 하고, 아가씨 때문에 놀란 것에 대해 화가 나기도 해, 자기는 유곽에 손님으로 갈 생각이 없다고 무뚝뚝하게 말했다.

몸집이 아주 작고, 어린애처럼 연약해 보이는 그 아가씨는 초승달 같은 눈으로 그를 바라보았는데, 상대방의 말을 이해하지 못한 듯, 몸을 깊이 숙이고 모시겠다는 조심스런 몸짓으로 수레 안에 있는 예쁘게 수놓인 안락한 쿠션을 계속 가리켰다. 어쩌면 이 아가씨에게 상처를 줬을지도 모른다고 후회하고 있던 여행가는 한숨을 쉬며 수레에 올라앉았고, 건물 안으로 실려 들어갔다.

그들은 먼저 온갖 색깔이 반짝이는 무늬 석재로 벽이며 바닥이며 천장까지 치장한 길게 뻗은 방들을 지나갔다. 그런데 여기 사용된 석재들은 어떤 하나의 공통된 특성에 따라 주의 깊게 고른 것인 듯했다. 곳곳에 보이는 섬세한 혈관 무늬에서 떠오르는 여러 가지 우연한 형태들이 보는 사람의 상상력을 자극하고 있기 때문이었다. 그 형태들은 해석하기에 따라, 평범한 얼굴과 찡그린 얼굴, 식물무늬 장식들, 신들과 악령들, 다리가 나무인 동물들, 불에 휩싸인 무희들, 곤충에 올라탄 기사들의 긴 행렬, 사방에 온통 사람 몸이 나뒹구는 풍경, 배와 괴수로 가득한 거친 바다, 얼음 꽃 궁전, 거대한 이끼가 무성하게 덮인 폐허가 된 도시들……과 같은 다양한 형태로 보였다. 하지만 여행가의 주의력은 별로 내키지 않는 언짢은 기분 때문에 여전히 마비된 상태였다. 그에게는 아직 아무것도 보이지 않았다.

그러나 다음 방들을 거쳐 가는 동안 자기 안에 갇혀 있던 감각이 점점 깨어나, 그 스스로 만든 것이면서 동시에 아니기도 한 그 징표의 알파벳을 아직은 믿지 못하겠다는 듯 망설이는 마음으로 해독하기 시작했다. 지금까지 평면적이던 상들이 이곳에선 공간적이고 입체적으로 다가왔다. 기괴한 바위와 돌고드름과 돌순, 뿌리와 그루터기, 용암덩어리와 녹은 쇳덩어리 같은 것들이 여기저기 세워져 있고 눕혀져 있었다. 그것들은 자연의 의도하지 않은 힘들에 의해 점점 완벽해져 가는 방식으로, 극도로 놀라운 모습을 갖춰 가고 있었다. 동시에 그것은 누가 보아도 납득이 되는 모습이기도 했다. 이 모든 것이 단지 우연의 무작위적인 유희에 의해서만 생겨났다는 것은 믿기 어려운 일이지만, 그러한 임의의 형태에서 실로 놀라운 예술 작품을 창조해 낸 것은 결국 보는 사람의 마음에서 스스로 우러나온 힘이었을 것이다. 여행가의 내부 세계와 외부 세계의 경계가 서서히 그리고 거침없이 허물어져 갔다. 즉 그의 눈앞에 실제로 있는 것과 그가 추가로 창조해 낸 것들이 서로 구분할 수 없을 정도가 되어, 자신의 정신을 외부의 것으로, 사물을 자기 내부의 것으로 체험하게 되었다. 어느새 그는 작은 수레에 쪼그리고 앉은 자신의 모습을 내부와 외부에서 동시에 보는 것 같았다. 그리고 그것 역시 우연히 생겨난 수많은 형태 가운데 하나에 지나지 않는 것으로 받아들여졌다. 그의 창조적인 정신은 그 속에서 본질적인 것을 들여다보았고, 또 바로 그렇게 함으로써 그 본질적인 것이 겨우 현실이 되었다. 그는 그 사실에 놀랐다. 그것은 희열 가득한 놀라움이었다.

그의 눈에 그런 것들이 들어오기 시작한 그 순간부터, 지금 자기가 보는 것이 애당초 자기 앞에 실재하는 것인지 더 이상 자신할 수 없게 되었다. 오히려 그가 방을 하나하나 지나갈수록 외적인 사물들이 점점 단순하고 일반적인 것이 되어 다가왔다. 게다가 비밀의 힘이 그 안에서 한 번 날개를 편 지금, 그 힘은 점점 높이 솟구쳐 모든 사물의 외관마저도 바꾸어 나갔다. 마른 이파리에서, 하얀 달걀에서, 새 깃털에서 온갖 세계가 피어오르며 잇달아 그에게 다가왔다. 그리고 그 모든 것들과 깊이 동화되었다. 그는 그것들의 창조자이면서, 동시에 피조물이었다. 그는 자신이 지금까지 현실이라고 불렀던 것들을 완전히 포기하고 나니, 비로소 현실에 가까워지기 시작했다는 것을 이제야 깨달았다.

그가 말 없는 안내자에게 이끌려, 어둠 속에 있기에 검은색에 가까운 청금석 색 벽 앞에 서자, 다음과 같은 광경이 펼쳐져 있었다. 벽의 크고 작은 무수한 틈으로, 말로 표현할 수 없는 단아함과 우아함이 물씬 풍기는 다양하고 수많은 풍경 미니어처들이 입체적으로 다가왔다. 산과 호수 그리고 푸른 호박 직물띠 같은 폭포도 있었다. 그 폭포는 물보라를 일으키며 떨어지고 있었다. 작은 다단 폭포도 있어 암벽을 타고 미끄러지며 흘렀는데, 그 흐르는 속도도 미니어처의 축척에 맞게 아주 느렸다. 풍경을 비추는 빛도 그때그때 바뀌었다. 달빛은 흐르는 구름에 가렸다가 다시 환하게 비추었고, 새벽 어스름과 보랏빛 황혼도 볼 수 있었으며, 햇빛은 아지랑이처럼 피어오르는 물보라와 장난치며 무지개를 만들어 내고 있었다. 그리고 여행가는 아주 약하고 먼 소리이기는 하지만, '쏴쏴' 하며 은빛 물이 떨어지는 소리까지 들을 수 있었다. 이 울림에 귀 기울이며 빠져들수록, 유리처럼 투명하고 초콜릿처럼 달콤한 음악 같은 것이 점점 또렷하게 들려왔다.

"이게 무엇이오?"

그가 물었다. 그리고 이번엔 자기 음성이 크고 거칠게 울려서 또다시 좀 놀랐다.

아가씨는 웃으면서 부드럽게 대답했다.

"고매한 선생님께서 들으신 것은 자기 미래 존재의 여린 싹입니다."

여행가는 이 말을 이해하지 못했지만, 그렇다고 더 물을 필요도 느끼지 않았고, 다가오는 울림에 다시 몸을 맡겼다. 그러자 그의 가슴은 아픔이 느껴질 정도의 연정이, 아니, 욕정이 지금까지 한 번도 경험한 적 없는 아주 새로운 형태로 가득 차올랐다.

"그럼 말이오."

그가 속삭였다.

"나만 이 음악을 들을 수 있는 거요?"

"선생님과 저 말고는 들을 수 없습니다. 죽음을 피할 수 없는 인간은 들을 수 없습니다."

아가씨가 입술을 그의 귀에 바짝 대고 대답했다.

그가 그녀를 바라보았다.

"아가씨는 어떻게 들을 수 있는 거요?"

"저는……."

아가씨가 거의 들리지 않는 작은 목소리로 말하고 눈을 내리깔았다.

"아무도 아니기 때문입니다."

한참 후, 그들은 거의 흰색에 가까울 정도로 밝은 노란색 벽 앞에 섰다. 벽에는 네 개의 원반이 걸려 있는데, 세 개는 나란히 한 줄로 걸려 있고, 네 번째 것은 조금 높이 걸려 있었다.

첫 번째 원반을 들여다보니, 움직이는 수면을 위에서 수직으로 내려다보는 것 같은 느낌이 들었다. 불규칙한 하얀 줄들처럼 은빛 물마루가 쉴 새 없이 지나갔다. 이 물결을 까만 뱀장어 한 마리가 비스듬히 가로지르고 있었다. 뱀장어는 몸을 비틀면서 전진하는 것처럼 보이지만, 항상 그림 한가운데 머물러 있었다. 여행가는 계속 바뀌면서도 항상 똑같은 이 유희를 경탄하며 관찰했다. 그가 다음 원반을 들여다보려고 하는 순간, 첫 번째 원반에서 속삭이는 소리가 울렸다. 그것은 인간에게서 나오는 목소리가 아닌 파도의 술렁임에서 만들어져 나온 말 같았다.

"나를 만든 것은 바다다."

여행가는 뜻밖의 메시지에 새삼 놀랐다. 그는 마음 깊은 곳 어디에선가 그 의미를 이해했다고 느꼈지만 그것뿐, 그 이해를 아직 의식으로 연결하지는 못했다. 그가 의아한 얼굴로 안내자를 돌아보았지만, 아가씨는 미소 지으며 고개를 갸웃할 뿐이었다. 단도직입적으로 물어도 대답을 들을 수 없을 것 같은 생각이 들어, 그 역시 잠자코 첫 번째 원반 오른쪽에 걸려 있는 두 번째 원반으로 눈을 돌렸다.

거기서 맨 먼저 보인 것은 눈 덮인 원뿔형 산마루 같은 것이었다. 산은 아래로 가면서 점점 짙어지는 안개에 싸여 그 모습을 감추고 있었다. 한참 관찰한 끝에야 그는 겨우 알 수 있었다. 그가 산이라고 생각한 것은 사실 아래로 약간 머리를 숙인 채 이쪽을 향하고 있는 사람의 얼굴이었다. 머리 윗부분은 비정상적이게 길쭉하고, 여기로부터 눈처럼 하얀 긴 머리가 양쪽으로 드리워져 있었다. 얼굴만으로는 성별을 알 수 없었지만, 어린아이의 얼굴 같았다. 이 얼굴에서 풍겨 나오는 정적이 너무도 깊어서, 보는 사람이 자기 눈을 깜박거려 그 정적을 깨뜨리는 것조차 조심스러울 정도였다. 그렇게 그가 꼼짝 않고 서 있자니, 마침내 소리가 전혀 나지 않는 말이 들려왔다.

"나는 나이 많은 아이다."

거기서 다시 오른쪽, 같은 높이에 걸려 있는 세 번째 원반을 들여다보니, 수직으로 놓인 유리 벽을 통해, 관엽식물이 물결처럼 이리저리 파도치는 노을에 황금빛으로 물든 '물 아래 풍경'을 보는 것 같았다. 앞에는 비버의 머리가 보였다. 왼쪽 아래에서 오른쪽 위로 돌진하는 비버의 콧구멍에선 진주 같은 공기 방울이 계속 뽀글뽀글 올라왔다. 마치 지금 당장이라도 수면으로 떠오를 것처럼 보였다. 여기서도 그 광경에 빠져들어 한참 넋을 잃고 바라보고 있는 여행가에게 태고의 황금 노을이 말을 들려주었다.

"나는 호수를 만들 거다."

끝없어 보이는 이 거대한 건물에서 어느새 많은 시간을 보내는 동안, 여행가의 몸에 변화가 일어나고 있었고, 그는 지금에서야 그것을 느끼기 시작했다. 벌써 몇 번이나 경험한 은근한 놀라움을, 지금 이 그림 원반들 앞에서 다시금 느끼고 있었다. 그런데 이제는 시간이 지나면서 그런 기분이 오래 지속되는, 가벼운 황홀 상태로 빠지고 있었다. 그로서는 이런 감정이 전혀 새로운 것이었지만, 그럼에도 그는 아무 의심도, 아무 망설임도 없이 거기에 몸을 맡겼다. 자기 안에서 무언가 아주 자연스럽게 바른 위치로 되돌려지고 평형을 되찾는 것처럼 느껴졌기 때문이었다.

네 번째 원반 역시 오른쪽에 걸려 있었지만, 다른 것들보다 원반 지름만큼 위에 있었다. 이 원반 가장자리는 매끄럽게 둥글지 않고, 불규칙하게 주름지고 구부러져 있어, 얼핏 보기엔 이리저리 굴러다닌 돌처럼 울퉁불퉁했다. 원반의 표면 자체는 아무것도 보이지 않고 비어 있었다.

하지만 여행가는 앞선 세 개의 원반들과 마찬가지로 주의 깊게 관찰했다. 그런데 한참이 지난 다음 그의 눈에 비친 유일한 것은, 정확하게 묘사할 수는 없지만 정지하고 있는 변화였다. 예컨대 자기 안에서 스스로 오르락내리락하는 연기 같은 것 말이다. 동시에 그는 그 어떤 불안이 다가옴을 느꼈다. 자기 안에서 새롭게 깨어난 바로 그 힘을 이 비어 있는 그림이 다 빨아들이고, 아무 손도 쓰지 못한 채, 그 힘이 바닥도 없는 나락에 빠져 소용돌이치고 있다고 느껴졌기 때문이었다. 하지만 그는 그대로 서서, 이 원반도 자신에게 말을 건네기를 끈기 있게 기다려 보았으나 소용없었다. 마침내 그는 뭐라도 잡고 싶은 마음에 아가씨의 손을 잡고 속삭였다.

"이건 왜 아무 말이 없소?"

"벌써 말했습니다."

"그런데 왜 내가 듣지 못한 거요?"

"선생님은 들으셨을 겁니다. 하지만 선생님은 그것을 나중에 선생님의 기억 속에서 비로소 찾게 될 겁니다."

"하지만 나도 지금 듣고 싶소."

"선생님."

아가씨가 아주 작은 소리로 말했다.

"그렇게 원하시는데 어떻게 들릴 수 있겠습니까? 아무것도 바라지 않는다는 건, 아무런 구별도 하지 않는다는 것입니다. 아무런 구별도 하지 않는다는 것은 보이지 않는 것을 보고 침묵하는 것을 듣는 것입니다. 그럴진대, 왜 저를 슬프게 하려고 하십니까?"

그 말에 여행가는 딱히 무엇에 대해선지는 잘 모르겠지만, 부끄러워졌다.

"많은 걸 아는구려."

그가 말했다.

"어떻게 그럴 수 있소?"

아가씨가 미소 지었다.

"부끄럽습니다만, 소유할 수 없는 것들을 수집해 과분하게 소유하고 있는 사람이기 때문입니다."

여행가는 아무 말 없이 그녀를 한참 동안 옆에서 바라보았다. 그녀는 가만히 있었다. 아니면 눈을 내리깔고 있었기 때문에 그가 보는 것을 알지 못했을 수도 있었다. 그는 그녀의 이마와 코와 입술의 윤곽이 범상치 않게 우아한 것에 감탄했다. 보기 드물게 아름다운 그녀의 특징을 이제야 비로소 깨달은 것이다. 잠시 후 그녀가 소매로 얼굴을 가리고, 지금까지 보여 준 모든 것은 선생님이 주목할 만한 가치가 없는 것들이기에 이제 자신의 진짜 보물을 보여 드려도 되겠느냐고 물었다. 그 말에 여행가는 작은 수레에서 일어나, 좀 어색하긴 했지만 그녀가 지금까지 그에게 했던 것처럼, 그녀에게 고개를 깊이 숙인 후, 징표와 기적을 지배하는 지극히 자비로운 부인이 과분하게도 자기처럼 교양 없는 야만인에게 더 신비로운 보물들을 보여 준다니, 경의와 감사의 마음으로 그 제안을 받아들이겠다고 대답했다. 그리고 그는 부인이 미는 수레를 계속 타는 것만큼은 무슨 일이 있어도 사양하며, 자신이 이처럼 고귀한 부인의 손님으로 이 자리에 있다는 것을 알게 된 지금, 부인의 뒤를 따라가거나, 아니면 옆을 걸어가는 것으로 불충분하나마 최고의 경의를 표해야겠다고 진작부터 생각하고 있었다고 말했다.

아가씨는 사양하며 고개를 숙였고, 여행가도 고개를 숙이고 자기 생각을 굽히지 않아 결국은 아가씨가 양보하게 되었다. 작은 수레는 그대로 남겨 두고, 아가씨는 자기보다 훨씬 키가 큰 손님의 손을 손가락 끝으로만 부드럽게 잡아끌었다. 그렇게 두 사람은 말 없이 더 깊은 방들을 향해 나란히 걸어 들어갔다. 처녀 대륙과 아침 노을의 대양을 향해.

23

이날 저녁 늙은 뱃사람은 줄기차게 불어 대는 바람을 더 이상 견딜 수 없었다. 바닷물의 소금기와 점점 멀어져 가는 수평선 위의 눈부신 태양 때문에 그의 눈은 반쯤 장님이 되어 있었다. 어차피 육지가 코빼기도 보이지 않으니, 그게 중요하진 않았다. 배의 마스트(*배의 중심 갑판에 세운 기둥. 돛이나 무선용 안테나를 다는 데 사용한다.) 장루(*돛대 위에 꾸며 놓은 대)를 영원히 떠나고 싶다는 결심을 굳히게 된 것은 다름 아닌, 그칠 줄 모르는 바람 때문이었다.

무거운 놋쇠로 된 망원경을 조심스럽게 품에 챙겨 넣고, 끝없이 긴 마스트에서 기어 내려오기 시작했다. 때때로 멈추어 서 숨을 고르고, 곱은 손가락을 비벼서 녹였다. 그때마다 이제 갑판이 보이지 않을까 하고 까마득한 발밑을 내려다보았다. 그러나 거대한 돛에 가려 이곳에서는 아무것도 보이지 않았다. 위도, 아래도 그 어떤 방향을 보아도, 눈에 들어오는 것은 그저 바람을 안은 하얀 천과 그 사이로 여러 굵기와 장력을 지닌 동아줄, 밧줄, 새끼줄, 끈, 실 같은 것밖에 없었다. 그것들을 현악기 삼아, 바람이 음악을 연주했다. 뱃사람은 마스트를 올라갈 때 이렇게 얽힌 삭구(*배에서 쓰는 로프나 쇠사슬 등을 통틀어 이르는 말)를 본 것을 도무지 기억해 낼 수 없었다. 그때 그는 마스트를 올라간 기억은 전혀 없고, 망대에서 보낸 길고 고독한 시간들밖에 생각나지 않는다는 것을 깨달았다.

설상가상으로, 갑자기 어두워지기 시작했다. 어두워지면 내려가는 것이 더 어려워질 게 분명했다. 지금 그가 있는 높이로 볼 때, 갑판에 도착하는 것은 모르긴 해도 한밤중이나 되어야 할 테고, 거기서 만날 수 있는 것은 아마도 감시 당번뿐일 것이다. 정작 자기가 불만을 털어놓기 위해 만나야 하는 선장은 그 시각 벌써 잠이 들었을 터였다. 떠도는 소문에 의하면, 선장은 심장에 문제가 있어 자기 선실 문 안쪽에 기댄 채 잠을 자는데, 이럴 땐 선장을 깨우면 안 된다고들 했다.

늙은 뱃사람은 선장에게 가는 것을 다음 날로 미루고,

지금은 다시 마스트 장루로 기어 올라가는 게 현명하지 않을까 심각하게 궁리하기 시작했다. 물론 이제 장루는 머리 위 저 하늘 멀리 있었다. 그런데 그때 뜻밖의 사람을 만나는 바람에, 답답하게 돌아가던 그의 머리가 완전히 멎어 버리고 말았다.

가장 큰 돛을 가로지른 활대 위, 그러니까 뱃사람의 수직 진로와 직각이 되는 수평 방향에서 줄 타는 광대 하나가 춤추듯 흔들리며 다가오고 있었다. 그는 몸에 꽉 끼는 색색의 유니폼을 입고, 머리에는 기이한 실 뭉치가 세 개 달린 빨간 가발을 쓰고, 두 손에는 길고 무거운 균형 봉을 들고 있었다. 이 균형 봉의 양쪽 끝에는 천칭의 접시처럼 커다란 바구니가 하나씩 걸려 있고, 그 안에는 새의 것인지, 천사의 것인지 알 수 없는 거대한 날개가 각각 하나씩 들어 있었다. 줄 타는 광대 역시 누군가를 만난 것에 대해 늙은 뱃사람만큼이나 놀란 모습이었다.

어쩔 수 없이 결국, 수직과 수평으로 가던 두 사람은 활대와 마스트가 교차하는 바로 그 지점에서 동시에 맞부딪쳐, 상대방의 길을 가로막게 되었다. 어느 한쪽이 양보하고 다른 쪽이 먼저 가면 되지만, 아무도 그럴 기색이 없었다.

"넌 어디서 나타난 놈이냐?"

뱃사람이 물었다. 줄 타는 광대는 잠시 골똘한 표정으

로 그를 바라보다가 대답했다.

"전 하늘에서 떨어졌어요. 어르신도 짐작하시겠지만, 제가 미숙하다는 얘기죠."

"그래, 어디로 가려고 하는데?"

뱃사람이 물었다.

"저쪽으로요."

줄 타는 광대가 대답하고, 고갯짓으로 활대의 반대편을 가리켰다.

"그러면 어르신은 어디서 오셨는지 여쭤 봐도 될까요?"

뱃사람은 말 없이 엄지손가락으로 위를 가리켰다.

"아하!"

줄 타는 광대가 외쳤다.

"그럼, 저 아래로 가시려는 거군요."

"그래."

갑자기 다시 내려가야겠다고 마음을 굳힌 뱃사람이 대답했다.

"그러니 길을 비켜!"

"어르신께서 길을 내주시는 게 더 낫지 않을까요?"

줄 타는 광대의 생각이었다.

"보시다시피, 저는 이제 뒤로 물러갈 수 없어요."

어떤 방법으로 그렇게 했는지는 몰라도, 실제로 그는

균형 봉을 마스트 반대편에 두고, 이제는 두 팔로 마스트를 꼭 껴안고 있었다. 그보다 조금 높은 곳에 매달려 있던 늙은 뱃사람은 발을 줄 타는 광대의 가슴에 대고 있는 힘을 다해 밀었지만 소용없었다. 줄 타는 광대가 낄낄거리며 외쳤다.

"그만두세요!"

나이도 드실 만큼 드신 양반이 이 무슨 말도 안 되는 짓이에요! 대체 어쩌시려는 건데요?"

"우리 가운데 하나는 양보를 해야 해."

늙은 뱃사람이 열이 올라 말했다.

"그런데 난 절대로 양보 안 해!"

"나도 그래요."

줄 타는 광대가 맞서며 기세등등하게 웃었다.

"그럼 어떻게 할까요?"

"승부를 내야지!"

늙은 뱃사람이 말했다.

그리고 두 사람은 서로 움켜잡고 씨름하기 시작했다. 그러나 이내 그들은 무쇠 같은 완력으로 서로 한 치 양보도 없이 꼭 들러붙어, 더 이상 누구 하나 옴짝달싹할 수 없는 상태가 되었다. 잠시 그렇게 서로 꼼짝 않고 들러붙어 있다가, 자기 입술을 뱃사람의 귓가에 대고 있던 줄 타는 광대가 속삭이기 시작했다. 그 말에 뱃사람이 대답하는 것을 시작으로, 그렇게 한동안 낮은 소곤거림이 오갔다.

“네 이놈, 아예 내 허리 십자 뼈를 부러뜨릴 작정이냐?”

“나도 그러고 싶지만, 넌 뱀처럼 흐물흐물해서 말이야.”

“그래서 실망했냐? 어차피 네가 찾는 건 그 십자十字가 아니잖아.”

“나는 밤마다 하늘에서 그걸 찾았지. 이 세상을 백마흔네 바퀴나 돌았지. 하지만 단 한 번도 본 적이 없어.”

“아마도 네 놈 눈이 안 좋은 게지.”

“나는 모든 별을 다 알아. 가장 큰 별에서 가장 작은 별까지. 하지만 그 십자는 모르겠어. 그래서 네 십자 뼈라도 부러뜨리려는 거야.”

“무엇 때문에 넌 네 자신과 날 괴롭히는 게야? 소용없는 짓이야. 사실 넌 네 자신을 감당하기에 너무 무거웠을 뿐이야. 저 위 마스트 장루에 혼자 있어 봤어? 너 같으면 시소처럼 ‘반대 힘을 상쇄하는 힘’을 하늘에서 찾으려고 했겠지.”

“그럼, 그렇게 모든 걸 꿰뚫고 있는 넌 뭘 찾는데?”

“내가 찾는 건 균형을 잡는 힘이야.”

“그걸 잃어버렸다는 거야, 아니면 갖고 있다는 거야?”

"그 힘을 계속 잃어버리고 항상 새로 얻는 게 내 직업이야. 사람들은 그걸 '춤'이라고 하지. 내가 그걸 완전히 갖게 되면, 난 그걸로 끝이지."

"그러면 우리는 왜 여태 싸우고 있는 거지?"

동시에 두 사람은 상대방을 풀어 주고 서로 바라보았다. 서로 엉겨 붙어 있던 사이, 뱃사람은 줄 타는 광대한테서 균형 봉을 빼앗았고, 한편 줄 타는 광대 손에는 무거운 놋쇠 망원경이 들려 있었다.

"잘 있게, 형제여!"

줄 타는 광대가 웃으며 말하고, 마스트 아래로 기어 내려가기 시작했다.

"어이, 넌 이름이 뭐야?"

남은 사람이 뒤에서 외쳤지만, 줄 타는 광대는 이미 사라져 버렸다. 그래서 늙은 뱃사람은 무거운 균형 봉을 두 손에 들고, 아직 익숙지 않아 비틀거리며 커다란 활대를 따라 수평 방향으로 발을 옮겨 이내 거대한 하얀 돛 사이로 사라졌다.

24

검은 하늘 아래 사람이 살 수 없는 나라가 있다. 경계도 없는 사막에 보이는 거라곤 폭탄 구덩이와 화석이 된 숲과 말라붙은 강바닥, 그리고 끝없이 이어지는 자동차 묘지들이다.

이 사막 한가운데 사람이 살지 않는 도시가 하나 있다. 도시에 가득한 그림자와 검게 움푹 파인 창문턱……, 도시의 해골이 보인다.

이 도시 한가운데 연말 대목에 서는 시장이 있고, 이곳은 그 어느 곳보다 깊은 정적에 휩싸여 있다. 거대한 물레방아처럼 생긴 관람차의 녹슨 곤돌라가 차가운 바람에 흔들리고, 회전목마의 작은 말 모형들은 먼지를 뒤집어써 온통 회색이다.

들리는 것이라곤 일정한 간격으로 떨어지는 거대한 물방울의 '똑똑' 하는 노크 소리뿐이다. 끊이지 않고, 멈추지 않고, 힘차게, 끈질기게 떨어진다.

아니면 심장이 뛰는 소리일까? 만약 이것이 심장 뛰는 소리라면, 누구의 것이란 말인가? 인간의 심장? 동물의 심장? 아니면 혹 천사의 심장?

시장 한가운데 한 아이가 서 있다. 아이가 서 있는 곳은 웃음과 감동과 기적을 약속하는 수많은 캐릭터들이 색색으로 그려져 있는 어느 작은 연극 공연장 앞이다. 잠시 후, 아이는 아무도 제지하는 사람이 없는 것을 보고 용기를 내 공연장 안으로 들어간다. 안에는 반들반들하게 닦아 놓은 긴 나무 의자가 몇 개 있고, 그 앞에 여기저기 잔뜩 기운 자국이 있는 막이 내려져 있다. 막은 옅은 어둠 속에서 공기의 흐름에 따라 가볍게 흔들리고 있다. 그때 갑자기 주름 잡힌 막의 자락에 무대 조명이 마법처럼 비춰진다. 아이는 맨 뒤에 있는 벤치에 앉아 기다린다.

잠시 후, 목소리가 들려온다. 막 뒤에서 들려오는 것 같은 이 소리는 마치 오래 말을 하지 않았거나, 아예 난생 처음 말하는 것처럼 약간 쉰 목소리이다.

"신사 숙녀 여러분!"

목소리가 말한다.

"공연이 곧 시작될 예정입니다. 하지만 조금만 더 기다려 주실 것을 부탁 드립니다. 우리 극장은 다른 극장과 달리, 증기선처럼 기계의 힘에 의해 작동되지 않습니다. 우리 극장은 차라리 바다의 썰물과 밀물 그리고 바람과 조류에 의해 움직이는 마스트가 세 개 달린 범선과 흡사합니다. 그래서 드리는 말씀입니다만, 신사 숙녀 여러분께서 반드시 인정해 주셔야 할 것이 있습니다. 난폭하고 미련하게 목적지만을 향해 나아가는 증기선에 비해, 마스트 세 개 달린 범선은 아름답고 예민합니다. 물론 고상한 모든 것이 그렇듯 조금 골동품 냄새가 나기는 하지만 말입니다. 신사 숙녀 여러분, 우리가 여러분에게 보여 드리려는 것은, 여러분을 더 현명하게 하는 것도, 더 덕을 쌓게 하는 것도 아닙니다. 우리 극장은 학교도 교회도 아니기 때문입니다. 이 세계의 불행이 우리 공연을 통해 줄어들지도 않습니다. 물론 늘어나지도 않습니다. 어차피 세상엔 더 늘고 말고 할 것도 없이 너무 많은 불행이 있으니까요! 우리에겐 그 어떤 의도도 없습니다. 또 여러분을 속이려는 속셈도 절대 없습니다. 우리는 토론할 생각이 없습니다. 무엇 하나 증명할 생각도, 고발할 생각도, 제시할 생각도 없습니다. 그렇습니다. 만약 여러분이 우리 공연을 환상이라고 생각하고 싶으시다면, 우리는 굳이 우리 공연이 현실적이라고 설득하고 싶은 생각조차 없습니다. 경우에 따라서, 우리에겐 관객 같은 것이 아예 필요치 않은 것처럼 보일 수도 있습니다. 신사 숙녀 여러분, 하지만 그렇지는 않습니다."

얘기가 중단되고, 막 뒤에서 흥분해 수군거리는 소리가 들린다. 맨 뒤에 앉은 아이는 손으로 턱을 괴고 기다린다.

"우리는 지금 여기 있습니다."

이제 다시 목소리가 커지며 얘기를 이어간다.

"여러분은 그 아래, 우리는 이 위에 있습니다. 입장료를 내신 이상, 여러분은 당연히 묻기 시작할 것입니다. 왜 그러냐고, 무엇 때문에 그러냐고 말입니다. 신사 숙녀 여러분, 여러분은 우리 공연이 왜 아직도 시작되지 않는지 알고 싶으실 겁니다. 그에 대해서 저는 여러분에게 다행스러운 소식을 전해 드릴 수 있습니다. 바로 그건 누구의 책임도 아니라는 것입니다.

현재 상황에서 이런 어려움을 가져오게 한 것은 바로 육체화입니다. 우리 마술사들은 벌써 몇 시간째 얼굴이 땀범벅이 되어, 이 막 뒤에 있는 인간의 형상을 가시적인 것으로 응축하기 위해 아그리파에서부터 아인슈타인에 이르는 가장 강력한 주문들을 모두 동원해 작업하고 있습니다. 그럼에도 이 형상은 지금까지 겨우 2차원적인 것에 머물러 있어, 조그만 문자 더미로 산산이 부서져 내릴 위험에 계속 직면하고 있는 것입니다. 게다가 이전 공연을 하고 남은 것 가운데 이 무대를 가로막고 거치적거리게 하는 것들이 너무 많아, 우선 이것들부터 치워야 하는 것도 시작이 지연되는 한 이유일 것입니다. 신사 숙녀 여러분, 우리는 여러분의 동참을 기대하고 있습니다. 그래서 여러분이 우리를 돕는 친절을 베풀어 주신다면, 저희 책임자를 대신해서 심심한 감사의 말씀을 드리고자 합니다. 여길 주목해 주십시오!

여러분께 부탁하고 싶은 것은, 온 힘을 다해 줄 타는 광대를 생각하는 것입니다. 그가 보이십니까? 저 위 높은 곳, 두 개의 마스트 사이로 보이는 반짝반짝하는 옷을 입고 가냘픈 다리를 가진 사람 말입니다. 그 발 아래에는 흔들흔들하는 밧줄 한 가닥과 나락밖에 없습니다. 그렇습니다, 신사 숙녀 여러분, 그물은 없습니다! 진짜 광대는 이렇게 머리가 깨지고 목이 부러질 각오를 하고 줄 타는 것을 의무로 여깁니다. 물론, 자기 머리가 깨지고 자기 목이 부러지는 거지요. 줄 타는 광대가 남의 머리와 목을 치는 전쟁터의 장수는 아니니까요.

하지만 무엇을 위해서?

광대는 팽팽한 밧줄 한쪽 끝에서 다른 쪽으로 가려고 합니다. 편평한 땅 위에서 그렇게 하는 거라면 아무 위험 없이 식은 죽 먹기로 쉽게 할 수 있겠지요. 하지만 광대는 그렇게 쉽게 하지 않습니다. 그는 반드시 줄 위의 길을 택해야 합니다. 왜 그럴까요?

출연료 때문은 분명 아닙니다. 그러기엔 너무 적은 액수입니다. 무모한 모험심은 누구에게도 도움이 되지 않습니다. 적어도 광대 자신에게는 그럴 것입니다. 관객의 감탄과 찬사도 언제 떨어질지 모르는 위험을 생각하면 별 의미가 없습니다. 더군다나 관객이 한 사람도 없더라도 자신의 의무를 다하는 것이 진짜 광대라고 한다면, 관객의 감탄과 찬사만 보고 줄에 올라가지는 않을 것입니다.

그리고 한쪽 끝에서 다른 쪽 끝으로 가는 일이 그에게 그렇게 중요한 걸까요? 게다가 그 양쪽 끝이라는 게 언제든지 바뀔 수 있는 것 아닌가요? 그렇다면 여러분 한번 생각해 보십시오. 도대체 무엇 때문에 광대는 그렇지 않아도 이미 불확실할 대로 불확실한 자신의 존재를 또다시 목숨을 건 게임에 내던지는 걸까요? 그것도 끝없이 되풀이해서 말입니다."

그 순간 너덜너덜하게 기운 알록달록한 막이 덜컥거리고 '끽끽' 소리를 내면서 천천히 올라가기 시작한다.

"브라보!"

목소리가 외쳤다.

"신사 숙녀 여러분, 지금 막 아래 객석에 계신 여러분

가운데 한 분이 정답을 생각하셨습니다. 그분이 누군지는 모릅니다만, 아무튼 그분 덕택에 육체화가 성공했습니다. 자, 나오세요! 짜잔, 여기를 보십시오! 바로 이 사람입니다."

약간 어두운 무대 위에 크고 기이한 모자를 쓴 사람 하나가 서 있다. 그는 왼손으로는 위를, 오른손으로는 아래를 가리키고 있다. 그는 그렇게 잠시 꼼짝 않고 서 있다. 그리고 갑자기 무대 앞 가장자리까지 걸어와 모자를 벗고, 맨 뒤 벤치에 앉은 아이를 향해 머리가 거의 바닥에 닿도록 깊이 허리 숙여 인사를 한다.

"고맙구나! 아주 잘 해 주었다."

그가 말한다.

"아주 잘 해 주었다."

"대체 누구시죠?"

아이가 묻는다.

"난 파가드(*독일 타록 카드의 으뜸 패. 이 패는 '마술사'로도 불린다.)란다."

사내가 대답하고, 무대 앞 가장자리에 앉아 다리를 흔든다.

"그럼 뭐하는 분이신가요?"

아이가 묻는다.

"마술사야."

사내가 대답한다.

"그리고 곡예사지. 둘 다 한단다."

"그럼 이름은 어떻게 되세요?"

아이가 알고 싶어 한다.

"나한텐 이름이 아주 많단다."

파가드가 대답한다.

"하지만 맨 처음엔 엔데(*독일어로 '끝', '마지막'이라는 뜻)였지."

"재미있는 이름이네요."

아이가 웃으며 말했다.

"그래, 맞아."

파가드가 말한다.

"그럼 네 이름은 뭐니?"

"전 그냥 '아이'라고 불려요."

아이가 당황해서 말한다.

"아무튼 고맙구나."

손에 모자를 든 사내가 말한다.

"네가 날 상상해 준 것 말이다. 그 덕분에 이렇게 날 너에게 소개할 수도 있게 되었단다. 그리고 이걸로 공연은 끝, 그러니까 '엔데'란다."

"벌써요?"

아이가 묻는다.

"그럼 이제 우린 뭘 하죠?"

"이제,"

무대 앞 가장자리에 앉은 사내가 대답하고, 다리를 꼰다.

"이제 뭔가를 시작해야지."

"저도 함께 있어도 될까요?"

아이가 묻는다.

"사람들이 널 찾을 텐데……."

파가드의 진심 어린 마음이다.

아이가 고개를 젓는다.

"넌 어디 사니?"

파가드가 알고 싶어 한다.

"이제 사람이 살 수 있는 곳은 아무 데도 없어요."

아이가 대답한다.

"아무튼 제가 살 곳은 없어요."

"그러면 내가 살 수 있는 곳도 없겠구나."

파가드가 골똘히 생각한다.

"그럼, 우린 나가서 뭘 하지?"

"함께 떠나면 되잖아요."

아이의 제안이었다.

"그래서 우리 둘이 살 수 있는 새로운 세상을 찾는 거예요."

"그거 좋은 생각이구나!"

파가드가 말하고, 크고 기이한 모자를 쓴다.

"그래도 우리가 찾지 못하면, 마법으로 아예 하나 불러내자꾸나."

"정말 그렇게 할 수 있으세요?"

아이가 묻는다.

"아직 해 본 적은 없단다."

파가드가 대답한다.

"하지만 네가 날 도와준다면……. 그건 그렇고, 내 생각에 너한테도 제대로 된 이름이 하나 있으면 좋을 것 같구나. 앞으로 널 '미하엘'이라고 부르자."

"고맙습니다."

아이가 말하고 웃는다.

"이제 우리 서로 한 번씩 주고받은 셈이네요."

그리고 두 사람은 연극 공연장을 나간다. 연말 대목 시장을 떠나고, 도시를 떠난다. 검은 하늘 아래, 이야기에 빠져서 지평선을 향해 걸어가는 그들의 모습이 점점 작아지고 또 작아진다. 그들은 서로 손에 손을 잡고 있다. 하지만 정확히는 알 수 없다. 누가 누구를 데리고 가고 있는지…….

25

손에 손을 잡고 두 사람이 길을 걸어 내려간다. 크고 어두운 형상 하나가 작고 밝은 형상 하나를 데리고 간다. 큰 형상은 기다란 흑갈색 수도복을 입은 진(*Jinn, 이슬람교 신화 속의 정령)이다. 구리에 녹청을 입힌 그의 얼굴이 늙을 대로 늙은 원숭이의 얼굴처럼 우울하게, 수도복에 달린 모자 아래 드러나 보인다. 그의 검은 손은 비늘로 덮여 있고, 갈고리 같은 손가락은 사방으로 구부러져 있다. 그 손은 조심스럽게 다른 사람의 손 하나를 잡고 있다. 작고 부드러우며 하얀 아이의 손이다. 팔다리가 가냘픈 그 소년은 바지가 무릎까지만 내려오는 하얀 세일러복을 입고, 끈 달리고 목 짧은 검은 장화를 신고 있다. 리본 달린 둥근 세일러 모자는 아이 뒷머리에 얹혀 있어 성스런 후광처럼 아이의 얼굴을 감싸고 있다.

서두르는 기색 없이 두 사람이 하염없이 걷고 있는 그 길은 계속 내리막으로 곧게 뻗어 지평선에 닿아 있다. 길뿐 아니라, 지면 전체가 경사져 있다. 길 왼쪽과 오른쪽에 늘어선 집들은 옛날엔 난간과 조각상으로 한껏 멋을 부린 화려한 건물 외관을 자랑했을 법하지만, 지금은 퇴락한 지 오래되어 온통 곰팡이로 뒤덮이고 석벽은 썩어 마른 스펀지처럼 부서져 있다. 유리 같은 공기 속에서 부패물과 배설물 냄새, 전염병 독기가 코를 찌른다. 정적 속에 아이의 발자국 소리만 메아리쳐 울린다. 진은 아무 소리도 내지 않는다. 그는 곤충들이 잔뜩 꼬여 만들어 내는 높은 기둥 형상처럼 미끄러지듯 소년 옆을 걷는다.

소년이 멈춰 서 말한다.

"되돌아가! 이젠 싫단 말이야."

진이 슬프게 끄덕인다.

"예, 이곳이 재미있는 곳은 아니지요. 하지만 우리가 도련님을 재밌게 하려고 여기 온 건 아니에요. 도련님은 이제 학교에 가야 해요. 그리고 이게 도련님의 첫 수업이잖아요."

"하지만 난 싫어!"

아이가 떼를 쓰며 외친다.

"난 여기서 떠나고 싶다고."

진의 불룩한 이마에 핏줄이 한 가닥 불거진다.

"우린 여기 있어야 해요!"

그가 청동 목소리로 말한다. 그리고 잠시 후, 좀 누그러진 목소리로 덧붙인다.

"이번엔 그렇게 오래 걸리지 않을 거예요."

소년이 놀라서 눈썹을 치켜뜬다. 그 눈썹이 마치 날아가는 새처럼 보인다. 그리고 그는 거대한 안내자의 얼굴을 찬찬히 뜯어본다.

"내 말을 거역하겠다는 거야?"

소년이 믿을 수 없다는 표정으로 묻는다.

"내가 누군지 몰라? 내가 두렵지 않아?"

"나한테 두려움이 있다면, 희망도 있겠죠."

진이 중얼거린다. 그리고 금속성 목소리가 한 단계 높게 튀어 오르는 게 들린다.

"그래요, 난 도련님이 두렵지 않아요. 지금의 도련님도 두렵지 않고, 앞으로의 도련님도 두렵지 않아요. 언젠가 내 말이 옳다는 걸 알게 될 겁니다."

"언제 그렇게 되는데?"

아이가 알고 싶어한다.

"내가 어른이 되면?"

삭막한 원숭이의 얼굴에 미소라고 할 만한 무엇이 떠오른다.

"도련님, 그건 아직 좀 더 있어야 해요. 아직 많은 삶과 죽음이 남아 있어요. 도련님이 진짜 클 때까지요."

그는 자욱한 연기처럼 계속 내걷고, 소년은 그 옆에서 깊은 생각에 잠겨 타박타박 걷는다. 긴 정적이 흐르고 아이 목소리가 묻는다.

"그럼 그때까지 넌 계속 악惡으로 남아 있는 거야?"

그 순간, 진은 자신의 윤곽을 흩뜨려 잠시 두 겹으로 보이게 했다가 다시 하나로 자기 형상을 모은 다음, 뚫고 들어갈 수 없는 한 조각 어둠 같은 모습으로 소년 앞에 선다.

"악이요?"

그가 무거운 입술을 움직여 묻는다.

"악이라고요? 그게 뭔데요? 그래요, 어쩌면 도련님이 저한테도 언젠가 가르치게 될지 모르겠군요. 하지만 그러려면 그것을 먼저 도련님 안에 완전히 받아들여야 해요. 그래야 완전히 바꿀 수 있으니까요. 그건 어렵고도 긴 공부랍니다. 도련님, 그게 눈앞에 다가와 있어요. 이건 애들 장난이 아니에요."

"아마도 너한테는 그렇겠지."

아이는 거리낌 없이 말했다.

"나한테는 식은 죽 먹기야. 그건 아무것도 아냐. 그냥 고쳐야 할 실수 하나에 지나지 않는다고. 악만 없으면 모든 게 다 잘되게 돼 있어."

진은 마치 무거운 짐을 위로 들어 올려야 하는 것처럼, 구름 같은 자기 어깨를 천천히 치켜세운다.

"많은 것이 필요해요!"

곤충 떼로 이루어진 기둥이 성이 나 윙윙거린다.

"얼마나 많은 게 필요할지 아무도 몰라요."

"그래, 좋아."

소년이 양보하고 말한다.

"계속 가자고!"

"됐어요."

진이 대답한다.

"도착했거든요."

소년이 호기심에 차서 주변을 둘러본다.

"누굴 기다리는 거야?"

"그래요."

진이 중얼거린다.

"누군가를 기다리는 거예요."

"누굴 도와줘야 하는 거야?"

소년이 조급해서 물었다가, 얼른 정정한다.

"내가 누굴 도와줘야 하냐고?"

진은 천년의 무게에 짓눌린 눈꺼풀 아래로 소년을 내려다본다.

"그게 그렇게 도련님이 생각하는 것처럼 간단하지가 않아요."

"그렇겠지."

아이가 조금 당황해서 말한다.

"돕는다는 게 간단하지 않다는 건 나도 잘 알아."

진이 바람에 흔들리는 나무처럼 천천히 고개를 흔든다.

"바로 도련님이에요."

목소리가 '쏴쏴' 하는 나무 소리를 낸다.

"도움을 받는 건 바로 도련님이라고요."

소년의 얼굴이 금세 빨개진다.

"털끝만큼이라도 도움이 필요한 일이 나한텐 없는 것 같은데."

그가 서둘러 말하고, 거인을 거만하게 쏘아본다.

마치 마그마가 흐르며 거품을 일으키는 것처럼 진이 한숨을 쉰다.

"곧 알게 될 겁니다. 도련님이 알고 있는 게 얼마나 적은지."

"대체 누가 날 돕는다는 거야?"

소년은 알고 싶어 한다.

“그리고 왜 날 돕는데?”

“모든 사람들.”

진이 대답한다.

“앞으로 도련님한테 도움을 받게 될 모든 사람들이요. 도련님이 그들을 도울 수 있다는 건, 결국 그것으로 그 모든 사람들에게 신세를 지는 거거든요.”

“그럼, 너한테도 신세를 진다는 거야?”

“아마, 나한테도, 그렇겠죠.”

소년은 몸이 굳는다.

“너에게 신세 지고 고마워해야 하다니, 난 싫어. 그러고 싶지 않다고. 알아?”

검은 연기 안쪽에서 웃음이 흘러나온다. 마치 생나무가 불 속에서 쪼개지면서 탁탁 타는 것 같다.

“그래야 해요, 도련님, 그래야 한다고요! 그러지 않으면 난 도련님을 안내할 수 없다니까요.”

이제 소년은 더 참을 수 없다는 듯 조급해 한다.

“그래서 누구를 기다리는 건데? 날 바보로 아는 거야? 넌 이미 여기 있잖아! 그런데 또 누굴 기다려야 한다는 거야?”

진은 피곤한 듯 갈고리 손으로 구리 얼굴을 문지른다. 유리가 밟혀 깨지는 것 같은 소리가 난다.

“진정해요, 도련님. 진정하라고요. 난 여기에 없어요.

지금 내가 여기 있었다면, 도련님의 작고 따뜻한 심장이 얼음으로 굳어 버렸을 텐데, 어떻게 도련님 손을 잡고 안내할 수 있겠어요? 아무튼 그 똑같은 질문은 이제 그만 해요. 그냥 앞으로 벌어지는 모든 것을 주의 깊게 지켜보세요. 그 이상의 일은 이번만큼은 도련님 의무가 아니에요."

그리고 진은 수도복에 달린 모자를 얼굴 위로 깊이 눌러쓴다. 이제 그는 검은 눈[雪]에 덮인 전나무처럼 보인다.

난데없이 거칠게 으르렁거리며 울부짖는 소리가 들린다. 주인의 죽음을 슬퍼하는 커다란 개의 울부짖음처럼 고통에 차 서서히 가라앉는다. 소년은 몸서리치며, 어디서 나는 소린지 사방을 둘러본다. 가까이 있는 집들 가운데 어느 집에서 난 소리 같은데, 이리저리 날아다니는 기이한 메아리 때문에 어느 집인지는 구분할 수가 없다. 천천히 몸을 돌리자, 언제부터 와 있었는지 허리 굽은 회색 형상 하나가 서 있다. 그의 겉모습은 어디로 보나 늙은 도로 청소부 정도로밖에 보이지 않기 때문에, 일단 그는 안도의 한숨을 내쉰다. 그는 빗자루에 기대서서 두 방문자의 얘기에 귀를 기울이고 있었던 것이다. 소년의 시선이 그와 마주치자, 그가 웃으며 고개를 끄덕하고 자기 모자 테두리를 손가락으로 가볍게 톡톡 두드린다.

"안녕하신가."

그가 쉰 목소리로 말한다. 소년이 대답하는 대신 살피듯 자기를 뜯어보자, 그가 말을 잇는다.

"네가 온 것을 보니, 그래도 아침이 맞긴 맞구나. 그렇지 않니?"

소년은 여전히 아무 대꾸도 하지 않고, 진을 돌아보았지만 진은 어둠으로 만든 소용돌이처럼 거의 알아볼 수 없게 흔들리면서 거인처럼 우뚝 서 있을 뿐이다.

"물론,"

회색의 작은 사내의 바스락거리는 목소리가 이제 다시 들린다.

"여기는 언제나 아침이야. 내가 돌이켜 보는 한 그렇단다. 그리고 지금도 똑같은 아침이지. 이곳엔 유일하게 단 하나의 때, 그러니까 동트기 전의 시간밖에 없단다. 점심도 없고, 저녁도 없고, 밤도 없지. 그런 시간대는 여기선 아직 만들어지지 않은 거야. 이곳의 시간은 모든 시간 가운데 가장 긴 시간, 영원의 한 조각이지. 그래서 이렇게 된 거야."

그가 살짝 웃는다. 아니면 기침을 하는 것 같기도 하다. 그는 천 가닥의 주름이 있는 가는 눈으로 어울리지 않는 두 사람을 유심히 살펴본다.

"이 아이를……."

느닷없이 그가 진에게 무뚝뚝하게 묻는다.

"왜 창녀의 거리로 끌고 온 게야?"

하지만 진은 슬픔의 돌로 만든 탑처럼 묵묵히 서 있다.

"그게 뭐 어때서요?"

소년이 당돌하게 소리친다.

"내가 설마 창녀가 뭔지도 모른다고 생각하는 거예요? 나도 벌써 다 안다고요."

"아, 그래?"

도로 청소부가 고개를 기울여, 빗자루에 무겁게 기댄다.

"그럼 네가 아는 걸 한번 말해 보렴."

"여자예요."

소년의 설명이다.

"사랑을 돈 받고 파는 거예요. 그건 뭔가 아주 나쁜 일이죠."

도로 청소부가 가볍게 끄덕인다.

"놀라운걸!"

그리고 그는 우울한 미소를 약간 띠며 말을 잇는다.

"하지만 얘야, 어쩌면 그건 그렇게 나쁜 일이 아닐지도 모른단다. 한번 봐라. 여기는 돈이 없어. 그리고 사랑도 없지. 우리 거리에서 트뢰스터린(위로를 주는 여자)들은 우리에게 좀 다른 걸 팔고, 그 대가로 다른 걸 받지."

그리고 그가 다시 기침을 한다. 아니면 살짝 웃는 것 같기도 하다.

소년은 놀라서, 도로 청소부에게 두어 걸음 조심스럽게 다가간다.

"그게 뭔데요?"

회색의 노인은 그걸 아이에게 어떻게 설명할지 잠시 생각한다. 생각이 떠오른 듯 묻는다.

"얘야, 분명히 넌 많은 동화를 알고 있겠지?"

"다 알아요."

아이가 자랑스럽게 말한다.

"세상에 있는 동화는 전부 다요. 나한테는, 이 세상의 모든 동화를 다 알고 있어서 나에게 들려주는 사람이 있거든요."

"그거 좋은 일이구나. 그럼 넌, 그게 진짜 사실이라는 것도 잘 알겠구나."

"당연하죠!"

도로 청소부가 다시 끄덕인다.

"훌륭하구나. 나는 그것이 사실이 아니라고는 말하지 않겠다. 동화를 제대로 얘기할 줄 아는 사람이 들려주면,

그건 모두 사실이란다. 그런데 생각해 보렴. 그건 언제나 '이렇게 저렇게 해서 행복하게 잘 살았다더라.' 하는 승리자의 이야기일 뿐이란다. 하지만 패배자의 이야기 역시 사실이지. 단지 금방 잊힐 뿐인 거야. 어쩌면 패배자 자신이 잊기 때문인지도 모르지. 그래서 그렇게 된 거야."

"패배자요?"

소년이 물으며 조금 더 가까이 다가간다.

"그건 한 번도 못 들어 본 말인데요. 정말 그런 게 있어요?"

노인이 손을 뻗어 소년의 뺨을 쓰다듬으려 하자, 아이는 쌀쌀맞게 피한다. 도로 청소부가 민망해서 웃는다.

"아무래도 내가 보기엔 말이다."

그가 쉰 목소리로 말한다.

"네가 아는 이야기는 사실 단 하나뿐인 것 같구나, 얘야. 그러니까 수수께끼를 풀 능력이 있는 백 번째 왕자의 이야기만 아는 거지. 수수께끼를 풀지 못해 파멸하는 그 앞의 아흔아홉 명 이야기는 모르는 거야. 그리고 그 모든 패배자들의 이야기가 대부분 여기 이 거리에서 끝난단다."

노인은 고개를 돌려, 집들이 모여 한 점으로 보이는 저 먼 곳을 바라본다.

"어쨌든 나는 이곳으로 흘러 들어온 사람들 중에서 길의 다른 쪽 끝에 도달한 사람을 아직 한 번도 본 적이 없단다. 왜냐하면 사람들이 걷는 것에 따라 길이 자라기 때문이지. 걸은 길이 길수록 길도 계속 길어지지. 그래서 결국 누구나 자신이 지금 있는 곳에 머물 수밖에 없어. 이 집, 아니면 저 집에 주저앉아 트뢰스터린들과 사는 거야. 그냥저냥 아직 목숨이 붙어 있는 동안 말이야."

"할아버지도 그래요?"

소년이 놀라서 묻는다.

도로 청소부는 대답을 하지 않는다. 그는 마치 무엇인가 찢어지는 것처럼 아주 짧게 웃거나 기침하는 것 같다. 그리고 잠시 후 말한다.

"그런데 실제로 이 길은 아주 짧단다. 기껏해야 일생 정도의 길이야. 나도 이제야 그걸 알게 되었지."

그 순간 소년은 진의 갈고리가 그림자처럼 무겁게 어깨에 얹히는 걸 느낀다. 소년은 그를 돌아보려 했지만, 진은 그의 머리를 잡아 둘이 걸어온 방향으로 얼굴을 돌린다. 저 멀리 형상 하나가 보인다. 그 형상은 서툰 손으로 조정하는 마리오네트처럼 비틀거리며 길을 내려오다 무릎이 꺾이고, 다시 균형을 잡고, 계속 비틀거리며 걷는다. 때때로 앞으로 몸을 숙여 어느 집 벽을 손으로 짚고 머물러 서서 숨을 고른다. 길이 내리막인데도 한 걸음 한 걸음 떼기가 무척 힘든 것 같다.

"저런, 저런!"

쉰 목소리가 낮게 중얼거린다.

"또 한 사람이 오네."

그러자 거리와 집들이 갑자기 활기를 띤다. 문들이 열리고, 여기저기서 창도 하나둘 열린다.

곳곳에서 여자들이 나타나, 새로 온 사람이 지나가는 것을 바라보거나 다가오는 것을 지켜본다. 여자들의 모습은 모두 비슷비슷해 한 명의 여자가 거울 속의 거울에서 끝없는 행렬을 만들어 내는 것처럼 보인다. 그 한 사람, 사실 그들 전원이기도 한 그 한 사람은 곰팡이 슬은 회색 천으로 만든 옷을 입고 있다. 몹시 마른 몸에 짝 달라붙은 그 옷 사이로 동물처럼 기다란 젖꼭지와 축 늘어진 빈약한 가슴이 그대로 드러나 있다. 빛 바랜 회색 머리카락이 연기처럼 머리와 어깨를 감싸고 있고, 석회처럼 하얀 얼굴엔 커다란 까만 상처 같은 입이 있다.

그 비틀거리는 형상이 다가오면서, 이제 은색으로 반짝이는 볼품없는 우주 비행사 복장을 한 사내가 보이기 시작한다. 다만, 헬멧은 어디에 던져 버렸거나 잃어버린 게 분명하다. 그의 드문드문하고 색깔 없는 머리카락이 머리 주위에 헝클어져 있다. 그의 속눈썹 없는 눈은 빨갛게 충혈되어 있고, 부어오른 그의 얼굴은 바보 같은 웃음을 흘리고 있다. 길 한가운데서 자기를 기다리고 있는 세 사람을 보고 그는 머뭇머뭇 멈춰 선다. 그가 한 손을 들더니, 바로 바닥에 쓰러져 얼굴을 밑으로 묻은 채 움직이지 않는다.

소년이 그에게 달려가려 하지만, 진의 갈고리가 밤의 유령처럼 차갑게 자신을 단단히 낚아채는 것을 느낀다.

"지금은 아니에요!"

바람결에 나뭇잎이 부대끼는 목소리가 '솨솨' 거린다.

"조용히 지켜보세요!"

여자 가운데 하나가 넘어진 사람에게로 가, 그를 돌아 누이고 거리의 오물에 더럽혀진 그의 얼굴을 바라본다. 그 얼굴에는 여전히 공허한 미소가 흐르고 있다. 여자의 입에서 검고 얇은 혀가 천천히 밀려 나와, 흘러내린 피처럼 보이는 자기 입술을 핥는다. 사내는 자기를 내려다보는 얼굴이 있는 것을 보고 자기 입가의 일그러진 웃음을 감추지 못한 채, 눈에 서서히 공포의 기색을 떠올린다.

"넌 누구냐?"

그가 묻는다.

여자가 미소 짓고, 그 눈이 음탕하게 빛난다. 여자는 몸을 굽혀, 그의 머리를 자기 무릎에 올려놓는다. 까만

은으로 된 손톱으로 그의 머리를 정성스럽고 무시무시하게 빗어 넘긴다. 사내가 신음한다.

"넌 벙어리냐? 지금 뭐 하는 거야? 저리 치워!"

"그래요."

그녀가 속삭인다. 그리고 그의 머리에서 이 잡는 것을 계속한다.

"난 벙어리예요."

사내는 저항할 힘이 없어 그냥 하는 대로 둔다. 이마에 땀이 밴다.

"그래, 나는."

그가 중얼거린다.

"장님이야."

"그렇게 보이지 않는데요."

"그래, 그렇게 보이지 않지. 눈이 장님이 아니니까."

"나도 입은 벙어리가 아니에요."

사내가 몸을 일으키려고 애쓴다.

"지금 나한테 뭘 하는 거야? 날 내버려 둬! 난 계속 가야 해."

하지만 그녀가 그를 누르고 있어서, 그는 거의 반강제로 굴복한다.

"이제 도착한 거예요."

그녀가 그의 귀에 대고 낮게 중얼거린다.

"마침내 도착한 거라고요. 고통이 가라앉는 걸 느낄 수 있을 거예요."

사내는 눈을 감고, 간격을 두어 깊이 숨을 쉰다. 그것은 아직 생겨나지 않은 흐느낌처럼 울린다.

"넌 날 속이고 있어. 하지만 네가 뭘 하든 난 상관없어. 모든 건 다 사기야."

"여기 오면 모두 그렇게 말해요."

여자가 속삭인다.

"당신은 여기 처음 온 거죠? 그렇죠? 아무튼 당신도 다른 모든 사람들과 마찬가지예요. 당신은 자신을 속였어요. 그래서 지금 내가 당신을 속인다고 생각하는 거예요. 하지만 나는 사실을 말하고 있어요. 당신이 여기서 하루를 더 간다 한들, 일 년을 더 간다 한들, 아니면 백 광년을 더 간다 한들 달라지는 게 있다고 생각하세요? 더 이상 아무것도 달라지지 않아요. 아무리 멀리 걸어가도, 당신은 더 이상 앞으로 가지 않는다고요. 그렇다면 뭣 때문에 계속 가야 하는 거죠? 그냥 나한테 머물러요. 내가 잘해 줄게요. 이제 알게 될 거예요."

우주 비행사가 그녀를 보지 않으면서 눈으로만 본다.

"나는 널 몰라. 넌 뭐 하는 사람인데?"

"당신이 모든 사람과 같기 때문에 나도 누구하고나 같아."

그녀가 대답한다. 그리고 그녀의 작은 웃음소리가 멀리서 들려오는 외침처럼 울린다.

"그래서 당신은 내 도움을 받는 게 좋아요."

사내는 잠시 고개를 열병 환자처럼 이리저리 흔든다. 그녀가 노련한 손놀림으로 그의 머리를 어루만지자, 사내는 서서히 마음이 가라앉는다. 여전히 바보 같은 웃음을 흘리고 있는 그의 부은 얼굴은 여자의 얼굴만큼이나 거의 하얗게 되어 있다. 그가 가끔씩 경련하듯 숨을 쉬지 않았다면, 모두 그가 죽은 줄 알았을 것이다.

소년이 오싹함을 느낀다.

"저 여자 뭐 하는 거야? 정말 저 사람을 도와주고 있는 거야?"

그가 진을 올려다보지만, 도로 청소부가 대신 대답한다.

"그래, 얘야, 자기 방식으로 돕고 있단다. 그래서 트뢰스터린이라고 하지 않았니. 저 손가락을 잘 보아라! 저 손가락으로 고통을 덜어 내는 거란다! 저 사람은 이제 더 이상 고통스럽지 않게 되고, 여자는 그렇게 덜어 낸 고통으로 배가 불러지지. 일시적이긴 하지만……. 그러다 마지막엔 아무도 아닌 사람이 되는 거야."

사내는 아주 조용히 누워 있다. 그의 눈이 아이의 눈을 찾는다. 웃음이 흐르던 그의 입은 굳게 닫혀 있지만,

소년에겐 사내의 목소리가 들린다.

"나는 낙원을 찾았었지."

그러고는 긴 침묵이 흐르고, 소년에게는 자기 심장 뛰는 소리밖에 들리지 않는다. 이윽고 창녀가 속삭인다.

"당신은 찾지 못했어요. 그런 건 존재하지 않기 때문이에요. 이제 당신은 모든 희망을 잃어버렸어요. 그렇지 않나요?"

사내의 시선은 아이의 시선을 놓지 않는다. 그의 목소리가 불행 앞에서 거의 초연하게 울린다.

"만약 내가 그것을 찾아내지 않았더라면, 결코 희망도 잃지 않았을 거야."

까만색 은으로 된 손톱은 그의 머리를 빗기고 또 빗긴다.

"어서 말해 봐요! 나한테 모두 들려줘요!"

그리고 소년은 여전히 덫에 걸린 듯, 사내의 시선 안에 갇혀 그의 목소리가 말하는 것을 듣는다.

"만약 내가 찾지 않았더라면, 내 인생 마지막까지 계속 찾아다녔을 거야. 모든 것이 아름답고, 모든 것이 완벽한 곳이 어딘가에 있을 거라는 걸 의심하지 않으면서, 그리고 그곳은 누구도 찾을 수 없다는 걸 인정하면서 행복하게 죽었겠지."

트리스터린의 목소리는 거머리가 들러붙을 때처럼 부

드럽다.

"그럼, 왜 그곳을 찾아다녔죠?"

마치 소년이 물은 것처럼, 사내는 소년에게 대답한다.

"그건 향수 때문이야. 그 향수는 너무 간절해 선택의 여지가 없었어. 향수에 빠지는 건 나에게 중요하지 않았어. 난 완벽한 아름다움이라는 걸 단 한 번이라도 보고 싶었을 뿐이야. 그런 아름다움이 있다는 확신만 있으면, 이미 그것으로 세상의 모든 영원함을 얻은 것이나 다름없었어."

"하지만 당신은 그곳을 찾아냈지요. 낙원이요."

창녀가 작게 속삭이며, 그의 머리를 만지작거렸다.

"낙원으로 들어갔군요. 그렇죠?"

사내가 갑자기 일어서는 바람에 회색의 여자는 놀라며 뒤로 물러난다. 그러나 그의 목소리는 여전히 차갑고 될 대로 되라는 투였다.

"우주 한가운데,"

그가 아이의 큰 눈을 들여다보며 말한다.

"묵직하고 거대한 반지 모양의 둥그런 석벽이 있어. 문 위에 끌로 글씨를 새겨 놓았지. 에덴동산이라고. 내가 닫혀 있는 성문의 격자 문살에 손을 대자, 문살이 녹과 곰팡이로 부서져 내렸지. 성문을 지나 안으로 들어가니, 재와 쇠똥으로 가득한 풍경이 내 눈 앞에 끝없이 펼쳐졌어. 그 가운데 화석이 된 커다란 나무가 있었는데, 그 가지가 검은 하늘을 찌르고 있었지. 그리고 내가 멈춰 서서 둘러보고 있는데, 옆에서 뭔가가 움직이더라고. 땅바닥의 검은 구멍에서 커다란 거미 같은 생물이 하나 기어 올라오는 거야. 그놈은 정말 소름 끼칠 정도로 버석버석하게 말라 있고, 소름 끼칠 정도로 늙었으며, 뒤로 커다란 날개를 질질 끌고 있다는 것 정도만 알아볼 수 있었어. 그런데 그 생물이 굴러서 나한테 다가오더니 쉴 새 없이 이렇게 외치더군. 또 오라! 또 오라, 인간의 아들이여! 그리고 깃털로 뒤덮인 주먹들을 뽑아내 나한테 던지는 거야. 내가 그걸 피해 물러서자, 그놈은 찢어지는 소리를 내면서 웃기 시작했어. 그리고 계속 소리쳤지. 나 말고 이제 아무도 없다! 나는 혼자다, 혼자, 혼자! 그때 난 도망쳤어. 어떻게, 그리고 어디로 도망쳤는지 나도 몰라. 그리고 그것이 불과 한 시간이었는지, 천 년이었는지도 몰라."

사내는 꼼짝 않고 앉아서 두 다리를 앞으로 뻗고 있다. 심술궂은 미소를 여전히 얼굴에 머금고 있지만, 이제 그는 자기 앞을 내려다보면서, 자기 시선에서 소년을 놓아 준다. 그러자 주위가 조용해졌다. 마치 세상의 모든 소리가 사라져 버린 최후의 정적 같았다. 그런데 소년이 이젠 정말 숨도 쉴 수 없다고 생각하는 순간, 트뢰스터린이 정적을 깨 버린다.

"이리 와요! 당신의 동경을 영원히 잊어버리도록 해 줄 게요. 그러면 고통도 멎을 거예요."

사내가 일어나자 여자는 그의 손을 잡고, 한 문을 향해 함께 걸어간다. 그때 소년이 자신을 잡고 있는 진의 손을 뿌리치고, 두 사람이 가는 길을 가로막는다.

"이러면 안 돼요!"

소년이 화나서 소리친다.

"당신의 향수를 잊어버리면 안 돼요. 이 여자는 당신한테서 모든 걸 앗아갈 거예요! 당신에게서 당신 자신을 앗아 간다고요!"

소년은 갑자기 사내의 매서운 손을 뺨으로 느끼고 뒤로 휘청한다. 사내가 아이를 때린 것이다.

"내버려 둬요."

회색의 여자가 말한다.

"아이는 모르는 게 나아요. 아직은 그래요."

그리고 그녀는 사내를 뒤로 끌다시피 해서 집으로 데리고 들어간다.

"잊어버리면 안 돼."

소년이 더듬거리며 말한다.

"잊어버리면 영원히 낙원을 잃어버리게 돼……."

그리고 이제 그의 눈에 눈물이 흐른다.

도로 청소부는 하수구에서 뭔가 발견한 모양이다. 황금 머리띠로, 왕관만 한 크기다. 그가 그것을 집어 들고, 두 손으로 돌리면서 말한다.

"그래, 얘야, 이게 너의 첫 수업이란다. 그리고 모든 악은 동경을 잊는 데서 시작되지."

"근데 그 사람이 왜 날 때린 거죠?"

노인은 대답하지 않는다. 그가 머리띠를 돌리고 또 돌린다.

"이봐요, 청소부!"

다른 회색 여자들 가운데 하나가 소리친다.

"그게 뭐예요?"

"왕관인 거 같은데."

노인이 중얼거린다.

"어느 딱한 악마가 잃어버렸거나 버린 거겠지. 여기선 누가 누군지 하나도 알아볼 수 없잖아."

여자는 가까이 다가오지는 않고 손만 내민다.

"내게 줘요! 내게 달라고요!"

그녀가 구걸한다.

작은 노인은 고개를 젓는다.

"그건 안 되지. 그리고 그건 너도 잘 알고 있을 텐데."

"그럼 당신은 이걸로 뭘 할 건데요?"

"마누라나 갖다 줄까 해."

"아하! 마누라도 있으시다? 진작 말하시지! 예뻐요?"

여자들이 킥킥거렸고, 쥐새끼들이 찍찍거리는 것처럼 울린다.

회색의 노인은 개의치 않는다.

"왕관만 쓰면, 아마 예쁠 거야."

"무섭지 않아요?"

다른 트뢰스터린이 묻는다.

"우리 여왕이 모든 습득물은 자기한테 가져오라고 명령했잖아요. 할아버지, 여왕이 한번 하라면 정말 해야 하는 거 몰라요?"

도로 청소부는 눈을 가늘게 뜨면서, 조금 당황해서 기침하거나 웃는 것처럼 한다.

"예쁜 아가씨, 네가 날 일러바치지 않겠다고 약속하면, 나도 너한테 비밀 하나를 알려 주지."

"좋아요, 약속해요."

"너희 여왕이 말이야."

도로 청소부가 천천히 말한다.

"내 마누라야."

순식간에 트뢰스터린들이 자취를 감추고 길은 처음처럼 텅 빈다. 모든 문과 창은 어느새 닫혀져 있다. 회색의 노인은 어깨에 멘 빗자루에 왕관을 건다. 그는 소년에게 고개를 끄덕해 보이고는, 자기 모자 테두리를 손가락으로 가볍게 톡톡 두드린다. 노인의 회색 그림자는 집 벽들의 회색 속으로 사라진다.

소년이 궁금하다는 듯 진을 올려다본다.

“그런데 그 사람이 찾은 게 정말 낙원이었어?”

“글쎄요.”

청동 목소리가 대답한다.

“그걸 왜 나한테 물어요?”

우주 비행사가 트리스터린과 사라진 집에서 개가 토해내는 길고 거친 울부짖음이 울려 나와, 유리처럼 투명한 공기 속에서 기댈 곳을 찾지 못하고 고통스럽게 사라진다. 소년은 얼굴이 하얗게 되어 귀를 기울인다. 뺨에 남은 손자국만 아직 빨갛게 부어 있다.

진의 비늘 모양 갈고리 손이 다시 조심스럽게 아이의 손을 잡는다.

“가죠, 도련님. 첫 수업은 끝났어요.”

두 사람이 길을 상당히 걸어 올라갔을 때, 아이가 다시 한 번 멈춰 서서 뒤를 돌아본다.

“청소부가 한 말이 사실이야? 모든 악은 동경을 잊는 데서 시작된다는 말 말이야.”

“오래된 얘기죠.”

진이 대답한다.

“희망을 잃으면 악이 시작됩니다.”

그리고 훗날, 아주 먼 훗날, 소년이 자기가 곧 임하게 될 게임을 생각할 즈음, 이미 오래전 다시 혼자가 되어 자신의 얼음 탑에 갇혀 있게 된 진이 중얼거린다.

"누구도 짐작할 수 없어요. 희망을 잃은 사람을 악이 어디로 데려가는지……."

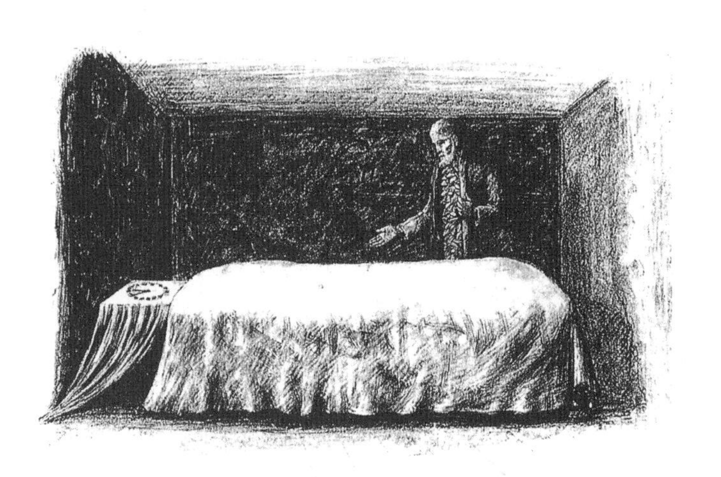

26

교실에는 끊임없이 비가 내리고 있었다. 진흙탕 냄새가 났다. 나무 바닥은 계속 젖어 이미 거의 토탄土炭처럼 부서져 있고, 벽에는 곰팡이가 피고 곳곳에 눈 덮인 것처럼 직물들이 자라고 있었다. 높고 좁은 창 세 개에는 우윳빛 유리가 끼워져 있어 학생들이 밖을 내다보느라 주위가 산만해지는 것을 막고 있었다.

복도로 나가는 문은 얼마나 덧칠을 많이 했는지 페인트가 덩어리져 있고, 그 색깔은 오래되어 썩은 시금치 색이었다. 이 공간의 전면에 걸린 칠판에는 지워지지 않은 채 아직 남아 있는 알 수 없는 수학 공식이 적혀 있었다. '……P는 진공 상태에서의 한 점이고…… t시각에…… 빛이…… 출발하면…… d…… dt…….'

칠판 앞에 있는 타르처럼 검고 높은 강단 위에 한 열네 살쯤 되어 보이는 소년의 움직임 없는 몸이 안치된 시체처럼 놓여 있었다. 그는 몸에 꽉 끼고, 여기저기 꿰맨 자국이 있는 줄 타는 광대 옷을 입고 있었다. 머리에 감은 하얀 붕대에는 이마 부분에 동그랗고 붉은 얼룩이 있었다. 분명 그건 어떤 징표였다. 피가 스민 것이라고 하기엔 그 모양이 너무 반듯했기 때문이다.

교실 의자에는 고작 여섯 명의 학생만 앉아 있었다. 남자 둘, 여자 둘, 그리고 아이 둘이었다. 그들은 저마다 서로 멀리 떨어져 혼자 앉아서 하나같이 우산 아래 몸을 구부리고는 읽거나 쓰거나 앞을 멍하게 바라보고 있었다. 맨 앞 검은 우산 아래에는 나이를 알아볼 수 없는 사내가 유난히 단정한 옷차림으로 앉아 있었다. 검고 빳빳한 모자 아래 창백해 보이는 그의 얼굴은 약간 튀어나온 물기 어린 눈을 빼면 아무 특징도 없었다. 이 사내 앞의 경사진 책상에는 서류 가방 하나가 놓여 있었다. 문 가까이에는 하얀 가운에 안경을 쓰고 수염을 기른 한 사내가 앉아 있었다. 그는 투명 비닐로 만든 우산을 받쳐 들고, 일정한 간격으로 되풀이해 손목시계를 들여다보았다. 창가에는 아주 뚱뚱한 늙은 여자가 자기 몸집엔 너무 작은 의자에 간신히 몸을 걸치고, 그 거대한 가슴을 앞에 있는 경사진 책상 위에 얹고 있었다. 그녀의 우산은 꽃무늬였다. 그 몇 줄 뒤에 다리가 길고 날씬한 젊은 여자 하나가 앉아 있었다. 웨딩드레스를 입은 그녀는 레이스프릴이 달린 하얀 우산을 들고 있었다. 맨 뒤 마지막 줄엔 아이 둘이 앉아 있었다. 한 아이는 키가 작은 여자아이로, 기름종이로 만든 우산을 펴 들고 있었다. 길고 검푸른 머리와 밤처럼 어두운 갸름한 눈을 가진 아이였다. 다른 한쪽에는 남자아이 하나가 꿔다 놓은 보릿자루처럼 앉아 있었다. 키가 작고, 볼이 홀쭉한 이 아이는 몹시 지저분해 보이고 낡을 대로 낡은 옷을 입고 있었다. 게다가 코에선 콧물까지 흘러, 소매로 연신 닦아 내고 있었다. 등에는 아주 커다란 하얀 날개를 달았는데, 온통 비에 젖어 깃털이 뒤헝클어지고 무겁게 아래로 처져 있었다. 아이는 하늘색 천 조각이 두어 개 붙어 있을 뿐 우산살만 앙상하게 남은 우산을 들고 있었다.

모두 말이 없었다. 잡담은 엄하게 금지되어 있기 때문이었다. 빗방울만 하염없이 떨어지고 있었다.

마침내 하얀 가운 입은 사내가 시계를 거듭 들여다본 다음, 단정한 옷차림을 한 사내 쪽으로 몸을 구부리고 속삭이듯 물었다.

"저, 실례합니다만 선생님이 언제 오시는지 혹시 아십니까?"

질문 받은 사람이 손가락을 입에 댔다. 그리고 고개를

흔든 후, 나직하게 대답했다.

"모르겠소. 언제 오는지, 정말 오기는 하는 건지……. 허, 이거 참, 만약 선생님이 지금 출발해서 오신다고 해도 누가 남아 있겠소?"

하얀 가운 입은 사내가 한숨을 쉬며 끄덕인다.

"제 생각도 그렇습니다. 그런데 선생은 여기 왜 오셨는지 여쭤 봐도 되겠습니까?"

사내가 거절하는 손짓을 하며 교실을 둘러보았다. 그리고 다시 몇 분을 흘려보낸 다음에야 대답했다.

"나의 수학 지식을 완성하고 싶어서요. 난 공무원이니까 말이오."

"아, 예."

수염 기른 하얀 가운의 사내가 말했다. 하지만 그 답변이 별로 만족스러운 것 같진 않았다.

그는 또 잠시 시계를 들여다보고 나서, 쪽지에 뭔가를 적은 후 자기 대화 상대자에게 내밀었다.

'그러면 선생은 자기 의지로 이곳에 오셨습니까?'

쪽지에 적힌 글이었다.

'그 질문은 나에겐 맞지 않소. 난 내 의무를 다하고 있는 거요.'

상대방이 쪽지를 뒤집어, 뒷면에 쓴 글이었다.

하얀 가운 입은 사내가 그 메시지를 읽고 나서, 불손

한 말투로 조용하게 말했다.

"난 내 의지로 이곳에 온 게 아니오. 난 의사인데, 어처구니없게도 사소한 일로 의사 면허를 뺏겼소. 맨 처음부터 다시 시작해야 한다는데, 정말 돌아 버리겠소."

"모든 것은 항상 처음부터 다시 시작하는 거요."

단정한 사람이 받아들이지 않고 대답했다.

"인생은 반복이오. 무슨 권리로 당신만 특별한 대접을 받기를 바라는 거요?"

"그렇게 크게 떠들지 말아요!"

신부가 두 사람을 향해 낮게 소리쳤다.

"들리겠어요. 그러면 우리 모두 벌을 받게 돼요. 늦게까지 잡혀 있어야 한다고요!"

"나도 한 마디 하자면요."

그때 뚱뚱한 할머니가 대화에 끼어들었다.

"우리 그냥 집으로 가야 하는 거 아니에요? 난 배가 고프다고요."

공무원이 그녀 쪽으로 고개를 돌리더니, 공허한 시선으로 그녀를 찬찬히 뜯어보았다.

"그건 불가능하오."

그가 차갑게 말했다.

"문이 잠겨 있소."

다시 한참 동안 정적이 흘렀다. 비만 끊임없이 내렸

다.

"난 알고 싶어요."

흠뻑 젖은 날개를 단 남자아이가 혼자서 중얼거렸다.

"바깥 날씨가 어떤지 말이에요. 어쩌면 바깥은 벌써 방학인지도 몰라요."

갸름한 눈을 가진 작은 여자아이가 그를 건너다보며 미소 지었다. 그리고 손으로 입을 가리고 속삭였다.

"바깥은 낙원이야. 하지만 우린 창문을 열 수 없잖아."

"바깥이 뭐라고?"

"낙-원."

"난 모르겠는데. 대체 그게 뭔데?"

"그걸 모른단 말이야?"

"몰라. 한 번도 못 들어 봤어."

여자아이가 키득거렸다.

"거짓말이지? 너 천사 아냐?"

"그건 또 대체 뭔데?"

남자아이가 물었다.

"낙원이 뭔지 사실은 나도 잘 몰라."

"그럼, 네가 한 얘기는 뭔데?"

남자아이가 말했다.

"낙원이 항상 바로 옆에 있다는 걸 알고 있다는 말이야."

여자아이가 말을 이었다.

"그건 누구나 아는 얘기야. 벽 하나가 사이에 있을 뿐이야. 때론 돌로 된 벽도 있고, 때론 유리로 된 벽도 있고, 또 때론 얇은 종이로 된 벽도 있지. 어쨌든 낙원은 항상 바로 옆에 있었어."

"그러면 그냥 그 벽을 부숴 버리면 되잖아?"

남자아이는 자신의 대담한 제안에 스스로 얼굴을 붉혔다.

"그렇게 해서 될 수만 있다면야……."

여자아이가 슬프게 그를 바라보고 속삭였다.

"그렇게 해도 아무 소용없어. 그게 항상 바로 옆에 있다는 건, 우리가 있는 곳엔 절대로 없다는 뜻이야. 우리가 밖으로 나가면, 그건 더 이상 거기 없게 되는 거야. 하지만 지금은 거기 있지. 그건 아주 분명해."

"조용히 해!"

신부가 속삭이는 듯한 목소리로 외쳤다.

"누가 오는 것 같아."

모두 귀를 기울였다. 하지만 빗소리만 들렸다.

의사가 일어나 교탁 쪽으로 간다. 줄 타는 광대 옷을 입은 소년이 관棺 받침 같은 교탁에 누워 있었다. 그는 소년을 살펴보기 위해 강단 뒤에 의자를 놓고 올라가야 했다.

"당신 과제를 수행하는 게 좋지 않겠소?"

공무원이 물은 다음, 눈썹을 치켜 올렸다.

"아마도 이게 내 과제인 거 같소."

의사가 과민하게 반응했다.

그가 말 없이 소년을 진찰했다. 맥을 짚어 보고, 엄지와 집게손가락으로 조심스럽게 한쪽 눈을 열어 보고, 여기저기를 눌러 보더니 결국 힘 없이 고개를 흔들고는 의자에서 내려와 자기 자리로 돌아와 앉았다.

그때 잔뜩 부푼 호기심으로 지켜보던 뚱뚱한 할머니가 크게 소리를 지르는 바람에 모두 놀랐다.

"병명이 뭐예요? 최소한 아이가 왜 죽었는지는 알아야 할 거 아니에요?"

"비 때문이에요."

의사가 무뚝뚝하게 대답했다.

"어쩌면……."

눈이 갸름한 여자아이가 날개가 흠뻑 젖은 남자아이에게 속삭였다.

"낙원은 비가 내리지 않는 곳에 있는지도 몰라."

"그렇지는 않더라도, 어쨌든 항상 내리지는 않겠지."

남자아이가 대답이 아니라 자신에게 말하듯 중얼거렸다.

"가끔씩만 내리는 곳."

"이제 생각난 거야?"

여자아이가 낮은 목소리로 물었다.

하지만 남자아이는 대답하지 않고 골똘히 생각에 잠겨 앞을 바라볼 뿐이었다.

여자아이가 일어나 수줍은 걸음걸이로 강단을 향해 걸어갔다. 아이는 의자에 기어올라, 거기서 다시 줄 타는 광대 옷을 입은 소년에게로 기어올라 갔다. 그리고 그 옆에 쪼그려 앉아, 그의 머리를 자기 무릎에 올리고, 그 위로 종이우산을 받쳐 주었다. 모두 놀라서 지켜보았다.

"저러다 선생님이라도 오시면……."

신부가 불안해하며 소리쳤다.

"어쩌면 저 아이가 선생님인지도 몰라요."

날개를 단 남자아이가 말하고 자리에서 일어났다. 모두 아이를 돌아보았다.

"그럴 수도 있다고요."

아이가 중얼거리고, 다시 얼굴이 빨개졌다. 그리고 날개를 뒤로 질질 끌면서 앞으로 나가, 작심한 듯 여자아이처럼 강단으로 기어올라 가 살만 남은 자기 우산을 누워 있는 소년의 몸 위에 받쳐 주었다.

"말도 안 돼!"

공무원이 얕잡아 보는 투로 말했다.

"말도 안 된다고요?"

남자아이가 당돌하게 되받았다.

"숨을 쉬기 시작했어요."

의사가 다시 의자로 올라가 소년의 가슴에 손을 얹고, 소년의 입가로 몸을 구부려 귀를 기울였다.

"두 개로는 모자라!"

그리고 그가 소리쳤다.

"우산이 더 있어야 한다고!"

모두 앞으로 나가, 소년이 비를 맞지 않도록 저마다 우산을 높이 받쳐 들었다. 갸름한 눈을 가진 여자아이는 그의 머리 위로 몸을 깊이 숙여, 동그랗고 붉은 얼룩이 있는 붕대를 조심스럽게 풀었다. 아이의 길고 검은 머리가 그 둘의 얼굴을 감쌌다.

갑자기 줄 타는 광대 옷을 입은 소년이 공기를 깊이 들이마시고, 두어 번 기침을 한 다음 일어나 앉았다.

"고맙습니다!"

그가 말하고 자신을 둘러 싸고 있는 얼굴들을 둘러보았다.

"이번엔 오래 걸렸네요. 그런데 여기서 대체 뭣들 하시는 거예요?"

"선생님을 기다리고 있어."

신부가 대답했다.

"혹시 네가 선생님이야?"

날개 달린 남자아이가 물었다.

"무슨 소리야?"

소년이 외쳤다.

"내가 그렇게 보여?"

"선생님이 어떻게 생겼는지 우린 모르거든."

의사의 설명이었다.

"거 좀 그렇게 우리라고 싸잡아 말하지 맙시다!"

공무원의 질책이었다.

"기본적으로 난 당신보다 여기에 훨씬 오래 있었소."

줄 타는 광대 옷을 입은 소년이 코끝에서 빗물 몇 방울을 날려 보내고 빙긋 웃었다.

"지금 중요한 건, 선생님이 아직 여기에 없다는 거예요. 우리는 여기서 빠져나갈 방법을 찾아야 해요. 아니면, 여러분은 이곳이 마음에 드는 건가요?"

"그건 문제가 아냐."

공무원이 결연하게 대답했다.

"의무감 같은 것도 있는 거잖아! 현실에서 도피할 권리는 그 누구한테도 없어. 설사 그 현실이 유쾌하지 않은 것이라고 해도 말이야.

줄 타는 광대 옷을 입은 소년은 강단에 걸터앉아 다리를 흔들흔들했다.

"여러분도 이미 알아채지 않았나요?"

소년이 부드럽게 물었다.

"단 몇 분 동안 눈을 감는 것으로 충분해요. 우리가 다시 눈을 뜨면, 우린 이미 또 다른 현실 가운데 있지요. 모든 것은 그렇게 끊임없이 변해요."

"사람이 눈을 감으면,"

흠뻑 젖은 날개를 단 남자아이가 말했다.

"그건 죽는 거야."

"그래, 좋아."

교탁에 앉은 소년이 말했다.

"그것도 결국 마찬가지야. 우리도 변해. 그것 이상 아무것도 없어. 나는 조금 전까지 다른 인간이었어. 그리고 지금 나는 갑자기 이곳의 인간이 된 거야."

뚱뚱한 할머니가 끄덕였다.

"그렇고말고. 얘야, 그러면 먼저 있던 곳에서 뭘 가져왔니?"

"아무것도요."

소년이 대답했다.

"왜 거기서 뭔가를 가져와야 하죠?"

"아무튼 나는……."

공무원이 단호하게 말했다.

"여기 남을 거야. 그리고 여기서 벌어진 모든 것을 하나도 빠짐없이 선생님에게 보고하겠어."

"좋으실 대로 하세요!"

소년이 말하며 교탁 아래로 뛰어내렸다.

"나한테 여기는 그냥 지나가는 곳에 지나지 않아요."

"하지만 여기서 나갈 수가 없는걸."

신부가 소리쳤다.

"문이 잠겨 있어."

"우리는 어디서든 나갈 수 있어요."

소년이 대답했다.

"꿈 바꾸기만 할 수 있으면요."

"어떻게 하는 건데?"

갸름한 눈을 가진 여자아이가 물었다. 그리고 날개 달린 남자아이가 덧붙여 물었다.

"꿈 바꾸기가 뭐야?"

"모두 말도 안 돼!"

공무원이 소리쳤다.

"꿈 바꾸기는 말이야,"

줄 타는 광대 옷을 입은 소년이 말했다.

"그건 새로운 이야기를 하나 만들어 낸 다음, 스스로 그 속으로 건너뛰는 거야. 이런 것도 아직 모르다니, 여러분은 대체 이 학교에서 뭘 배운 거예요?"

"그럼 넌 그걸 어디서 배웠니?"

뚱뚱한 할머니가 알고 싶어 했다.

"꿈 바꾸는 사람한테요. 물론 내가 만들어 낸 사람이죠."

소년이 대답했다.

"그럼, 넌 정말 꿈 바꾸기를 할 수 있다는 얘기니?"

여자아이가 숨을 죽이고 물었다.

"우리에게 그걸 가르쳐 줄 수 있어?"

"물론이지!"

소년이 단호하게 말했다.

"혼자서 하는 건 정말 어려워. 둘이서 하면 훨씬 쉬워지지. 그리고 많은 사람이 함께 하면, 그만큼 더 잘 돼. 진짜 꿈 바꾸기를 할 줄 아는 사람이라면 다 아는 얘기지!"

"그럼, 새로운 이야기를 만들려면 대체 어떻게 해야 하는데?"

신부가 물었다.

"가장 간단한 방법은요,"

소년이 설명했다.

"우리 모두 함께 연극을 공연하는 거예요."

"오, 맙소사!"

뚱뚱한 할머니가 끙끙거렸다.

"난 대사를 잘 욀 수 없어."

"누구 앞에서 연기를 한다는 거지?"

의사가 물었다.

"우리 자신들 앞에서요. 우리가 관객인 동시에 배우인 거예요. 그리고 우리가 연기하는 것이 바로 현실이에요."

"하지만 대체 무엇을 연기하지?"

날개 달린 남자아이가 궁금해했다.

"그건 결코 미리 알 수 없어."

소년이 대답했다.

"일단 그냥 시작하는 거야."

"하지만 그러다 엉뚱한 실수를 할 수도 있잖아."

신부가 말했다.

"그러면 우리는 어떻게 되는 거야?"

소년이 어깨를 들썩여 보였다.

"그걸 미리 알려고 하는 사람은, 바로 그것 때문에 꿈 바꾸기를 할 수 없어요."

"그런데 무대는 없어도 되는 거야?"

갸름한 눈을 가진 여자아이가 물었다.

"그리고 막도 있어야 하잖아."

"물론 있어야지!"

줄 타는 광대 옷을 입은 소년이 말했다. 그는 빗물을 흠뻑 빨아들인 머리의 붕대를 풀어 들고, 여자아이가 받쳐 주는 종이우산을 따라 칠판으로 가 천 조각으로 그 공식의 마지막 남은 흔적을 조심스럽게 싹 닦아 냈다. 그리고 다른 사람들을 향해 돌아섰다.

“여러분은 이걸 비벼서 말려 주세요.”

“그래 봐야 별 소용없을 거야.”

의사의 생각이었다.

“금방 비에 다시 젖을 텐데, 뭐.”

“이삼 분이면 돼요.”

소년의 설명이었다. 그리고 그는 강단 서랍을 열고, 그 속에서 색분필 몇 조각을 찾아냈다. 그 사이 나머지 사람들은 모두 손수건과 웃옷 소매로 칠판을 최대한 잘 비벼서 말렸다. 의사는 하얀 가운까지 벗어 칠판 말리는 데 사용했다.

“이제 됐어요.”

소년이 말했다. 그리고 칠판에 몇 개의 선으로 연극 무대를 그렸다. 막은 왼쪽과 오른쪽으로 나뉘어 높이 올라가 있고, 그 뒤에 보이는 무대 배경은 문이 가득한 어느 긴 복도였다.

“모든 가능성을 열어 둬야 해요.”

마지막 선들을 그으며 소년이 말했다.

“이 문들 가운데, 각자가 선택한 문 안에서 마음에 드는 것을 찾게 될 거예요.”

그리고 소년은 폴짝 한 번에 뛰어올라, 자기가 방금

그린 그림 속으로 들어갔다. 사람들은 무대 위에서 이리저리 왔다 갔다 하는 소년을 황홀하게 바라보았다.

"어서 와요!"

소년이 외쳤다.

"서둘러요! 비가 오잖아요!"

날개 달린 남자아이가 맨 처음 무대로 기어오르고, 갸름한 눈을 가진 여자아이가 뒤따랐다. 그 다음은 신부였다. 뚱뚱한 할머니는 의사가 뒤에서 밀고, 먼저 올라간 사람들이 앞에서 끌어당겼다. 뒤이어 의사가 혼자 뛰어올라갔다. 단정한 양복을 입은 사내만 검은 우산을 쓴 채, 여전히 아래에 남아 서서, 어떻게 할지 망설이고 있었다.

줄 타는 광대 옷을 입은 소년이 그림 속에서 다시 한 번 몸을 구부려 그에게 손을 내밀었다.

"같이 안 가실 거예요?"

그가 물었다.

사내는 고개를 저었다.

"나는 이걸 믿지 않아."

"믿을 필요 없어요. 그냥 하면 돼요!"

"하지만……."

공무원이 한 걸음 뒤로 물러섰다.

"다른 사람들한테 내가 꼭 있어야 하는지도 모르겠고,

아무튼 이 연극에 난 맞지 않아."

"우리한테 꼭 있어야 하는 건 아니에요."

소년이 대답했다.

"하지만 이 연극에 맞지 않는 사람은 없어요."

어느새 여기저기 빗방울이 떨어져 그림이 희미해졌다.

"아무래도 난 안 되겠어."

사내가 말했다.

"아쉽네요."

소년이 외치고, 서커스 곡예사처럼 허리를 굽혀 인사했다.

"잘 지내세요!"

막이 양쪽에서 천천히 내려왔다. 그 마지막 순간, 마음을 정한 사내는 우산을 접고 서류 가방을 옆구리에 낀 다음, 모자를 꽉 누르며 거의 닫힌 막 사이로 뛰어 들어갔다. 그 뒤로 막이 완전히 닫혔다.

하염없이 내리는 비가 칠판 위의 그림을 서서히 지워 내고 있었다.

27

우리는 배우들의 복도에서 몇 백 명이나 되는 기다리는 사람들을 만났다. 벽을 따라서 앉아 있기도 하고 서 있기도 한 그들은 동요 없이 참을성 있게 기다리고 있었다.

많은 이들이 상반신을 그대로 드러내고 있었고, 몇몇은 완전히 알몸이었다. 그 가운데는 여자와 아이도 있었다. 그들의 몸은 그들이 오랫동안 심한 궁핍에 시달리고 있음을 보여 주고 있었다. 그들은 몹시 말랐고, 당장에라도 쓰러질 정도로 쇠약해 있었다.

우리가 그들 대열을 헤집고 가는 데도 누구 하나 우리를 보지 않았다. 몇몇은 눈을 감은 채, 자기가 맡은 배역의 대사를 외우는 것처럼 입술을 움직이고 있었고, 몇몇은 멍하게 먼 곳을 바라보거나 바닥을 내려다보고 있었다.

우리는 조악한 모포로 몸을 감싸고, 등받이 없는 의자에 걸터앉은 노인 앞에 멈춰 서서 무엇 때문에 여기에 이러고 있는지 물어보았다.

"내 의상을 기다리는 거야."

그가 당황한 웃음을 지으면서 대답했다.

"여전히 바느질 중이라네. 완성되는 대로 무대에 올라가야지. 이제 오래 걸리진 않을 거야. 내가 여기 있는 사람들 가운데 가장 오래 기다렸거든."

우리는 그가 기다리는 게 어떤 종류의 의상인지 알고 싶었다.

"왕이 입는 옷이야."

그가 말했다.

"중요한 건 물론, 왕관들이지. 처음에는 금으로 만든 진짜 왕관을 쓰게 되고, 그 다음엔 종이 왕관을 쓰게 돼. 마지막 막幕에선 그밖에 활과 화살, 화살통도 필요해. 그리고 목발…… 아, 그래, 목발도 준비해 주기로 했어. 내가 나중에 다리를 하나 잃게 될 거거든. 당신들도 잘 알다시피 말이야."

우리는 거기에 대해서 거의 아무것도 아는 것이 없다고 말했다. 그리고 그 의상은 이미 어딘선가 한 번 본 것도 같다는 말을 덧붙였다.

"아냐, 아냐."

노인이 말하고, 고집부리는 아이처럼 고개를 흔들었다.

"그건 절대 그럴 리 없어. 아직 완성되지도 않은 의상이라니까. 완성됐으면 내가 벌써 입고 있겠지. 내 의상이라니까!"

우리는 그가 맡은 배역이 무엇인지 설명해 달라고 부탁했다.

"정말 좋은 배역이지."

그가 설명하기 시작했다.

"아주 중요한 배역이야. 난 행복한 지배자를 연기할 거야."

그러면 역사극인가 보다 하고 우리는 추측했다. 하지만 노인은 다시 고개를 흔들었다.

"아니, 당치 않아. 나는 내 연기 예술을 그런 것에 쓰지 않아. 차라리 이게 진짜 연극이야. 그러니까 동화라고나 할까, 아님 당신들은 이런 명칭을 더 좋아할지 모르겠는데, 중세 종교극 정도로 하지. 막이 오르면 행복한 지배자가 돌로 만든 거대한 옥좌, 정말 산만 한 옥좌에 왕으로 앉아 있어. 나, 그러니까 왕은 국경도 없이 광대한 제국을 지배해. 하지만 나는 자유롭지 못해. 내 왼발이 돌로 된 옥좌에 단단하게 묶여 있거든. 그런데 이때 왕의 서기가 꾸민 반역이 일어나는 거야. 반역의 주동자와 다른 시종 몇 놈들이 나를 거꾸러뜨리고, 자신들이 옥좌를 차지하려고 해. 하지만 그들은 왕이 그 옥좌에 끊어지지 않는 사슬로 단단히 묶여 있어서 도저히 끌어내릴 수 없다는 걸 알게 되는 거야."

여기서 노인은 입을 다물었다. 그리고 복도를 걸어 내려오고 있는 사내 셋을 기대에 가득 찬 눈으로 바라보았다. 그들은 조심스럽게 왕의 의상을 가져오고 있었다. 좀 자세히 설명하면, 그들 가운데 두 사람은 기다란 소매를 각자 하나씩 펼쳐서 붙들고, 나머지 한 사람은 긴 옷자락을 잡고 있어서 마치 옷 자체가 세 사람 사이에서 흔들리는 사람처럼 보였다. 그것은 분명 여자의 옷이었다.

사내 셋은 그 옷을 노인의 무릎에 조심스럽게 내려놓은 다음, 아무 말 없이 돌아갔다. 노인은 깊은 생각에 잠겨 값비싼 황금 자수를 손으로 쓰다듬었지만, 옷에 신경을 쓰는 것처럼 보이지는 않았다.

"사슬을 끊을 수 없자……."

그가 이야기를 이었다.

"반역자들은 왕의 다리를 잘라 버리고, 그를 옥좌에서 끌어내려. 그렇게 속수무책으로 고통에 몸부림치고 피투성이가 되어 바닥에 내팽개쳐진 왕한테서 그들은 황금 왕관을 빼앗고, 대신 머리에 종이 왕관을 씌워 주지. 그들은 왕이 죽은 줄 알아. 그때가 폭풍이 휘몰아치는 밤이야. 그들은 왕을 도시 변두리로 끌고 가서 어느 쓰레기장에 던져 버리지."

늙은 배우는 감동한 나머지 이야기를 중단했다.

"시체처럼 널브러져 있는 몸뚱이를 발견한 넝마주이들이 희미하나마 아직 그에게 숨이 붙어 있는 걸 확인하고, 그를 자신들의 거지 동굴로 데려가 그 끔찍한 상처가 나을 때까지 몰래 보살펴 주었지. 그렇게 시간이 흐르는 사이 새로운 지배자, 그러니까 그 서기는 도처에 추적자들을 풀어 혹시 살아 있을지도 모를 왕의 흔적을 샅샅이 뒤져. 그래서 넝마주이들은 왕에게 낡은 누더기와 목발을 주면서 아무도 찾을 수 없는 산속 깊은 곳으로 피신하라고 간청해."

노인은 다시 멈추고, 긴장한 얼굴로 몸을 똑바로 세웠다. 여자 둘이 온갖 헝겊 자투리를 이어 붙여 만든 작은 양복을 함께 들고 복도를 걸어 내려오고 있었다. 바지 한쪽 가랑이는 무릎 높이에서 잘라 꿰맸다. 그 크기로 보아 한 여섯 살 정도 되는 아이가 입으면 맞을 것 같은 옷이었다. 이 여자 둘은 그 작은 누더기 옷을 노인의 발 앞에 던지고, 여자용 왕의 의상을 그의 무릎에서 집어 들고, 복도 아래쪽으로 사라졌다.

실례했다는 듯 가벼운 미소를 지어 보인 다음, 노인은 자기 이야기를 계속했다.

"그리고 넝마주이들은 왕에게 활과 좋은 화살이 가득한 화살통도 주었지. 그것으로 어느 정도 신변도 보호하고 먹을 것도 조달할 수 있으니까 말이야. 그리하여 이제 머리에 종이 왕관을 쓴 외다리 사내는 한때 자기가 지배했지만, 지금껏 한 번도 본 적 없는 협곡과 황야를 오랫동안 헤매고 다니게 되지. 그렇게 그는 뛰어난 사수, 노련한 사냥꾼이 돼. 그가 사냥감을 노리고 쏘면, 단 한 번도 화살이 빗나간 적이 없어. 하지만 불가사의한 숙명처럼 화살통의 화살은 점점 줄어들어 마침내 단 일곱 개만 남게 되지. 이때 이 고독한 사람은 운명의 힘에 대해 거친 분노를 폭발시키게 돼. 이렇게 방랑하는 신세가 된 후 가장 어둡고 가장 심한 폭풍이 휘몰아치는 어느 날 밤, 그는 가장 높은 산의 꼭대기로 발을 질질 끌며 올라가는 거야. 나무도 없고 얼음처럼 차가운 바위 낭떠러지 위에 쪼그려 앉아, 큰 소리로 비웃음을 날리고 목발을 나락으로 내동댕이치지. 무시무시한 저주와 악담을 내지르면서 구름이 이리저리 몰려다니는 하늘을 향해 남아 있는 화살을 모두 쏴 버렸지. 그는 머리를 들고 하늘을 모독한 벌로 자신을 산산이 부술 번개를 기다려. 하지만 아무 일도 일어나지 않아."

노인이 세 번째로 이야기를 중단했다. 어린아이 하나가 소품들을 한가득 팔 위에 얹고 힘겹게 복도를 걸어 내려오고 있었다. 아이가 짐을 노인 앞에 내려 놓으니, 가죽으로 된 파일럿 제복이 먼저 눈에 띄었고, 안경과 손목 부분이 밖으로 젖혀진 장갑과 안에 모피를 댄 장화 같은 것들도 보였다. 아이는 말 없이 누더기를 집어 들고, 앞선 여자들이 간 방향으로 사라졌다.

늙은 배우는 이번에도 금방 있었던 일에 특별히 신경 쓰지 않았다. 이제 그는 일어나 마포麻布를 고대 로마시민들이 입던 토가처럼 자신의 빈약한 몸에 감았다. 그러고는 눈을 반짝이고 큰 몸짓을 하며 중단된 이야기를 계속 이었다.

"왕은 여전히 바위 낭떠러지에 앉아 있고 그의 수염, 그의 머리, 그리고 그의 누더기 옷이 바람에 휘날렸어. 그때 말들이 '히힝' 하는 소리가 들리고, 일곱 명의 기사들이 구름을 뚫고 그를 향해 오는 게 보이는 거야. 그들은 새하얗게 빛나는 옷을 입고 백마 위에 앉아 있었어. 그런데 그 기사들이 서서히 다가오면서 왕은 알게 되지. 기사들 가슴 한가운데 화살이 하나씩 꽂혀 있는 것을. 그래서 그는 이제 마침내 보복이, 신의 징벌이 시작되는 거라고 생각하지! 기사들이 말에서 내려 그에게 다가와……. 그리고 그들은 공손하게 절을 해. 그런 다음, 가슴에서 화살을 뽑아 한 사람씩 차례로 그 앞에 내려놓는 거야. 왕은 아무 말도 할 수가 없었어. 이제 빛나는 황금으로 변한 화살을 두 손으로 어루만질 뿐이었지. 그는 눈을 들어 하얀 기사들의 눈을 들여다봐……. 그리고 그들이 누구인지 알게 되지…….”

여기서 노인은 또 한 번 이야기를 중단했다. 복도에서 사람들이 무리 지어 다시 다가오고 있었기 때문이다. 이번에는 반대 방향에서 오고 있었다. 그들은 처음에 왔던 사내 셋 가운데 하나, 그 다음에 온 여자 둘 가운데 하나, 그리고 파일럿 제복을 가져왔던 아이와는 또 다른 아이 하나, 이렇게 셋이었다. 그들은 바닥에서 파일럿 제복을 집어 들고 다른 그 무엇도 남겨 두지 않은 채 자신들이 지금 걸어온 방향으로 멀어져 갔다. 늙은 배우는 등받이 없는 의자에 풀썩 주저앉아 추운 듯 마포로 자기 몸을 감쌌다. 갑자기 심한 피로가 밀려오는 것 같았다.

우리는 그래도 이야기를 마무리해 달라고 그를 재촉했다. 왕이 알아보게 되었다는 그 신기한 기사들이 누군지는 최소한 말해 줘야 할 것 아니냐고 졸랐다. 하지만 노인은 또다시 고집스럽게 고개를 흔들 뿐이었다. 그리고 말했다.

“내가 그걸 어떻게 알아?”

그가 지친 듯 대답했다.

“내가 내 배역을 연기하게 되면, 그때 나도 알게 되고, 당신들도 알게 될 거야. 그게 아니라면, 연극을 처음부터 끝까지 공연할 필요가 뭐 있겠어?”

갑자기 그의 얼굴에 슬픔이 가득하고 고통스러운 표정이 떠올랐다. 그리고 그는 조급해져서 물었다.

“아니면, 당신들은 그 사이 누군가 다른 사람이 내 배역을 연기했을 수도 있다고 생각하는 거야? 내가 이렇게 오래 기다리고 있는데 말이야. 그런데도 정말 그런 일이 있다고 생각하는 거냐고?”

28

다시 총격전이 시작되었다. 탄환이 핑핑 소리를 내며 날아가고, 빗맞은 탄환이 비명을 지르고, 빗나간 탄환이 울부짖고, 석벽과 천장이 천둥소리를 내며 내려앉는 그 밤의 요새는 아수라장이었다.

수염을 기른 독재자는 성큼성큼 거의 공중을 날듯이 뛰면서 어두컴컴한 복도, 그리고 홀과 로지아(*이탈리아 건축에서, 한쪽 벽이 없이 트인 방이나 홀을 이르는 말)로 도망을 다녔다. 어둠 속에서 그는 깨져서 날을 세우고 있는 조각상에 걸려 넘어지고, 바닥에 떨어진 샹들리에에 발이 엉키고, 대리석 계단 아래로 굴러 떨어져 그대로 뻗어 있다가 이러면 안 된다 싶어 벌떡 일어나 비틀거리며 계속 앞으로 나아갔다. 까맣게 반짝이는 그의 가죽 제복은 갈기갈기 찢어지고, 총탄에 맞아 수많은 구멍이 나 있었다. 그의 거대한 몸에도 수많은 탄환이 관통했다. 그의 심장, 허파, 간 같은 내장은 물론이거니와 심지어 이마 한가운데에도 동그랗고 작은 구멍이 피로 빛나고 있어서 마치 악의에 찬 제3의 눈 같았다. 그는 치명상을 입었지만 죽진 않았다. 그는 자신이 죽지 않는 것을 스스로 알고 있었으며, 또한 모든 사람이 알고 있었다. 그는 '죽지 못하는 사람'이었다.

그럼에도 저들은 그를 사냥하고 있었다. 이제껏 자신들을 사냥했던 독재자를 말이다. 그러나 그는 죽지 않는 사람이다. 그렇다고 몸에 상처를 입지 않는 것은 아니었다. 아픔을 느꼈다. 그 아픔은 그의 몸을 견딜 수 없는 공허함으로 채웠다. 마치, 자신이 텅 빈 동굴이고 자신을 둘러싼 주변 공기는 별같이 반짝이는 화강암처럼 느껴졌다.

그는 공문서 보관소로 사용하는 방으로 피신하려고 했다. 하지만 그곳에 들어서자 기밀문서 더미로 세운 바리케이드 뒤에서 백 개의 총구가 불을 뿜었다. 그는 바닥에 몸을 던지고 기어서 앞으로 나아갔다. 재판 기록 서류를 벽 삼아 그 뒤에 몸을 숨기고, 여기저기 놓여 있는 일건서류一件書類 더미들을 방호 삼아 포복했다. 그리고 손톱까지 써 가며 앞으로 박박 기어, 검게 그을린 너덜너덜한 체포 영장들이 깔린 비탈을 파고 들어가다 결국 숨을 헉헉 내쉬며 그대로 쓰러졌다.

'잠을 자고 싶다.'

그는 생각했다.

'단 오 분이라도 좋고, 백 년이라도 좋다. 하지만 전쟁은 아직 끝나지 않았다. 전쟁은 결코 끝나지 않는다. 그리고 전쟁을 하는 한 나는 패배하지 않는다. 저놈들은 나를 쓰러뜨리기 위해 나의 전법을 그대로 쓰고 있다. 따라서 놈들은 절대 나를 이길 수 없다.'

그는 팔다리를 뻗어 엎드린 채 조심스럽게 머리를 들었다. 이제야 비로소 그는 주위가 조용하다는 것을 알아챘다. 총격이 멎은 것이다. 시간이 얼마나 지났을까.

황금빛 황혼이 사방에 감돌고 있었다.

그는 몸을 일으켰다. 그가 엎드려 있던 모자이크 바닥에는 펠리컨 그림이 그려져 있었다. 그가 눈에 보이는 부분만으로 전체 그림을 구성해 보니, 그 펠리컨은 자기 가슴에서 솟구치는 피를 새끼에게 먹이고 있었다. 그 옆에는 금빛 글씨로 '사랑하라, 사랑에 감사하라(Amor Amoris Gratias)'라는 글귀가 새겨져 있었다. 독재자는 입 안에서 구리와 녹청 맛이 나는 것을 느꼈다. 그는 토하려고 했지만, 침이 한 방울도 나오지 않았다.

둥글고 거대한 대리석 홀의 천장이 그의 머리 위에서

아치형으로 휘어져 있었다. 그는 홀의 정중앙에 표적지의 까만 점처럼 초라하게 앉아 있었다. 그는 입을 비죽거려 수염에 묻은 피를 훔치고 일어섰다. 안전한 장소를 찾아야 했다.

어디에도 문은 없는 것 같았다. 창도 없는 것 같았다. 황혼의 황금빛은 위에서 비쳐 내려오지만, 정확히 어디서 들어오는지는 보이지 않았다.

'나는 어떻게 이곳으로 들어오게 되었을까? 그것은 아무래도 상관없다. 지금 중요한 건, 다시 밖으로 나가는 것이다.'

굵은 기둥을 받치고 있는 탄탄한 돌계단이 크게 반원을 그리며 위로 휘감아 올라가고 있었다. 그 계단은 저 높은 곳에 다다라 홀 벽 전체를 빙 둘러싼 회랑으로 이어져 있었다. 그리고 그 회랑에서 다시 여러 개의 계단들이 서로 교차하고 가로지르면서 더 높은 곳에 있는 회랑들로 이어졌다. 그러다 보니, 계단과 둥근 천장과 로지아에서 꾸역꾸역 새로운 모습들이 생겨나고 있었다. 하나같이 현란하기 짝이 없고, 황금빛으로 반짝거렸다. 그 사이 곳곳에 석상이나 동상이 떠올랐다. 크고 작은 무수한 인물상들이 주름 많은 옷으로 몸을 감싸고, 손가락은 쭉 뻗고 손은 든 채 저마다 기품과 교양과 황홀과 엄격이 배어 있는 자세를 취하고 있었다. 목소리는 들리지 않지만, 몇

몇이 위로 아래로 메시지를 외치고 있었다. 분명 긴급한 메시지인 것 같았다. 왜냐하면 그 메시지를 들은 인물상들이 흥분해서 동요하는 게 뚜렷이 보이기 때문이었다. 그것은 무슨 중차대한 결정을 내려야 하는데, 그 끝이 결코 보이지 않는, 이 세상 바깥에서 벌어지고 있는 소리 없는 격론이었다. 어쩌면 그들에게도 문제는 결국 권력인지도 몰랐다. 모든 문제 중의 문제인 바로 그 권력의 문제.

독재자는 천천히 한 걸음 한 걸음 올라가기 시작했다. 계단은 산처럼 높았다. 그는 맨 위 계단에 다다라 잠시 앉아 숨을 고르고 힘을 모았다. 다시 절룩거리며, 로지아 벽을 따라 반원을 그리며 계속 걸어가, 또다시 수많은 계단들 가운데 한 계단이 시작되는 곳에 다다랐다. 굵은 녹색 돌기둥을 촘촘하게 휘감아 올라가는 비좁은 계단은 바닥이 거울처럼 매끄럽고 난간 하나 없었다. 그는 기둥을 더듬으며 아래쪽은 쳐다보지 않고 올라갔다. 자신이 얼마나 높이 올라왔는지 알 수 없었지만, 어쨌든 둥근 천장 아래 어딘가에 있는 것은 틀림없었다.

나선형 계단은 천장에 이어 붙여져 있는 격자 틀 가운데 어느 한 틀 아래서 끝났다. 독재자는 그 틀을 열어보려고, 아래에서 어깨로 밀어 보았지만 소용없었다. 그가 미는 것을 잠시 멈추고 숨을 헐떡이면서 자리에 다시 주저앉자, 그제야 그 틀이 저절로 아래로 열리며 그를 향해 내려졌다. 그렇게 생긴 구멍으로 그는 기어올라 갔다.

그의 눈앞에는 길고 곧게 뻗어서 지평선에라도 닿은 것처럼 보이는 어느 복도 하나가 잿빛으로 뿌연 빛 속에 놓여 있었다. 양쪽 벽에는 예외 없이 시금치 같은 녹색을 칠해 놓은 문들이 일정한 간격으로 늘어서 있었다. 그리고 모든 문에 '401'이라는 번호가 붙어 있어, 그것이 모두 같은 문이라는 것을 알 수 있었다. 그는 문득, 어릴 적 그렇게 미워하고 두려워했던 그 학교 건물 안, 그 차가운 불안감이 감돌던 복도를 떠올렸다. 이런 곳으로 돌아오다니 유쾌한 일은 아니었다. 하지만 그는 돌아갈 수 없었다. 바닥 밑으로 내려진 뚜껑을 찾을 수 없었기 때문이었다.

그는 하는 수 없이 앞으로 걸어갔다. 절룩거리는 자기 발소리밖에 들리지 않았다. 망가진 심장의 고동처럼 불규칙하게 쿵쾅거리는 소리였다. 복도는 끝이 없었다.

그렇게 얼마를 갔을까, 그가 멈춰 섰다. 멀리서 나는 작은 종소리가 귀로 스며들었기 때문이다. 그는 눈을 부릅뜨고 잿빛으로 뿌연 빛을 꿰뚫어 보려고 했다. 복도의 양쪽 벽이 점 하나로 만나는 저 먼 곳에서 사람들로 이루어진 작은 행렬이 이쪽으로 천천히 다가오고 있었다. 독재자는 허리띠에 달린 권총집에서 권총을 뽑아 들고 안

전장치를 풀었다.

그들이 다가오기까지는 한참이 걸렸다. 맨 앞에는 발목까지 내려오는 레이스셔츠를 입고 양손에 작은 은 종을 하나씩 들고 있는, 한 여섯 살 정도 되는 아이가 서 있었다. 그 뒤에는 한 노인이 뒤따랐는데, 그 역시 옷은 기다란 레이스 옷이지만, 허리에 앞치마를 두르고 머리엔 새하얗고 기다란 요리사 모자를 쓰고 있었다. 그는 한 손에 황금 술잔을 들고, 그 위에 은 접시를 뒤집어 덮은 다음, 다른 한 손으로 그것을 조심스럽게 누르고 있었다. 노인 뒤에는 아이 둘이 연기가 약간 피어오르는 은 화로를 들고 있었다. 그리고 그 뒤로는 똑같은 레이스셔츠를 입고, 포크와 스푼, 캔과 체 그리고 또 다른 부엌 도구들을 들고 있는 아이들이 따라왔다.

독재자는 복도 한가운데 다리를 벌리고 서서 권총을 들었다.

"꼼짝 마라! 움직이면 쏜다!"

그가 핏기 없는 목소리로 말했다.

요리사 모자를 쓴 노인은 정말 이제야 비로소 그를 알아본 것처럼 보였다. 그는 놀랐다기보다 이상하다는 듯 양손으로 들고 있는 술잔에서 눈을 떼 독재자를 마주 바라보았다. 아이들은 겁을 먹고 그 자리에서 물러섰지만, 노인은 거침없이 권총을 향해 다가왔다. 독재자가 격발

장치를 당겼다.

"꼼짝 마라!"

그가 다시 한 번, 이번엔 더 크게 말했다. 어쩌면 노인이 귀가 어두워서 그런지도 모른다는 생각이 얼핏 들어서였다. 아니, 어쩌면 귀머거리 시늉을 하는 건지도 몰랐다. 아닌 게 아니라, 독재자로서 힘을 잃은 지금, 세상은 온통 배신자들로 넘쳐 났다. 그리고 그 배신자들은 자신을 잡기 위해 어떤 수단과 방법도 가리지 않을 터였다. 그래, 좋다. 수단, 방법 가리지 않는 것은 그도 마찬가지였다.

"어디로 가는 건가?"

그가 내뱉으며 노인의 얼굴에 총을 겨눴다. 노인은 골똘히 생각에 잠긴 모습으로 총구를 바라봤고, 갈기갈기 찢어지고, 총탄에 맞아 수많은 구멍이 나 있는 가죽 제복과 피가 엉겨 붙어 있는 수염과 탄환이 관통한 상대방 이마의 상처를 찬찬히 뜯어보았다. 그리고 나서야 비로소 그의 눈을 들여다보았다. 노인이 상황에 맞지 않게 느리고 여유 만만한 자세를 취하자, 독재자는 자신의 불타는 목구멍에서 증오가 차갑고 달콤하게 치밀어 오르는 것을 느꼈지만, 오히려 그는 마음이 편해졌고, 심지어 고맙기까지 했다. 그는 차가운 이성에 근거해서 사람을 죽이는 것에 지쳐 있었다.

요리사 모자를 쓴 노인은 이제야 상황을 파악한 것 같았다. 그는 공손하게 시선을 내리고, 고개를 살짝 숙인 다음 중얼거렸다.

"나의 아들이여, 우리를 이대로 지나가게 해 주오. 우리는 갈 길이 바쁘오."

독재자는 그 순진함에 어이가 없어 피식 웃음이 났다.

"급하시긴, 나의 아버지여, 좀 기다려 보라니까!"

그리고 문득 생각난 듯이, 그는 총으로 술잔을 툭툭 쳤다.

"그럼, 나를 당신의 손님으로 봐주면 되겠구려. 아버지여, 나한테 한 모금만 주면 안 되겠소? 목이 말라서 말이오."

말귀를 다시 못 알아들었을 수도 있지만, 아무튼 노인의 표정엔 그 어떤 흔들림도 없었다. 잠시 후, 노인이 친근한 말투로 속삭였다.

"제발 이해해 주시오. 마지막 근무를 하러 가는 거요."

"당신 지금 장난하는 거야!"

독재자가 대꾸했다. 그러나 열이 올라 목소리는 거의 나오지 않았다. 그는 삑삑거리는 폐로 공기를 들이마시고 다시 힘을 모아 말했다.

"아버지, 당신 아직도 상황 파악이 안 되시나 본데 지금 저 바깥 세상은 죽어 가는 사람들로 넘쳐 나고 있어.

거리와 광장에 산더미처럼 쌓여 있다고. 그들은 신음 때문에 자기 목소리조차 들리지 않아. 그들은 지나가는 사람 가랑이를 붙잡고 몸부림치며 매달려 절대 놓아 주지 않는다고. 이 세상엔 죽어 가는 사람밖에 없어. 이 세상 자체가 죽어 가고 있다고. 그런데 당신, 아버지 당신은 대체 어느 죽어 가는 사람한테 급하게 간다는 거야? 그 사람이 얼마나 특별한 사람이기에? 아, 직업이니까! 그러니까 지금 방해하지 말고 길이나 터라?"

"그렇소."

노인이 대답하며 독재자를 애처롭게 바라보았다.

"그럼 어쩌란 말이오?"

"좋아."

독재자가 잠시 생각하고 나서 말했다.

"대신 나도 같이 갑시다. 그렇게 특권을 누리며 죽어 가는 자가 누구인지 봐야겠소."

"나는 단지 마지막 근무라고 말했을 뿐이오, 아들이여."

노인이 대답하고 요리사 모자를 살짝 숙이며 아이들에게 눈짓을 하자, 아이들은 원래대로 대열을 정비했다. 작은 행렬은 그렇게 다시 움직이기 시작했다. 독재자는 여전히 무기를 손에 들고, 절룩거리면서 노인 옆에 섰다.

'401'이라는 번호가 붙어 있고, 시금치 같은 녹색을 칠해 놓은 똑같은 문을 일정한 간격으로 지나다 보니 독재자는 점점, 아예 한 걸음도 나아가지 못하는 게 아닐까, 몇 시간째 같은 위치에서 제자리 걸음을 하는 게 아닐까 하는 생각이 들었다.

한참 후에 그가 말했다.

"죽어 가는 사람을 위해 왜 이런 야단법석을 떠는 거지? 죽는 모습은 달라도 앞서거니 뒤서거니 결국 다 죽을 텐데."

"맞는 말이오."

노인이 대답했다.

"하지만 그게 그렇게 다 같지는 않소."

"뭐가 다르다는 건데?"

독재자가 물었다.

노인이 잠시 생각하고 중얼거렸다.

"적어도 당신은 다르지 않소? 대체 뭣 때문에 그 모든 일을 벌인 거요?"

"나도 어쩔 수 없었어."

독재자가 단호하게 대답했다.

"난 후회하지 않아. 저 죽어 가는 사람들 그 누구한테도 난 잘못한 게 없어."

그리고 잠시 후 그가 조용히 덧붙였다.

"난 저들이 부러워. 저들은 죽을 수 있으니까."

행렬은 문에서 또 다음 문으로 천천히 계속 걸어갔다. 노인이 그 말을 들었는지 다시금 의심스러워졌다. 한참 침묵이 흐른 뒤 노인이 되물었다.

"당신도 어쩔 수 없었다고? 그럼, 다른 사람이 당신을 어쩔 수 없게 할 수 있을 정도였으니 당신 권력도 별 볼 일 없는 것이었나 보네."

"권력을 얻기 위해……,"

독재자가 이어서 대답했다.

"난 권력을 갖고 있던 사람들한테서 권력을 빼앗을 수밖에 없었어. 그리고 그 권력을 지키기 위해, 나한테서 그것을 뺏으려는 사람들에게 권력을 사용할 수밖에 없었지."

노인이 끄덕였다.

"그거야 누구나 다 아는 거 아니오. 옛날부터 수천 번 되풀이되어 온 얘기지. 하지만 아무도 그걸 믿지 않아. 바로 그래서 앞으로도 수천 번은 더 되풀이될 거요."

독재자는 갑자기 심한 피로가 밀려오는 것을 느끼고, 그 자리에 주저앉고 싶었지만, 노인과 아이들이 계속 걸어갔기 때문에 그냥 따라갔다.

"그럼 당신은?"

그가 다시 노인 옆으로 따라붙으며 내뱉었다.

"권력에 대해서 뭘 아는데? 권력 없이 이 지상의 큰

일이 무엇 하나 이루어질 수 있다고 생각하시오?"

"내가 뭘 아냐고?"

요리사 모자를 쓴 노인이 되물었다.

"나야 뭐가 큰 일이고, 뭐가 작은 일인지 모르지."

"내가 권력을 가지려고 했던 건, 정의를 실현하기 위해서였어."

독재자가 외쳤다. 그러자 이마의 상처에서 다시 피가 흐르기 시작했다.

"하지만 권력을 얻기 위해선 부정을 저지를 수밖에 없었어. 그것은 권력을 가지려는 사람한테는 불가피한 일이지. 나는 억압을 끝내고 싶었지만, 그러려면 그걸 방해하려는 자들을 감옥에 집어넣고 제거해야만 했어. 나 스스로 억압자가 될 수밖에 없었던 거지. 폭력을 중지시키려면 폭력을 쓰지 않을 수 없었어. 비참을 제거하기 위해서는 비참을 불러일으키지 않을 수 없었어. 전쟁을 불가능하게 하기 위해서 세상을 파괴할 수밖에 없는 거라고. 그것이 권력의 진리야!"

그는 헉헉거렸다. 그는 또다시 노인의 길을 가로막고 서서, 당장 쏘기라도 할 것처럼 권총을 겨눴다.

"그런데도 당신은 여전히 권력을 사랑하고 있잖아."

노인이 작게 말했다.

독재자의 목소리가 이제는 거칠게 울렸다.

"그것은 세상 모든 가치 가운데 최고의 가치야. 거기엔 단 하나의 결점밖에 없어. 그 결점 하나가 모든 걸 엉망으로 만드는 거지. 그 결점이란 바로, 완벽한 권력이 존재하지 않는다는 점이야. 그래서 권력은 채워도 채워지지 않고 항상 배가 고픈 거야. 오로지 전능만이 진짜 완벽한 권력이지만, 그건 불가능해. 난 권력에 실망했어. 내가 권력에 속은 거라고."

"그래서? 그리고?"

노인이 단호하게 되받았다.

"당신은 당신이 극복하려고 했던 바로 그 인간이 돼버린 거야. 더구나 그건 계속 되풀이되는 일이지. 그래서 당신은 죽을 수 없는 거지."

독재자가 천천히 무기를 내렸다.

"그래, 맞아."

그가 말했다.

"바로 그거야, 그래서 어쩌란 말인데?"

"모르는군."

노인이 물었다.

"행복한 지배자의 전설 말이야."

"모르겠어."

독재자가 대답했다.

"그리고 난 당신 얘기에 관심이 없어."

그렇게 말하면서도 그는 노인이 손을 잡아 이끄는 대로 내버려 뒀다. 그는 늙은 목소리가 옆에서 나직하게 말하고 또 말하는 것을 들었다. 말이 들려오긴 했지만 그는 듣고 있지 않았다. 그는 생각했다. 도대체 무엇 때문에, 또 누구를 위해 권력을 손에 넣으려고 싸운 것일까…….
하지만 그는 이제 더 이상 생각해 낼 수 없었다.

긴 시간이 지나고 나서야 노인의 말이 그의 의식을 파고들기 시작했다.

"……그렇게 해서 그가 거대하고도 신비로운 자신의 궁전을 짓는 일에 착수했지. 그 궁전을 세울 계획을 수립하는 데만 자기 생애의 십 년을 들였지. 그리고 그 궁전이 완성되기 훨씬 오래전부터 그곳을 둘러보는 백성들은 찬탄을 금할 수 없을 정도였지. 아무튼 준공식을 한 그날 밤, 공사장에 인적이 끊기고 어둠이 내렸을 때 그는 그곳에 몰래 숨어 들어가 초석 밑의 구멍에 흰개미 집을 넣어 뒀는데 그가 왜 그런 일을 했는지, 앞날에 대한 무슨 예지 같은 게 있어서였는지, 아니면 자신에 대한 증오심이 발동한 거였는지 정확하게 말할 수 있는 사람은 없을 거야. 그렇게 수십 년이 지나 그의 생애도 거의 막바지에 다다랐고, 그 자신도 나라의 온갖 혼란스러운 일들을 다스리느라 정신이 없어 흰개미에 대해선 까맣게 잊고 있었지. 그러다 세상 무엇과도 비길 데 없는 그 건축물이 마침내 완성되고, 그 건축물의 주인이면서 동시에 설계자인 그가 가장 높은 탑의 테라스에 처음으로 발을 들여놓는 바로 그 시간, 흰개미도 자신의 보이지 않는 작품을 완성한 거야. 그리고 그렇게 거대한 건축물이 순식간에 붕괴되고 그 자신은 물론, 그와 같이 있던 사람들 모두 그 잔해와 먼지 속에 파묻혀 버렸지. 그래서 이 모든 수수께끼를 풀어 줄 마지막 말을 그가 외쳤는지는 우리에게 전해지지 않고 있어. 하지만 전설에 따르면, 나중에 그의 시신이 거의 온전한 상태로 발견되었는데, 그의 얼굴에는 행복한 미소가 어리어 있었다고 해."

늙은 목소리가 여기서 말을 멈췄다. '401'이라는 번호가 붙어 있는 문들 가운데 하나가 열려 있어, 작은 행렬은 그리로 꺾어져, 어느 한 홀로 들어갔다. 그곳에는 정면 벽 앞에 붉은 비로드로 만든 커다란 안락의자가 놓여 있는 것을 빼곤 텅 비어 있었다. 요리사 모자를 쓴 노인은 독재자를 그 안락의자로 데리고 가 거기에 앉혔다. 이제 그는 그 커다란 의자에 아이처럼 앉아서, 의자 위에 올려져 곧게 뻗은 자신의 다리를 바라보았다.

"얘야, 기분이 어떠니?"

노인이 물었다.

"네 몸엔 이제 피 한 방울 남지 않은 것처럼 보이는구나."

"난 이제 아무것도 느껴지지 않아요."

독재자가 대답했다.

"팔다리도, 몸뚱이도 느껴지지 않아요. 모든 게 텅 비어 있어요. 날 도와줘요!"

노인이 끄덕였다.

"내가 말하지 않았니? 우리한테 마지막 근무가 남아 있다고."

독재자는 이제 머리를 움직일 힘조차 없었지만, 그래도 그 불타는 눈으로 홀 여기저기를 둘러보았다. 저 멀리 홀 구석에 아이들이 모여 있을 뿐, 아무도 보이지 않았다.

"알았어요."

그가 속삭이고 히죽 웃어 보이려고 했지만, 질질 짜는 찡그린 얼굴밖에 되지 않았다.

"얘야, 넌 지금 아무것도 모르고 있단다."

노인의 목소리가 귀 바로 옆에서 들려왔다.

"넌 죽을 수 없어. 하지만 태어나지 않은 상태가 될 수는 있지."

독재자는 고개를 끄덕이고 눈을 감았다. 부드럽고 차가운 손이 자기 손에서 권총을 가져가는 것이 느껴졌지만 그는 그대로 두었다. 그리고 노인이 부지런히 여러 가지 준비를 하는 소리가 들렸고, 노인의 중얼거리는 소리도 들렸다.

“**자장자장**, 우리 아기 착한 아기, 우리 아기 착한 아기.”

그는 돌처럼 무거운 눈꺼풀을 다시 한 번 밀어 올리려고 했다.

한참 애를 쓴 끝에 그는 눈을 떴다. 눈앞에 노인의 얼굴이 보이는데, 깜짝 놀랄 만큼 커 보였다. 노인은 그 사이 요리사 모자를 벗고 있었고, 그의 기다랗고 빛바랜 회색 머리가 어깨까지 내려와 있었다. 독재자는 그 순간, 노인이 사실은 아주 늙은 여자였다는 것을 알게 되었다.

그녀는 아이를 돌보는 유모처럼 부지런하고 상냥하게 고개를 끄덕였다. 그리고 이제는 아주 멀리, 아주 작게 보이는 홀 구석에 모여 있는 아이들이 작은 소리로 노래를 부르기 시작했다. 그러는 동안 그녀는 천천히 술잔을 그의 입술에 갖다 대었다.

그는 꿀꺽꿀꺽 미친 듯이 마셨다. 술잔이 치워지고 나자, 그는 애벌레 허물처럼 의자 위에 나뒹굴고 있는, 까맣게 반짝이는 너덜너덜한 가죽 제복 안에 발가벗은 갓난아기로 바뀌어 있는 자신을 발견했다. 그는 소리치려고 했지만, 가냘픈 쉰 소리밖에 나오지 않았다.

“**자장자장**.”

늙은 유모가 흥얼거렸다.

"겁내지 마세요, 우리 아기. 금방 다 끝나요. 하나도 아프지 않아요."

그녀가 앞치마로 그를 감싼 다음, 손짓을 하자 레이스 셔츠 입은 아이들이 노래를 부르며 다가왔다. 그리고 그들은 그를 안고, 잿빛으로 뿌연 빛 속으로 녹아내리고 있는 벽을 통해 밖으로 나갔다.

노파는 그를 가슴에 안고 어두운 요새 안의 공원을 지나갔다. 나무와 수풀 사이에서 어떤 특정한 장소를 찾던 그녀가 얼마 지나지 않아 그곳을 찾아냈다. 그곳은 풀이 우거진 언덕으로, 유탄(*조준한 곳에 맞지 않고 빗나간 탄환)이나 지진으로 한가운데가 갈라져 있어 꼭 커다란 자궁 같았다. 노파는 그를 안고 그 갈라진 곳으로 들어갔다. 그녀가 그를 감싸고 있던 앞치마를 벗겨 냈다. 그는 가만히 있었다. 그는 이제 이마가 튀어나오고 몸을 구부리고 있는 아주 작은 태아가 되어 있었다. 그녀는 그를 벌거벗은 그대로, 갈라진 땅 깊숙한 곳 바닥에 조심스럽게 뉘였다.

"**자장자장**, 우리 아기, 이제 그만 자거라."

그는 그녀가 나무 아래에서 기다리고 있는 아이들에게 돌아가는 것을 보았다. 그리고 대지의 자궁이 천천히, 느끼지 못할 만큼 천천히 닫히기 시작했다. 아이들과 노파의 검은 행렬 뒤로 멀어지던 거대한 요새 전체가 갑작스럽게 불길에 휩싸였다. 그 불길은 단 하나의 거대한 앵무 튤립 같았다.

29

서커스가 불타고 있다. 관객들은 헐레벌떡 달아났다. 원형 관람석은 텅 비어 있고, 천막은 불과 연기에 휩싸여 있다. 어릿광대가 혼자 무대에 서 있다. 그의 스팽글 의상이 불꽃에 반사되어 반짝반짝 빛나고 있다. 그의 얼굴은 석회처럼 하얗고, 왼쪽 눈 아래 그려 놓은 눈물이 반짝인다. 머리에는 작고 뾰족한 모자가 비스듬하게 걸려 있다. 그는 반짝이는 트럼펫으로 장엄한 이별의 멜로디를 분다. 고상하고 우스꽝스럽게.

모든 것은 꿈. 모두 꿈이란 걸 난 알아. 내가 존재한다고 꿈꾸기 시작한 때부터 난 쭉 알고 있었어. 이 세계는 현실이 아니야.

그는 이 노래를 끝까지 부른다. 서두르지 않고 틀리지

않게. 그는 바깥으로 나간다. 그 뒤로 불타는 들보와 기둥이 무너져 내리고, 아마포(*아마의 실로 짠 얇은 직물. 흔히 '리넨'이라 불림.)가 불에 부풀어 올랐다가 내려앉는다. 밤바람에선 재 냄새와 열기가 풍긴다.

밖에는 다른 사람들이 서서, 팔을 축 늘어뜨리고 불타는 것을 보고 있다. 언젠가 이렇게 될 거라는 걸 모두 알고 있었다. 누구 하나 뭐라도 건져 내려는 기색을 보이지 않는다. 어릿광대가 소용돌이치는 불길 속에 서 있는데도 누구 하나 그의 이름을 부르지 않는다. 누구 하나 그를 걱정하지 않고, 그 역시 자기 자신을 걱정하지 않는다. 그들의 얼굴은 불길에 얼비쳐 자는 사람의 얼굴처럼 보인다. 조금씩 비가 오기 시작한다. 하지만 불길을 잡기엔 너무 늦은 비였고, 양도 너무 적어, 사람들의 머리를 적셔 이마로 흘러내리게 할 정도밖에 되지 않는다.

꿈꾸고 있다는 것을 꿈속에서 아는 것은 잠에서 깨기 직전이지. 난 곧 깨어날 거야. 어쩌면 이 불꽃은 또 하나의 다른 현실이 열리는 아침의 첫 햇살, 닫혀 있는 내 눈꺼풀 밑을 파고드는 저 첫 햇살에 불과한 것인지도 몰라.

서서히 어두워진다. 불길도 점점 가라앉는다. 주변에 둘러선 집들의 창 어디에도 불이 켜지지 않는다. 그 집들은 움푹 파인 검은 눈[眼]처럼 황혼 속에 서 있다. 멀리서 외치는 소리가 들린다. 그리고 몇 발의 총성과 자동 권총의 억센 포효가 들린다. 밤을 알리는 흔한 소음들이 있고, 살인으로 가득하고, 고통과 고문으로 가득한 밤이다. 그리고 누구도 다른 누구를 믿지 못하는 밤이다.

깨어나는 것은 금지되어 있어. 깨어나고 싶다고 바라기만 해도 탈주 시도요, 대역죄로 간주돼. 그건 그냥 가슴에 비밀로 묻어 둬야 해.

"내 생각엔 말이야,"

단장이 어둠 속에서 말한다.

"놈들이 불을 놓은 거 같아. 보복으로, 아니면 경고로 말이지……."

그가 재를 휘젓는다. 그가 무슨 말을 하는지 모두 알고 있다. 이틀 전, 관객들 한가운데서 한 사람이 살해되었다. 살인 군사 경찰관으로, 사방에 깔린 감시원 중 하나였다. 모두 자리를 뜬 뒤에도 까맣게 반짝이는 가죽 제복을 입은 그는 계속 자기 자리에 앉아 있었다. 죽은 채로 말이다. 교살된 것이었다. 일이 벌어지는 동안 누구도 알아채지 못했다. 누구도 알아채고 싶어 하지 않았다.

"우리가 한 일은 아니에요."

누군가 말한다.

"알아."

단장이 대답한다.

"하지만 너희들도 보다시피, 그런 말이 무슨 소용이 있어?"

긴 침묵이 흐르고, 여자 목소리 하나가 중얼거린다.

"그래도 이런 일이 계속되지는 않을 거예요."

"계속될 거야."

단장이 말한다.

"우리가 종지부를 찍기 전까지는 말이야. 그게 문제야."

문제는 잠에서 깨어나는 거야.

"우리가 이렇게 손 놓고 있으면,"

단장이 말을 잇는다.

"계속 이런 식으로 갈 거야. 우리가 결심을 해야 돼. 우리는 싸우는 수밖에 없어. 우리는 싸우고 있는 사람들과 손을 잡아야 해."

어릿광대는 돌아서서, 발을 질질 끌며 더러운 물이 괸 곳을 그냥 지나 자기 캠핑카로 간다. 금방 지쳐 쓰러질 것 같은 피로가 갑자기 밀려온다. 그는 한참 동안 거울 앞에 앉아, 왼쪽 눈 아래 눈물이 그려져 있는, 밀가루처럼 하얀 자기 얼굴을 들여다본다. 그리고 분장을 지우기 시작한다. 분장 아래 또 다른 얼굴 하나가 드러난다. 그것은 너무도 비현실적이어서 아직 아무도 아닌 자의 얼굴, 그냥 그 무언가의 얼굴이다. 그것은 그에게도 아주 낯선, 항상 낯선, 그런 얼굴이다. 그는 잠시 지적인 얼굴, 아니 최소한 진지한 얼굴을 만들어 보려고 한다. 하지만 표정은 곧바로 원래의 휴지休止 상태로 돌아온다. 습관처럼 굳어 버린 예의 그 이상한 상태로 말이다. 그것은 바로 늙은 갓난아기의 얼굴이다.

내가 여기 있다는 게 놀라워. 하지만 더 놀라운 건, 내가 이렇게 늙어 버릴 수 있었다는 거야. 난 노력했어. 신사 숙녀 여러분, 난 내가 할 수 있는 것을 다 했다고. 나는 나 자신에게 말했지. 다른 모든 사람이 이 세상을 견뎌 내고 있다면, 게다가 그들에게 지워진 짐이 나보다 결코 가볍지만은 않다면……. 나는 내 평생을 두고 기다렸어. 그리고 깨어날 거란 기대 속에 늙어 버렸지. 내가 있는 곳을 와서 보라! 모두 저렇게 거침없이 사는 게 나는 부러워. 나에겐 거치적거리는 게 많아.

그가 옷을 갈아입는데, 모자를 쓰고 레인코트를 입은 단장이 노상 입에 물고 다니는 불 꺼진 시가 꽁초를 씹으며 들어온다. 기다란 채찍 끈을 짤막한 손잡이에 감은 무대용 채찍을 옆구리에 끼고 있다. 그는 모자를 벗어 화장대 위에 놓고, 그 옆에 나란히 채찍을 놓는다. 그리고 의자를 돌려 등받이를 가슴에 오게 해 말 타는 자세로 의자에 앉는다. 그건, 뭔가 중요한 말을 하겠다는 뜻이다. 어릿광대는 그대로 서서, 귀 기울여 듣는 것으로 보이려고 애쓴다.

"그게 말이다."

단장이 말한다.

"뭐가 문제인지는 너도 알 거다."

그는 그 작은 공간에서 누가 엿듣지나 않을까 걱정이 되는 듯 주위를 둘러본다.

어릿광대가 끄덕인다.

문제는 잠에서 깨어나는 거야.

"함께하는 거야."

단장이 목소리를 죽이고 말을 잇는다.

"이제 우리한테는 다른 어떤 방법도 남아 있지 않아. 다른 사람들은 모두 동의했어. 넌 어떻게 할 거야?"

어릿광대가 다시 끄덕인다.

단장이 그의 어깨를 잡고 가볍게 흔든다.

"잘 들어. 이제 네 공연 같은 건 문제가 아냐. 이 서커스 자체도 이젠 문제가 아냐. 그 모든 건 오늘 밤으로 다 끝났어. 그런 건 평상시에나 필요한 일이야.

또 다른 꿈을 위해 필요한 일이야.

"결정을 해."

시가 꽁초를 물고 있는 입이 말한다.

"우리 편이 될 건지, 아니면 우리 적이 될 건지, 뜨겁거나 차갑거나 둘 중에 하나야. 빠져나가려고 하는 놈은 배신자야. 모두의 배신자로 찍히는 거지."

꿈에서 빠져나가려고 하는 것은 금지되어 있지.

어릿광대가 세 번째로 끄덕인다.

"좋아."

단장의 걸걸한 목소리가 들린다.

"그럼, 이제 너에 대해선 마음을 놓도록 하지, 늙은 친구. 자정에 열리는 위원회 회의에서 보는 걸로 하자고. 늦으면 안 돼. 이봐, 듣고 있는 거야? 그 다음 일은 모두 거기서 알게 될 거야. 이게 주소야."

단장은 그의 손에 쪽지 하나를 건넨다.

"읽고 외운 다음, 불태워 버려! 누구든 절대 다른 사람 손에 들어가면 안 돼. 알았지?"

어릿광대가 끄덕이고 또 끄덕인다.

단장은 그의 뺨을 친근하게 톡톡 두드리고는 자기 모자를 들고 나간다. 채찍을 가져가는 걸 잊어버렸다. 어릿광대는 화장대 위에 놓인 그것을 바라보다가, 조심스럽게 집어 들고, 침대에 가서 눕는다. 그는 채찍 끈을 풀었다, 다시 감았다, 또다시 푼다.

결국 나는 무언가를 알고 있는 유일한 사람이 될 수는 없을 거야. 난 그렇게 똑똑한 사람도 아니니까. 사람들은 무엇인가에 대해 아무 말하지 않으면 그냥 생각이 같은 걸로 치부하지.

아니면 모두 정말 그렇게 생각해서일까? 모두 정말 이 꿈이 마음에 드는 걸까?

어릿광대가 일어나 낡은 코트를 걸치고, 긴 목도리를 목에 감은 뒤 모자를 쓴다. 그리고 다시 한 번 주소를 살펴보고, 쪽지를 재떨이에 놓고 태워 버린다. 작은 불꽃이 혀를 날름거리다가 꺼진다.

바깥, 캠핑카들이 서 있는 광장 뒤편에서부터 사람들 발에 짓밟힌 작은 풀밭이 시작된다. 그는 거기서 동료 한 무리를 만난다. 모두 말 없이 같은 방향을 보고 있다. 그는 무슨 일이 있는지 보려고 다가간다.

조금 떨어진 곳, 시내로 통하는 불 켜진 도로가 시작되는 곳에서 검은 제복 입은 군사 경찰관 몇 명이 한 스무 명 정도 되는 남자와 여자를 등 뒤로 손을 결박한 채 앞세워 몰고 있다. 체포되는 사람 가운데 누구 하나 반항하지 않는데도, 제복들은 그들을 곤봉으로 연신 후려갈긴다.

깨어나려고 바라기만 해도 범죄라고 했지.

"저 꼴을 봐야 돼?"

어릿광대 앞에 서 있던 여자 곡예사 하나가 이를 간다.

"방관만 할 수는 없어."

그 옆에 서 있던 그녀 파트너가 그녀를 잡으려고 하지

만, 그녀는 뿌리치고 체포되는 무리에게로 달려간다. 그녀는 여전히 공연 의상을 입고, 어깨 위에 코트 하나만 걸치고 있을 뿐이다. 그녀는 제복들 주위를 몇 차례 빙빙 돌면서, 할 수 있는 모든 도발적인 행동을 감행하고 그 얼굴들을 향해 욕설을 퍼붓는다. 그러다 그녀는 자기 코트를 잃어버린다. 군사 경찰관들은 그녀를 거들떠보지도 않는다. 대신 체포되는 사람 가운데 하나가 죽은 것처럼 갑자기 바닥에 쓰러지자, 제복 하나가 달려들어 장화 발로 옆구리를 걷어찬다. 그래도 소용이 없자, 이번에는 곤봉으로 인정사정없이 사람을 때린다. 체포되는 나머지 사람들은 멈춰 서 반쯤 잠든 창백한 얼굴로 그 광경을 바라본다.

여자 곡예사가 코트를 잃어버린 채, 서커스 단원 무리에게로 돌아온다.

"어떻게 좀 해 봐!"

그녀가 흥분해서 말까지 더듬는다.

"그렇게 바보처럼 서 있지만 말고, 어떻게 좀 해 보라고!"

나는 항상 노력했어. 신사 숙녀 여러분, 난 내가 할 수 있는 것을 다 했다고.

어릿광대가 사람들을 헤치고 앞으로 나간다. 그가 여자 곡예사의 뺨을 토닥이며 중얼거린다.

"내가 해 볼게."

놀란 시선들이 그에게 쏠린다. 여자 곡예사가 속삭인다.

"다들 들었어?"

곧 깨어날 거라면 무서울 게 뭐 있나. 나 역시 꿈에 지나지 않아. 우스꽝스럽고 종잡을 수 없는 게 바로 나라는 존재야.

그 사이, 다른 검은 제복 둘이 자동 소총을 옆구리에 끼고 캠핑카 사이에서 나타나 서커스 단원 무리에게로 다가온다. 어릿광대가 그들을 향해 나선다. 그들은 멈춰서 무기를 겨눈다. 그들의 얼굴은 어린아이 같고 약간 부어 있다. 마치 눈을 뜨고 자는 듯한 표정이다.

어릿광대는 코트 주머니에서 단장이 두고 간, 줄 감은 채찍을 꺼내 들고 그것으로 경례하듯 자기 모자 가장자리를 가볍게 친다. 제복 둘은 뭔가 이상하다 싶으면서도 채찍을 바라본다. 그리고 둘은 재빨리 시선을 교환하고 부동자세를 취한다.

"날 아는가?"

어릿광대가 명령하는 게 몸에 밴 듯 날카로운 말투로 묻는다.

또다시 둘은 뭐 좀 이상하지 않느냐는 시선을 주고받은 다음, 하나가 말한다.

"아닙니다. 모릅니다."

"날 잘 봐 두는 게 좋을 거다."

어릿광대가 계속 말한다.

"내 분명히 말해 두는데, 지금 너희들이 내 길을 가로막은 것에 대해선 나중에 반드시 책임을 물을 것이다. 저기서 무슨 일이 벌어지는지 봤나?"

"아닙니다. 보지 못했습니다."

이번엔 다른 군인이 말했다.

"대체 어떤 멍청한 놈이 여기 지휘관인가?"

어릿광대가 그들에게 호통을 친다.

"아무도 무슨 일이 일어났는지 모른단 말인가? 모두 제멋대로 노닥거리면서 왔다 갔다만 하고 있었단 말인가! 군기 빠진 놈들, 저쪽에 연행되는 사람들 보이나? 저들을 체포할 권한은 **나한테** 있다. 오로지 **나한테**만 있단 말이다. 그런데 저 바보 같은 놈들이 저렇게 설치는 바람에 중요한 작전을 망쳐 버렸다! 이런 제기랄! 여기가 무슨 도둑 잡기 놀이하는 덴 줄 아나? 이 한심한 놈들, 빨리 안 움직여? 저기 네놈들 동료에게 가서 전해라. 저 죄수들을 즉각 풀어 주라고 전하란 말이다. 알아들었나?"

"예, 알겠습니다."

첫 번째 검은 제복이 말한다.

"저, 그런데 어떤 분 명령이라고 전하면 되겠습니까?"

"나라고 하잖나!"

어릿광대가 호통을 친다.

"저 염병할 바보들한테 가서 말해. 채찍 가진 사람이 명령했다고! 저놈들이 적어도 너희 두 놈보다는 덜 멍청하기를 바란다. 그렇지 않으면 저놈들도 죽었다 복창해야 할 거야. 뭘 꾸물거리고 있나? 빨리 움직이지 못해? 어서!"

제복 둘은 달리기 시작하지만, 별로 서두르는 기색은 없다. 얼떨떨해서 혼란에 빠져 있는 게 뚜렷하게 보인다. 체포되는 사람들과 감시하는 사람들은 그 사이 어둠 속 어딘가로 사라져 버렸다. 어릿광대는 동료들 쪽을 돌아보지만, 그들 역시 있던 자리에 없다. 그는 광장에 혼자 서 있다.

그는 천천히 시내 방향으로 간다. 자정까지는 아직 시간이 많지만, 단장이 알려준 주소를 찾아야 한다. 그리고 그는 한심할 정도로 방향 감각이 없다. 그는 걷고 또 걷는다. 한 걸음, 한 걸음, 장님처럼 걷는다. 평생을 두고 걸어왔듯이 그가 걷는다.

누구나 평생을 두고 걷는 거야. 다음 순간 어떻게 될지 모르는 채, 다음 걸음이 계속 딱딱한 바닥을 밟게 될지, 아니면 쥐도 새도 모르게 텅 빈 공간으로 빨려 들어갈지 모르는 채 말이야. 이 세상은 닳고 닳아 가고 있어. 그래서 한 걸음 한 걸음

뗄 때마다 새로 결심을 해야 해.

그는 걷는 게 참 독특하다. 그래서 그가 무대에 나오면 그 걷는 모습만으로 관객들은 웃음을 터뜨린다. 그는 그냥 무대에 오르기만 하면 된다. 마치 세상 돌아가는 것을 관망이라도 하는 것처럼, 항상 조금씩 비틀거리며 왠지 머뭇거리는 듯, 그리고 한 걸음 나아갈 때마다 그 머뭇거림을 극복하려는 듯 걷는다. 말하자면 떼를 쓰면서 걷는 것 같은 모습이다. 머리 큰 어린아이처럼.

그가 걷고 있는 거리에는 자동차들이 뒤집혀 있다. 몇 대인가에는 아직 불기운이 조금 남아 있었다. 유리창들은 대부분 깨져 있고, 유리 조각이 그의 발 아래서 사각거린다. 죽어 있는 개를 넘어 걷다 보니, 배를 뒤집고 날개를 편 채 죽은 새가 기름 고인 곳에 떠 있는 게 보인다. 아마도 연기에 질식한 것 같다.

나라는 존재는 종잡을 수 없고 우스꽝스러워. 하지만 다른 것을 선택할 자유로운 결정권이 지금까지 한 번도 나에게 주어진 적이 없어. 인간에겐 현재 자신의 모습만 의미가 있지. 자유는 언제나 미래 속에만 있는 거야. 과거 속에는 자유가 더 이상 남아 있지 않아. 지나온 것과 다른 과거를 찾아낼 수 있는 사람은 아무도 없어. 일어난 일은 모두 일어날 만해서 일어난 거야. 나중에 보면 일어난 일은 모두 필연이지만, 일어나기 전까진 그 무엇도 필연이 아니지. 오로지 문제는 꿈에서 깨어나는 거야. 그럼에도 우리는 자유의 꽁무니만 쫓아서 달리고 있어. 다른 방법이 없기는 해. 하지만 자유는 신기루처럼 언제나 우리보다 한 발 앞에 있지. 언제나 다음 순간에 있고, 언제나 미래에 있어. 그리고 미래는 어두워. 우리 눈앞에 놓인 뚫고 나갈 수 없는 검은 벽이야. 아니, 미래는 우리 두 눈 가운데를 세로로 가르며 지나가고, 우리 머리를 가로로 가르며 지나가. 우리는 눈이 멀었어. 미래 앞에서 눈이 먼 거야. 우리는 우리 앞에 놓인 것을 결코 보려고 하지 않아. 우리는 코가 깨지기 전까지 결코 다음 1초를 보지 않지. 우리는 우리가 이미 본 것만 봐. 그러니까 그건 결국, 아무것도 보지 않는다는 얘기야. 아무것도.

어릿광대는 늘어서 있는 집들 가운데 어느 한 집으로 들어간다. 흐릿하게 불이 켜져 있다. 문들은 산산이 박살 나 있고, 집 안에는 의자가 나뒹굴고, 가구는 부서져 있으며, 곳곳에 불에 탄 자국이 있고, 커튼은 찢어져 있다. 테이블 하나를 둘러싸고 사람들이 앉아 있다. 그들은 이미 아주 오래전부터 여기 앉아 있었던 것 같다. 그들 사이에 거미줄이 쳐져 있기 때문이다. 그들의 얼굴은 미라처럼 바싹 말라 있고, 또 소리 내지 않고 크게 웃는 것처럼, 이를 드러내거나 입을 쩍 벌리고 있다. 어릿광대는 그들 가운데 비쩍 마른 젊은 남자 하나가 양팔에 얼굴을 묻은 채 자고 있는 것을 본다. 테이블에 뽀얗게 앉은 먼지 위에 숫자들이, 그것도 아주 많은 숫자들이 쓰여 있다. 청년은 아이처럼 잠을 자고, 어릿광대는 그를 깨우지 않으려고 조용히 밖으로 나온다.

나와 보니 집의 뒤뜰이다. 그는 부서진 돌담을 넘는다. 아니나 다를까, 예상한 대로, 막막하게 길을 잃고 만다. 그렇지만 크게 걱정하지는 않는다.

이리저리 좀 헤매다 어느 순간 그는 불이 환하게 켜져 있는 큰 광장에 서게 된다. 불은 어느 한 백화점의 쇼윈도에 켜져 있는 조명이다.

어릿광대는 쇼윈도를 하나씩 들여다보며 걷는다. 모두 비어 있다. 모퉁이를 돌자, 그제야 사람들이 모여 있는 게 보인다. 한 유리창 앞에 몰려 서서 무언가를 꼼짝도 않고 들여다보고 있는 사람들 가운데엔 검은 제복 입은 사람도 여럿 있다. 확실치는 않지만, 아까 자기한테 욕을 먹은 두 사람도 섞여 있는 것처럼 보인다. 그리고 체포된 희생자들과 그들을 연행하던 사람들도 있다. 그들은 이제 상대방에 대해선 서로 별 관심이 없고, 쇼윈도 안에 보이는 것에 대해 정신들이 팔려 있다.

어릿광대는 발돋움을 해 그들 머리 너머를 본다. 커다란 유리창 뒤에는 긴 집게가 달리고 반짝거리는 수천 개의 작은 다리로 기어다니는 갑각류의 벌레들, 손바닥 크기만 한 쥐며느리들, 장화처럼 까맣고 살찐 딱정벌레들 그리고 거대한 독충이 바글거리고 있다. 이 우글거리는 벌레들 위쪽 높은 곳에 매끄럽게 광택을 낸 커다란 쇠공 하나가 공중에 떠 있다. 그냥 보기에, 그 공은 매달아 고정하는 장치나 끈 같은 건 전혀 없이 혼자 공중에 떠서 어떤 때는 천천히, 어떤 때는 소용돌이치듯 빨리 사방으로 돌고 있다. 이 공 위에는 쥐 한 마리가 앉아 있는데, 그 쥐는 거의 개에 맞먹을 정도로 엄청나게 크다. 쥐는 공에서 떨어지지 않기 위해, 공이 도는 방향과 매번 반대로 날쌔게 달리고 또 달린다. 저놈이 이런 가혹한 상황에서 저 짓을 얼마나 오래하고 있는 건지 아무도 모른다. 쥐는 기진맥진한 것처럼 보인다. 털이 온통 식은땀에 젖어 뒤엉켜 있고, 입은 길고 노란 이빨이 보일 정도로 반쯤 열려 있으며, 숨은 턱밑까지 차올라 있다. 이제 오래 버티기는 힘들어 보이고, 당장에라도 공에서 미끄러져, 소름 끼치는 벌레들이 바글거리는 바닥으로 떨어질 것만 같다. 밑에서는 벌레들이 벌써 수천의 촉수와 집게를 곤두세우고 쥐가 떨어지기만 침을 흘리며 기다리고 있다.

그러니까 바로 이 광경이 사람들을 유리창 앞으로 끌어 모은 것이다.

지옥이란 절대 끝나지 않는 악몽이야. 그런데 난 어쩌다가 이 악몽에 빠지게 되었을까? 이제 그만 어지간히 하고 잠에서 깨어나려면 난 대체 무엇을 해야 하나?

어릿광대가 둘러선 사람들의 얼굴을 바라본다. 모두 눈은 뜨고 있지만 잠자는 사람처럼 멍하다. 몇몇은 아예 입까지 벌리고 있다. 이렇게 가까이서 뚫어지게 보는 사람이 있는데도 누구 하나 어릿광대를 거들떠보지 않는다. 그들은 자기들끼리도 상대방의 존재를 까맣게 잊고 있다. 그리고 그는 알고 있다. 설령 자기가 길을 묻는다 해도, 이 살아 있는 인형 중 그 누구도 입도 뻥긋하지 않으리란 것을 말이다. 하긴 그렇게 해서도 안 된다. 어차피 주소를 입 밖에 내서는 안 되는 것이다. 무슨 일이 있어도.

너에게 물을게. 네가 누구든, 나에 대해 꿈꾸고 있는 너에게 말이야. 난 알아. 무슨 수를 써도 난 널 당해 낼 수 없다는 거. 나보단 네가 더 강하잖아. 그러니까 어디든 네 마음대로 날 데려가. 하지만 잊지 말아. 이젠 날 속이지 말아 줘.

어떻게 했는지는 모르지만, 잠시 후 어릿광대는 단장이 적어 준 그 건물 근처로 와 있다. 그것은 전부터 알고 있던, 서커스 단원용 작은 펜션이다. 거리에는 죽은 사람들이 쇼윈도의 마네킹처럼 몸이 딱딱하게 굳고 뼈마디가 희한하게 빠져 덜렁거리는 상태로 널려 있다. 그 사이사이 잘린 팔다리와 모자 쓴 머리, 넥타이 맨 목 같은 것도 뒹굴고 있다.

어릿광대가 펜션이 있는 길로 접어들자마자, 멀리 있는 펜션에 사람들이 넘쳐 파도처럼 밀려들었다 물러났다 하는 게 보인다. 그 파도는 펜션 현관문 앞으로 몰렸다가 다시 부서져 흩어진다. 하지만 이 모든 것이 소리 하나 없이 천천히 이루어지고 있다. 그 가운데는 검은 제복 입은 사람이 많고, 기다란 가죽 코트를 입은 사람도 있다. 모두 서로 닥치는 대로 죽을힘을 다해 후려갈기고 있는 것 같다. 그런데 그들의 동작이 느린 탓에 전체적으로 무슨 유령들의 의식처럼 보인다. 저마다 춤추듯 팔을 크게 휘두르면서 주먹으로, 또는 손에 들고 있는 것으로 바로 옆에 있는 사람의 얼굴을 때린다. 이런 상황에서 통상적으로 나는 '헉헉' 하는 답답한 숨소리와 때릴 때 나는 '짝' 하고 '턱' 하는 소리 말고는 아무것도 들리지 않는다.

어릿광대는 얼른 몸을 돌려, 코트 깃을 세워 얼굴을 가린다. 때리고 있던 사람 가운데 하나가 어느새 그를 발견하고 손가락으로 가리키고 있기 때문이다. 다른 사람들도 부어오른 냉담한 얼굴을 이쪽으로 돌렸고, 이어 한 열두 명 정도 되는 사람이 거의 날다시피 큰 걸음으로 그를 향해 다가온다. 어릿광대는 잽싸게 모퉁이를 돌아, 어느 어두운 골목으로 들어간다. 그리고 다음 골목으로, 다시 다른 골목으로 계속 몸을 숨긴다. 그가 달리면서 뒤를 돌아보니, 따라오는 사람이 더 이상 보이지 않는다. 그들을 따돌린 것 같다.

달아나도 의미가 없어. 달아나 봐야 숨을 곳이 없으니까. 여기서 일어나는 일은 어디서나 일어나지. 언제나 일어난다고. 달아나는 놈은 오히려 제대로 덫에 걸리게 돼.

그는 캄캄한 골목을 몇 개 더 지난 다음, 침침하게 불이 켜진 어느 술집 입구를 발견한다. 보기에 맥주홀 같다. 입구에는 유달리 큰 회전문이 하나 있고, 문 앞과 문 안에서 술 취한 사람 몇 명이 이리저리 비틀거리고 있다. 다가가서 그들을 본 어릿광대는, 저들이 정말 술 취한 사람인지 헷갈린다. 모두 장님인 척하며 눈을 감고, 손을 뻗고 있기 때문이다. 어쩌면 몽유병자거나, 달만 뜨면 정신이 이상해지는 사람인지도 모른다. 어릿광대가 그들 중 한 사람에게 작은 소리로 말을 걸자, 대답은 하지 않고 팔을 앞으로 뻗은 채 계속해서 이리 비틀 저리 비틀하는 것만 봐도 그렇다. 어쩌면 그러는 척하는 걸 수도 있고, 어쩌면 아닐 수도 있다. 아무튼 어릿광대는 펜션으로 돌아갈 수 있을 때까지 이 술집에 들어가서 기다리기로 마음먹는다. 그가 회전문을 몸으로 밀었다.

술집은 지하에 있는데, 그는 계단이 있는 것을 모르고 가다가 몇 계단 아래로 구른다. 고무호스처럼 길게 뻗은 공간이 눈 앞에 있고 어두컴컴하고 연기가 자욱해 뒤로 갈수록 가물가물해진다. 천장에는 조도가 낮은 벌거벗은 전구 몇 개만이 달려서 흐릿한 빛을 내고 있다. 맨 뒤쪽 왼쪽 구석에는 바닥이 높고, 나무 난간으로 둘러싸여 있는 교회의 성가대석 같은 곳이 있다. 술집의 테이블은, 성가대석 하나만 빼고 모두 꽉 차 있다. 반쯤 마신 맥주잔, 뒤집어진 재떨이, 음식 찌꺼기 같은 것들로 테이블이 뒤덮여 있다. 손님들은 나란히 빽빽하게 앉아 있는데, 많은 사람이 양팔에 얼굴을 묻고 있고, 또 몇몇은 팔을 테이블 아래로 덜렁덜렁 늘어뜨린 채, 흘린 맥주가 고인 곳에 뺨을 대고 있다. 모두 입을 벌린 채 자고 있다. 숨 쉬는 소리, 입맛 다시는 소리, 코 고는 소리가 악취 나는 공기를 채우고 있다. 때때로 자고 있는 사람 가운데 하나가 부스스 몸을 뒤틀며, 머리를 반대로 돌리고, 잠 좀 제대로 편하게 잤으면 좋겠다는 듯이 한숨을 쉰다.

어릿광대는 저 뒤편 성가대석에 딱 하나 비어 있는 테이블로 가기 위해, 사람들이 뻗은 다리를 넘으며, 테이블 사이로 길을 찾는다. 어떻게 해서 나무 난간 앞까지는 왔는데, 아무리 찾아보아도 입구라고 할 만한 터진 곳도 없고, 위로 올라가는 계단도 없다. 그래서 그는 자는 사람들을 건드리지 않으려고 조심하면서, 가장 가까이에 있는 테이블 위로 기어올라가 그것을 발판 삼아 난간을 넘는다. 한숨을 쉬며 한 의자에 앉아 턱을 주먹 위에 괴고 기다린다.

저들은 꿈속에서 꿈을 꾸고 있어. 저들은 또 하나의 다른 꿈속에 있는 거라고. 저들을 깨워선 안 돼. 나도 저들처럼 잘 수 있으면 좋으련만.

"이봐, 내 말 안 들려?"

짜증 난 목소리가 나직하게 묻는다.

어릿광대는 뜨끔한다. 아까부터 누군가 목소리를 죽여 자기에게 말을 걸고 있다는 것을 이제야 비로소 느낀다. 단장이다.

"아 예, 그럼요."

어릿광대가 중얼거린다.

"잘 듣고 있습니다."

그는 몽롱한 기억 속에서 자기가 들은 이런저런 말들을 건져 낸다. 어느 배신자가 군사 경찰에 밀고를 했는지, 펜션이 봉쇄되는 바람에 위원회 회의 장소가 마지막 순간 이쪽으로 옮겨졌다는 등의 말이 들린 것이 이제 떠오른다.

"별로 놀라는 것 같지 않군."

단장이 말하고, 어릿광대를 의심스러운 눈초리로 옆에서 뜯어본다.

"누가 배신자일 것 같은지 뭐 짐작 가는 거라도 있

어?"

어릿광대는 고개를 흔든다.

"그럼 넌 우리가 여기 있다는 걸 대체 어떻게 알았는데?"

단장이 계속 탐문하며, 불 꺼진 시가 꽁초를 씹는다.

"아니면 순전히 우연만으로 이곳에 왔다는 거야?"

광대가 끄덕인다.

"우연이 너무 많이 겹쳤다는 생각이 들지 않아?"

단장이 묻는다.

어릿광대가 우울하게 끄덕인다. 그리고 의자에 앉은 채 고개를 돌려 큰 소리로 말한다.

"여기 서비스가 왜 이 모양이야! 주문 한 번 하려면 대체 얼마를 더 기다려야 하는 거야?"

"쉿, 조용히 해!"

단장이 갑자기 숨이 막힌 목소리를 내지르며, 어릿광대의 입을 막는다. 그가 다시 입에서 손을 치우자 어릿광대가 묻는다.

"왜요?"

단장이 뒤로 기댄다.

"잘 들어. 너에 대한 책임은 내가 지게 되어 있어. 내가 네 보증인이라고. 그런데 우리 가운데 몇 사람은 너밖에 배신할 사람이 없다고 확신하고 있단 말이야. 내가 그 사람들한테 그랬어. 네가 그런 비열한 짓을 했을 리 없다고. 넌 이 상황을 어떻게 생각해?"

어릿광대는 자기 코트 주머니에서 단장의 채찍을 꺼내 단장 앞에 내려 놓는다.

"여기 있습니다."

그가 말한다.

"잊고 가신 겁니다."

단장은 시가 꽁초를 입술 사이에서 이리저리 굴린다.

"고마워, 늙은 친구. 하지만 이젠 더 이상 필요 없어."

그는 눈을 가늘게 뜨고 어릿광대를 다시 뜯어본다.

"네가 검은 제복들에게 무슨 말을 했는지 아무도 듣지 못했단 말이야. 우리 가운데엔 그걸 알고 싶어 하는 사람들이 있다고. 대체 무슨 말을 한 거야?"

"너희 동료한테 가서 죄수들을 풀어 주라는 말을 전하라고 명령했어요."

"그런 말을 했다고? 그래서 그놈들이 뭐라고 했는데?"

"명령대로 했어요. 내가 들고 있는 채찍을 봤거든요."

단장은 시가 꽁초에 불을 붙인 다음, 눈을 감고 두세 모금 빤다. 그리고 결심한 듯, 어릿광대의 말을 믿는다는 의미로 무릎을 툭툭 치고는 빙긋이 웃는다.

"난 널 믿어. 널 하루 이틀 안 것도 아니고, 널 믿는다고. 모든 게 잘 정리될 거야. 일단 나한테 맡겨 두라고,

늙은 친구."

그가 몸을 앞으로 숙이고, 어릿광대의 눈을 뚫어지게 들여다본다.

"이봐, 어때, 내가 지금 바로 연설을 시작하는 게 좋지 않겠어?"

어릿광대가 자고 있는 사람들을 둘러보고 끄덕인다.

저들을 깨우면 안 되는데. 저들은 지금 또 하나의 다른 꿈속에 있단 말이야. 어쩌면 저들이 꿈꾸는 것이 바로 이 세계인지도 모르지.

"그러시죠."

그가 말한다.

"지금이 적당한 때네요."

단장이 일어나 난간 쪽으로 간다. 하지만 그러다 한 번 더 망설이는 듯, 어릿광대 쪽으로 돌아선다.

"하지만 아무래도 주인한테 먼저 물어봐야겠어. 그 사람도 우리 편이긴 하지만, 그래도 그의 양해를 구하는 게 순서인 것 같아. 어쨌거나 여기는 그 사람 가게니까 말이야."

"뭐, 그게 좋겠죠."

어릿광대가 말했다.

단장은 난간을 잡고 넘어가려고 한다. 이미 난간 위에 말 타는 자세로 앉은 그는 다시 한 번 그 자세로 멈추더니, 어릿광대에게 속삭인다.

"이봐, 네가 소개하는 말 몇 마디 먼저 하고 있으면 어떨까? 무슨 말인지 알지? 거 왜, 청중들 분위기를 띄우는 그런 거 있잖아. 그러고 있으면 내가 바로 돌아와 말을 넘겨받을 테니까."

어릿광대가 힘없이 끄덕인다.

"내가 그런 거 잘 못하는 거 아시잖아요. 오히려 모든 걸 엉망으로 만들어 버릴지도 몰라요."

"제발 정신 좀 차려!"

단장이 으르렁거리며 혀를 찬다.

"왜 이렇게 말귀를 못 알아들어? 내가 너한테 기회를 주는 거란 말이야. 어쩌면 이게 마지막인지도 몰라."

"대체 무슨 얘기를 하라고요?"

"그냥 네가 하고 싶은 얘기를 하면 돼."

단장은 바닥으로 뛰어내려 두 손으로 난간을 잡고, 그 사이로 어릿광대를 올려다보며 말한다.

"다시 한 번 말하지만, 사람들 분위기를 확 띄우는 게 중요해. 그게 중요한 문제라고."

문제는 잠에서 깨어나는 거야. 그게 유일하게 중요한 문제라고.

단장이 테이블 사이로 길을 내며, 그 기다란 공간의 측면 벽에 나 있는 문으로 향하는 모습을 어릿광대가 눈으로 뒤쫓는다. 거기서 단장은 다시 한 번 몸을 돌리고, 손짓으로 독촉하는 신호를 보낸다. 그가 문을 열자, 웅성거리는 소리가 잠깐 들려온다. 거기엔 여자 목소리도 섞여 있고, 말다툼이라도 하고 있는지, 한껏 흥분해 있다. 아마도 그곳은 주방 입구 같았다.

나는 말하고 싶지 않아. 억지로 해야 하는 말 같은 건 절대 다시 하고 싶지 않다고. 난 더 이상 할 말이 없어.

어릿광대는 날쌔게 난간을 넘어, 아래에 있는 한 기다란 테이블 위로 내려선다. 그리고 자고 있는 사람들을 건드리지 않으려고 조심하면서 사람들 머리와 맥주잔 사이사이를 달려 테이블 끝으로 간다. 슬쩍 달아날 작정인 것이다.

달아나도 소용없어. 달아나 봐야 숨을 곳이 없으니까.

어릿광대가 막 바닥으로 내려서려고 할 때, 다시 한 번 주방 문이 열리고, 단장이 고개를 내민다.

"시작했어?"

"아직요."

어릿광대가 낙심해서 대답한다.

"이제 막 하려고요."

"빨리 해."

단장이 말한다.

"너만 믿어."

그의 머리가 사라졌다.

어릿광대가 몸을 일으킨다. 그는 테이블 위에 서서, 사방을 둘러보고 시를 암송해야 하는 학생처럼 뒷짐을 진다.

친애하는 관객 여러분, 그리고 꿈꾸는 여러분!

이제부터 보여 드릴 공연은 이 세상에 딱 한 번뿐인 공연으로, 극도의 집중력이 요구됩니다. 그러므로 완벽하게 정숙을 유지할 것과 계속 북을 두드려 줄 것을 부탁합니다. 지금은 진실의 순간입니다. 하지만 솔직히 말해서, 나는 '순간'이 무엇인지 모릅니다. 그리고 진실에 대해서도 아무것도 모릅니다. 또 내가 누구를 '나'라고 부르고 있는지 전혀 모릅니다.

여러분이 세상이라고 부르고 있는 이 꿈속으로 내가 들어왔을 때, 이 꿈은 좋지 않았습니다. 그리고 항상 좋지 않은 상태로 있습니다. 아니, 더 나빠졌습니다. 나는 기억력이 좋지 않아서 여러분에게 세세한 것을 다 설명할 수는 없습니다. 나는 항상 모든 걸 잊어버립니다. 나는 생각했습니다. 내가 흘러들어 온 이 꿈, 이 세상은 거꾸로 된 꿈이고 거꾸로 된 세상이라고 말입니다. 아니 어쩌면 나야말로 이 세상, 이 꿈에서 거꾸로 된 존재였는지도 모릅니다. 사람들은 나를 심하게 구타하고 가뒀습니다. 사람들은 날 칭찬하고 많은 돈을 주기도 했습니다. 나는 언제나 같은 사람이었고, 같은 일을 했는데 말입니다. 그래서 나는 여러분을 웃기고 울리는 일에 몰두해 왔습니다. 그것이 내가 할 수 있는 일이었습니다.

어릿광대는 무언가 자기 얘기를 방해하는 느낌을 받는다. 펠트 느낌이 나는 두꺼운 종이로 만든 맥주잔 받침이 날아와 몸에 맞았기 때문이다. 분명 누군가 장난으로 자신을 표적 삼아 일부러 던진 것 같았다. 그가 장난친 사람을 찾으려고 몸을 돌리자, 조금 전까지 단장과 함께 앉아 있던 그 성가대석에 운동선수처럼 몸집이 크고 다부진 대머리 사내 하나가 있는 게 보인다. 그런데 이 친구, 단순 무식하게 히죽거리면서 동그란 펠트 받침을 그에게 계속 던진다. 녹색 앞치마를 두르고 있는 것으로 보아, 이 술집 웨이터인 게 분명했다. 어릿광대는 저 근육맨이 무슨 악의를 갖고 이러는 건 아니라고 생각하고 지금은 중요한 얘기를 하는 중이니 이제 장난을 그만하라는 뜻으로 손을 흔들어 달랜다. 그러면서 그는 저 미련한 인간을 자극하지 않기 위해 친근한 미소를 지어 보인다. 그런데도 이놈이 실실 쪼개면서 계속 성가시게 구는 바람에, 어릿광대는 멀찍이 떨어져 있는 다른 테이블로 건너간다.

이제 그만 어지간히 하고 잠에서 깨어나기를 나는 기다리고 또 기다렸습니다. 하지만 나는 깰 수 없습니다. 두꺼운 얼음 밑으로 흘러 들어가 헤엄치는 사람처럼, 나는 떠오를 수 있는 곳을 찾습니다. 하지만 그런 곳이 하나도 없습니다! 평생

동안 나는 숨을 멈추고 헤엄만 치고 있습니다. 여러분은 대체 어떻게 그럴 수 있는지 난 정말 모르겠습니다.

어릿광대는 맥주잔 받침 몇 개가 또다시 자신을 향해 정확하게 날아오자, 몸을 굽혀 피한다. 그러나 몇 개의 투척 탄환을 다시 얻어맞은 다음엔, 이제 그도 테이블에 놓여 있는 흠뻑 젖은 두꺼운 종이 받침 하나를 집어 든다. 그리고 물론 얼굴로는 계속 미소를 보내면서, 저 단순 무식한 놈이 이제 이걸로 만족하기를 바라면서, 그리고 이 정도로 이 미련한 장난을 끝낼 생각이 들기를 바라면서 웨이터를 향해 날린다. 그러자 정말로 웨이터는 놀라서 더 던지지 않는다. 어릿광대는 이제 그만 단장이 돌아와 이 상황을 넘겨받기를 바라면서 사방을 둘러본다. 그러나 그의 모습은 여전히 어디에도 보이지 않는다.

아니면 꿈꾸는 사람은, 자신이 우리 전부를 꿈꾸고 있을 뿐이라는 것을 아예 모르는 걸까요? 꿈꾸는 사람의 꿈속에 있는 내게 이제 그만 그가 깨어나도록 알릴 방법은 없는 걸까요? 신사 숙녀 여러분, 하나만 설명해 주십시오. 꿈꾸는 사람이 깨면 그 꿈은 어떻게 되는지 말입니다. 아무것도 아닌 게 된다고요? 그러면 꿈꾸던 사람은 더 이상 아무것도 아닌 게 될까요? 암튼 나는 여기서 빠져나가고 싶습니다. 정말입니다! 내가 이곳에 있는 꿈 같은 건 더 이상 꾸고 싶지 않습니다. 그리고 어디서 어떻게 굴러먹었는지도 모르는 자가 내 꿈을 꾸는 것도 더 이상 바라지 않습니다. 아니면 우리 모두 서로서로 꿈을 꿔 주고 있는 걸까요? 이 세상은 꿈이라는 날줄과 씨줄로 짠 하나의 편물일까요? 아니면, 이 세상은 밑도 없고 끝도 없는 꿈의 덤불일까요? 우리는 모두, 그 누구도 꿈꾸지 않은 단 하나의 꿈일까요?

그 순간 맥주잔이 날아와 어릿광대의 머리를 아슬아슬하게 스치고 지나가 그 뒤에 있는 벽에 맞고 '퍽' 하며 박살이 난다. 웨이터가 던졌을 리는 없다. 아주 다른 방향에서 날아왔기 때문이다. 그렇다고 잠들어 있는 사람들 가운데 누구 하나 움직이는 게 보인 것 같지도 않다. 손을 눈 위에 대고 이리저리 살피는 동안, 다른 방향에서 다시 병 하나가 그를 향해 날아와 아주 간신히 피한다. 그러더니 사방팔방에서 병, 맥주잔, 자기瓷器 재떨이, 그리고 온갖 물건들이 멋대로 날아와, 그 투척 탄환들이 말 그대로 우박처럼 그의 주변에 쏟아진다. 그는 팔로 머리를 감싸 보호하면서 몸을 숙인다. 하지만 그 때문에 시야가 가려져, 이제는 요령 있게 피할 수가 없다. 그러다 결국 등과 어깨와 팔을 몇 차례 정통으로 얻어맞고 참을 수 없는 통증을 느낀다.

날아오는 기세가 점점 거세져 조금 지나서는 비스듬히 맞는 탄환처럼 '핑핑' 하는 날카로운 소리를 내며 공기를 가르고, 어릿광대는 테이블에서 뛰어내리는 게 상책이라고 판단한다. 그는 몸이 밖으로 드러나지 않도록 조심하면서 여전히 미동도 없이 잠들어 있는 사람들 다리 사이를 네 발로 기어 주방 문을 향해 간다. 마침내 그가 주방문에 다다랐으나, 문은 열리지 않는다. 문이 잠겨 있는 것이 아니라 반대쪽에서 무거운 가구 같은 걸로 막아 놓은 것 같다. 그가 손잡이를 흔들고 주먹으로 문을 내리쳐 보지만, 날아오는 것들의 시끄러운 소리 때문에 거의 들리지 않는다. 그는 이제 얼마 남지 않은 힘을 모조리 쥐어짜 문을 밀어 본다. 하지만 꼼짝도 않는다. 그는 일어서서 홀을 돌아본다. 이젠 웨이터 녀석도 보이지 않는다. 아마 그도 이 폭격을 피해 안전한 곳으로 갔는지 모른다. 그리하여 어릿광대는, 잠자는 사람들로 이루어진 군대와 그들과의 전투만이 남은 그곳에 홀로 남겨진다.

하지만 지금 여러분이 공통으로 날 꿈꾸고 있다면, 그리고 처음부터 여러분 모두 함께 날 꿈꾸고 있었다면, 또 그리고 내가 친애하는 관객 여러분에게 꿈 이외의 다른 그 무엇도 아니었다면, 여러분에게 부탁합니다. 나의 사랑하는 꿈꾸는 분들이여, 정말 진심으로 부탁합니다. 이제 날 놓아 주십시오! 이제부터 좀 다른 꿈을 꾸어 주십시오. 나에 대한 꿈은 더 이상 꾸지 마십시오! 난 더 이상 어떻게 할 수가 없습니다. 여러분에게 잠에서 깨어나라는 요구 따윈 하지 않겠습니다. 나는 신경 쓰지 말고 계속 주무십시오. 여러분이 원하는 만큼 실컷,

그리고 푹 주무십시오. 하지만 나를 꿈꾸는 것은 이제 그만하십시오! 그동안 날 즐길 만큼 즐겼으니 이제 제발 날 가게 해 주십시오!

그 순간 돌덩이 같은 맥주 조끼 하나가 탄착점에서 제대로 터지는 수류탄처럼 그의 이마에 정확하게 맞아 산산조각 난다. 어릿광대의 늙은 갓난아기 같은 창백한 얼굴이 순식간에 피로 붉게 물들면서, 더없이 깊은 놀라움과 완전한 깨달음이 담긴 표정이 된다. 그는 마침내 모든 걸 이해했다는 듯 미소 짓는다. 그는 평소 공연 때 관객의 박수갈채에 답례하듯 팔을 우아하게 벌리는 동작을 취하고는, 밀랍 인형처럼 몸이 굳어 파편으로 뒤덮인 마룻바닥으로 푹 고꾸라지고 만다.

30

어느 겨울 저녁, 끝없이 펼쳐진 눈 덮인 평원 위에 차가운 담홍색 하늘이 넓게 펼쳐져 있다. 이 평원 한가운데 폐허가 된 구조물이 하나 솟아 있다. 두꺼운 석벽의 잔해다. 거기에 문이 하나 달려 있다. 닫혀 있는 이 문은 아주 흔한 현관문으로, 풋사과 색 페인트가 칠해져 있다. 문패는 없다. 문까지는 세 단짜리 닳아 빠진 돌계단이 있다. 돌계단 앞에 쌓인 눈은 사람 발에 다져져서 미끌미끌하다. 보초병 둘이 마주 보고 흔들거리는 진자振子처럼 끊임없이 왔다 갔다 하고 있기 때문이다. 두 사람의 움직임은 일종의 발레 동작을 연상케 한다. 느린 템포로 꼿꼿이 걷다가 잠시 멈추고, 그러다 급하게 발을 구르며 가다가, 또 잠시 멈추고, 갑자기 방향을 바꾸어

서둘러 종종걸음 치고, 또다시 느린 템포로 꼿꼿이 걷는 그 동작들은 하나의 복잡한 의식儀式 같다. 이 사내들의 제복은 까맣게 반짝였다. 헬멧과 손목 부분이 밖으로 젖혀진 장갑까지도 그렇다. 두 사람은 자동 소총을 언제라도 쏠 수 있게 옆구리에 끼고 있다. 그들은 엇갈려 지날 때마다 절도 있는 동작으로 무기를 교환한다. 또 무기를 교환하면서 낮은 목소리로 한두 마디 말도 주고받는다. 하늘에는 까맣고 커다란 새 떼가 원을 그리고 있다. 소리도 없이.

"갈까마귀다!"

보초병 하나가 말하고, 눈으로 위를 가리킨다.

"대체 이런 데서 뭘 찾는 거지? 무슨 의미가 있는 건 아닐까?"

"멈춰 서지 마!"

다른 사람이 중얼거린다.

"누가 보기라도 하면 어쩌려고……. 그리고 저건 까마귀야.

그리고 그 다음에 엇갈려 지나면서 말한다.

"저놈들은 절대 내려오지 않아. 계속 공중에만 머문다고. 밤이나 낮이나. 어떻게 그럴 수 있지? 그리고 다시 말하는데 저건 갈까마귀야."

두 사람은 엇갈려 지나가고, 몸을 돌려 돌아오고, 다

시 만나 무기를 교환한다.

“까마귀라니까!”

두 번째 군인이 악다문 이 틈으로 말을 흘려보낸다. 그 말은 작은 구름처럼 그의 입에서 날아 나온다.

“내가 저놈을 그냥 한번 쏴서 맞춘 적이 있거든. 아, 그놈 눈이 말이야, 정말 거짓말 안 보태고 손전등만 하더라니까.”

“그래서,”

첫 번째가 묻는다.

“무서워?”

그 다음 만났을 때 두 번째가 되묻는다.

“그럼 너는?”

첫 번째는 어깨를 으쓱해 보일 뿐이다.

그들은 말을 주고받지 않고 두어 차례 오간다.

“속 시원히 알 수만 있어도 좋을 텐데.”

첫 번째 보초병이 다시 시작한다.

“무엇 때문에 우리가 여기서 원숭이처럼 춤추는 이 짓을 해야 하는지 말이야.”

두 번째가 흘러내리는 콧물 속의 덩어리를 다시 빨아들인다.

“문을 지키는 거잖아. 뭐, 그런 바보 같은 질문을 해.”

“그러니까 왜냐고? 아무도 나오지 못하게 하려고?”

"당연하지. 황소대가리 말이야. 너도 잘 알면서 왜 그래? 위험하잖아."

"저 안에? 대체 어디에? 저 문 뒤에?"

중단한다. 엇갈린다. 발을 구른다. 돌아온다.

"지금까지 저 문에서 누구 하나 나온 적 있어?"

"없었지. 그놈이 모두 먹어 치우니까."

그리고 두 번째 보초병이 삐딱하게 히죽거리며 덧붙인다.

"괴물이야."

무기를 교환하면서 첫 번째가 중얼거린다.

"그러니까 안으로 들어가면 절대 다시 못 나온다는 거 아냐. 이 문은 항상 어딘가 다른 곳으로 통하지. 단, 들어간 곳으로는 나올 수 없는 문이야."

"거 봐."

두 번째가 떨어져 가며 만족해서 말한다.

"내 말이 바로 그 말이야. 저기서 아무도 나오지 않는다는 거."

그들이 돌아서고, 다시 만난다.

"그러니까 왜,"

첫 번째가 끈질기게 묻는다.

"우리가 문을 지키는 거냐고?"

"아이고, 인간아……."

다른 사내가 참지 못하고 말한다.

"모르긴 해도, 아무도 들어가지 못하게 하기 위해서인지도 몰라."

"들어가려는 놈이 있기는 하고?"

"자기가 좋아서 들어가는 놈은 분명 없지. 목숨을 걸어야 하니까."

엇갈린다. 돌아온다. 무기를 교환한다.

첫 번째가 한 우물을 판다.

"그러니까 아무도 들어가려 하지 않는다고?"

"난 억만금을 준다고 해도 들어가지 않아."

"그럼, 지금까지 한 사람도 들어가지 않았다고?"

"몰라. 예전엔 있었는지도 모르지. 내가 오기 전에 말이야. 하지만 내 기억엔 없어."

"그러면 무엇 때문에 우리가 이 문을 지키느냐고?"

이제 다른 사내가 목소리를 높인다.

"말했잖아. 아무도 나오지 못하게 하려는 거라고. 젠장, 그게 뭔 상관인데? 입 다물고 네 할 일이나 해."

첫 번째 보초병이 끄덕인다.

"알았어."

그리고 한참 동안 말 없이 왔다 갔다 행진한 다음, 변명하듯 덧붙인다.

"이건 썩은 이빨 같은 거야. 좋든 싫든, 계속 혀로 건

드리게 되지."

하늘에선 검은 새 떼가 소리 없이 원을 그리고 또 그린다. 첫 번째 보초병이 더는 참지 못한다.

"갈까마귀는,"

그가 혼자 조용히 되뇐다.

"변장한 천사야."

다른 사내가 컥컥 숨 막혀 한다.

"멍청한 소리!"

그가 쉰 목소리를 짜낸다.

"저건 까마귀야. 그냥 보통 까마귀라고. 갈까마귀는 아주 드물어."

"천사도 그렇지."

첫 번째의 생각이다. 그리고 지나가면서 상대방을 본다.

"멍청한 소리!"

두 번째 군인이 되풀이한다. 하지만 이번엔 그의 목소리가 힘 없고 울먹이는 것처럼 들린다.

"만약 애당초 그런 게 있다면, 그건 바닷가의 모래알처럼 많을 거야. 하지만 여기에는 없어. 우리 있는 곳엔 없다고."

"그럼 어디 있는데?"

"다른 시대에."

다음에 무기를 교환하면서 첫 번째 보초병이 묻는다.

"다른 쪽을 한번 살펴본 적 있어?"

"문 뒤쪽? 없어. 뭣 때문에 거길 살펴봐?"

대화가 오래 끊기고, 두 사람은 그들의 춤 의식을 계속 수행한다. 마침내 첫 번째가 생각한다.

"금지된 건 아니잖아."

"허락된 것도 아니지."

다른 사내가 대꾸한다.

"아무튼 그건 우리 근무 규정 위반이야."

"문의 어느 쪽을 감시하면서 행진해야 한다는 규정은 어디에도 없어."

그들은 왔다 갔다 하는 것을 계속하고, 한 번, 두 번, 세 번 만난다. 그리고 말 없이 서로 눈을 바라보다가, 마치 약속이나 한 것처럼, 둘 다 갑자기 방향을 바꿔 각자 자기 방향으로 사각사각 눈을 밟으며, 한 번도 사람 손길이 닿지 않은 상태로 눈 앞에 높이 솟아 있는 석벽의 잔해 주위를 돈다. 다시 만났을 때 두 번째 보초병이 가슴을 쓸어내리며 말한다.

"내가 그랬지!"

"저 뒤엔 아예 아무것도 없어."

첫 번째가 대답한다.

"뒤에서 보든 앞에서 보든 문은 아주 똑같아."

"문은 어디로도 통하지 않아."

두 번째가 다짐한다.

"이제 알겠지?"

두 사람은 자신들의 원래 위치로 돌아와, 감시 의식을 다시 수행한다. 그러나 바로 그 다음에 무기를 교환하면서 첫 번째 군인이 집요하게 다시 시작한다.

"하지만 그렇다면 문을 왜 감시해야 하냐고?"

"이런 제길, 이 인간이 정말! 그냥 아득한 옛날부터 내려오는 오래된 전통인지도 모르잖아. 옛날엔 이곳이 어딘가로 통하는 입구였겠지."

첫 번째 보초병이 그냥 아주 흔한 현관문처럼만 보이는 녹색 문을 의심스러운 눈초리로 바라보며, 한발 물러서듯 중얼거린다.

"그러니까 옛날엔 저렇지 않았는데 지금은 그냥 저런 문만 남았다는 거야?"

"그래, 그거야."

다른 사내가 지쳐서 말한다.

"옛날부터."

첫 번째 사내는 계속 묻고 싶어서 분명 입이 근질거리는 것 같은데도, 꽤 오래 참는다. 두 사람은 왔다 갔다 하고, 발을 구르고, 돌아오고, 종종걸음 하고, 정해진 대로 느린 템포로 꼿꼿이 상대방을 향해 걷는다. 첫 번째 보초병은 자기 동료의 눈에 불안과 분노가 서려 있는 것을 보고, 그 다음에 무기를 교환하면서 달래듯 히죽 웃는다.

"아마 네 말이 맞을 거야. 분명해. 모든 게 다른 시대로부터 온 거야. 우리도 그렇고."

하지만 다른 사내는 곁눈으로 무언가를 본다.

"가만 있어 봐!"

그가 '쉿' 하며 말한다.

"조용히 하라고! 누가 오고 있어. 이제 성가시게 됐군."

첫 번째는 고개를 돌릴 엄두가 나지 않는다.

"뭐야, 누가 우릴 지켜보고 있었던 거야?"

"당연하지. 그게 아니면 뭣 때문에 이리 오겠어? 지금까지 누가 온 적 한 번도 없었잖아."

"대체 누군데 그래?"

"두 사람이야."

"아는 사람이야?"

"저건…… 노인네 딸인데!"

"또 한 사람은?"

"젊은 녀석인데, 누군지 모르겠어. 인간아, 이제 그만 그 입 좀 다물라고."

보초병 둘은 경례를 하고, 밀랍 인형처럼 창백해져서

부동자세를 취한다.

모피 코트를 입은 젊은 아가씨 하나가 다가온다. 모자는 쓰지 않았고, 풍성한 빨간 머리를 단정하게 묶어 목덜미까지 늘어뜨리고 있다. 그녀의 창백한 얼굴은 잘 다듬은 보석처럼 갸름하고 아름답지만 딱딱한 표정이다. 그녀의 발자국을 뒤따라 밟으며 갈색 피부의 젊은 남자 하나가 눈 속을 걸어온다. 풀어 헤친 트렌치코트 안에 화려한 수가 놓인 몸에 딱 붙는 투우사 의상을 입고 있다. 왼손에는 심홍색 투우사 망토에 싸인 칼을 들고 있다. 아가씨는 석벽의 잔해 앞에 멈춰 선 다음, 몸을 돌리지 않고 그대로 있다. 그리고 이제 남자가 그녀를 따라잡는다.

"이건가요?"

그가 조금 헐떡이면서 묻는다. 그리고 믿을 수 없다는 듯이 웃는다.

"진정이세요?"

"물러가 있어요."

아가씨가 고개를 돌리지도 않고 보초병 두 사람에게 말한다.

두 병사는 그녀가 자신들에게 한 말인지 확실치 않아, 꼼짝할 엄두를 내지 못한다. 에라, 모르겠다. 첫 번째가 말을 꺼낸다.

"저희에겐 엄격한 복무 규정이 있습니다."

아가씨가 고개를 돌려 그를 찬찬히 뜯어본다. 그가 긴장해 혀가 얼어 이에 들러붙는 게 보인다.

"날 아세요?"

두 번째 보초병이 다시 한 번 경례하며 말한다.

"예, 압니다, 공주님!"

"좋아요."

아가씨가 말한다.

"두 사람은 물러가 있어요."

"하지만 공주님의 아버님, 국왕님께서 명령하시길 아무도……."

"내가 책임지겠어요. 그리고 아버지께서도 아시는 일이에요. 필요하면 그때 다시 부르겠어요."

아가씨가 말을 끊는다.

두 병사는 서로 바라보며, 어깨를 으쓱해 보이고는 명령을 따른다. 그들은 목소리가 들리지 않는 곳에 이르자 멈춰 서 남아 있는 두 사람에게서 등을 돌리고 기다린다. 두 군인 가운데 한 사람만 이따금 용감하게 힐끗힐끗 어깨 너머로 쳐다볼 뿐이다.

"그러니까,"

젊은 사내가 모험심에 불타서 말한다.

"저 문으로 들어가면, 그 다음엔 어디로 가게 되는 거죠?"

"그건 그때 그때 달라요."

아가씨가 아무렇지도 않게 대답한다.

"누가 이 문으로 들어가느냐에 따라 달라요. 그리고 어느 쪽에서 들어가느냐, 또 언제 들어가느냐, 또 왜 들어가느냐에 따라서도 다르죠."

그녀는 계단에 걸터앉아 모피 코트를 바짝 여민다. 그는 웃으면서 그녀를 옆에서 바라보다가, 호기심에 가득 차 무너진 석벽 주위를 돌아본다.

"저 두 사람도,"

그가 제자리로 돌아와 말한다. 그리고 엄지손가락을 어깨 뒤로 넘기며 보초병들을 가리킨다.

"분명 더 자세하게 알고 싶어 할 텐데요."

"그럴지도 모르죠."

아가씨가 중얼거린다.

"하지만 자세하게 알고 싶으면 문으로 들어가야 해요."

젊은 사내가 그녀 옆에 앉는다. 그는 그녀의 어깨에 팔을 올리지만, 그녀는 안달이 난 듯 몸을 살짝 비틀어 팔을 뿌리친다. 젊은 사내가 조용히 웃는다.

"날 놀리는 거죠? 그렇죠?"

아가씨가 그에게 얼굴을 돌린다. 그러자 그는 마치 죽

음이 자신을 바라보는 것 같아 소름이 끼친다. 그녀는 보일락 말락 하게 고개를 흔들고, 다시 정면을 바라보며 하얀 평원을 향해 묻는다.

"당신 직업이 영웅이라고요?"

젊은 투우사는 마음을 가다듬고 다시 한 번 작은 미소를 지어 보인다.

"뭐 생각하기 나름이죠. 나는 나 자신의 불안을 털어내려 할 뿐이에요."

"불안이라니요?"

아가씨가 전혀 모르는 말을 들은 것 같은 말투로 묻는다.

"죽음에 대한 불안이요."

젊은 사내가 대답한다.

"나는 원래 천성적으로 겁쟁이죠. 대부분의 사람이 그렇겠지만요. 난 죽음이 두려워요. 그래서 그 연습을 하는 겁니다."

"그럼 이미 죽은 적이 있다는 건가요?"

아가씨가 묻는다.

"얼마나 자주 죽는데요?"

젊은 사내는 그녀의 옆모습을 자세히 살피며, 그녀가 지금 자신을 놀리는 건지 알아내려고 하지만, 잘 되지 않는다. 그는 신을 부르는 것처럼 한숨을 쉬고, 상대방보다는 자기 자신에게 말한다.

"솔직하게 말해서, 나는 거기에 대해 그렇게 진지하게 생각해 본 적이 없어요."

아가씨가 끄덕이고 딱딱하게 말한다.

"그래요, 당신이라면 할 수 있어요."

"내가 그놈을 이길 거라고 생각해요?"

"이긴다고요?"

그녀가 놀라서 되뇐다.

"아무도 그를 이길 수 없어요. 당신이 이 미로에서 그를 찾아낼 수만 있으면 그걸로 충분해요."

"그럼 공주님은 왜 내가 해낼 거라고 믿는 거죠?"

"그건 당신이 어린아이기 때문이에요."

아가씨가 말한다. 그리고 거기엔 그 어떤 조롱 같은 것도 담겨 있지 않다. 그건 그녀의 말에도 나타난다.

"아마도 잔인하고 어리석은 아이겠죠. 하지만 그래도 아이인 것은 분명해요. 아이가 지닌 뿌리칠 수 없는 매력이 그에게 작용할 거예요. 당신이 분명 그를 찾아낼 거라고 믿어요."

"그리고 아이의 또 어떤 힘이,"

그가 묻는다.

"공주님에게 작용하죠?"

그녀는 귀를 기울이듯 잠시 앞을 바라보다 대답한다.

"아무 힘도 작용하지 않아요."

젊은 사내는 입을 다물고, 그녀와 마찬가지로 앞을 바라본다. 마침내 그가 깊이 숨을 들이쉬고 진지하게 끄덕인다.

"날 바보라고 생각하는 거죠? 그렇지 않아요? 어쩌면 그런지도 몰라요. 하지만 어차피 뭔가 하려고 하는 사람은 어떤 식으로든 바보가 되어야 한다고 생각해요. 그리고 나한테는 말이죠, 보세요, 공주님. 나한테는 나 자신을 합리화하는 것보다 무언가 하는 것이 그냥 더 중요해요."

아가씨가 공감하는 바가 없지 않다는 듯 그를 주의 깊게 관찰한다.

"당신은 대체 몇 살이죠?"

그녀가 묻는다.

"스물한 살입니다. 어른이죠. 공주님은요?"

"삼천 살이요."

그녀가 웃지 않고 말한다.

"내가 예쁘다고 생각해요?"

그는 말문이 좀 막혀서, 침을 꿀꺽 삼킨다.

"들어 보세요. 공주님에게 부탁하고 싶은 게 있습니다. 이제 내가 저 안으로 들어가면…… 그러니까 내 말은, 어쨌거나 그건 내가 혹시…… 어떻게 될 수도 있다는 그런…….”

“아, 그래요.”

아가씨가 차갑게 말한다.

“그렇게 될 수도 있겠죠. 지금까지 아무도 되돌아온 사람이 없으니까.”

젊은 투우사가 갑자기 당황하고, 분위기가 바로 어색해진다.

“내 말 오해는 하지 마세요. 공주님, 그게 아니라…… 오히려 문제는 나와 여기 바깥 세계를 연결하는 것이 나에겐 아무것도 없다는 점이에요. 나는 가족도 없고 애인도 없어요. 그래서 생각하는 거지만 사람은 누군가 자기를 기다려 준다는 느낌에서 힘이 솟고 용기를 얻을 수도 있지 않을까 하는 거죠.”

아가씨가 고개를 흔든다.

“아, 가엾은 사람.”

그녀가 말한다.

“당신은 진심으로 여기 바깥 세계가 저 미로로 이어져 있다고 믿는 건가요? 저 문이 존재함으로써, 더 이상 문의 앞이나 문의 뒤 같은 건 존재하지 않아요. 이 세계 역시 당신이 지금까지 꾸었던, 그리고 앞으로 꾸게 될 수많은 꿈들 가운데 하나에 지나지 않는 거예요.”

젊은 투우사는 혼란스러워서 문을 들여다보며 더듬거

린다.

"하지만요! 내가 알고 있는 대부분의 영웅들은 어떤 마스코트 같은 걸 하나 정도 몸에 지니고 다니죠. 애정이나 사랑의 증표라든지, 부적 같은 거……."

아가씨는 당황한 그를 진정시키려는 기색이 없다. 그녀는 그 큰 눈으로 멀리서 바라보듯 그를 응시한다.

"이런 거 한번 생각해 봤어요?"

그녀가 천천히 묻는다.

"당신이 죽이려고 하는 그가 내 이복동생이라는 거요."

젊은 사내의 얼굴에 피가 쏠린다.

"아뇨, 정말 그런 생각은 전혀 못 했어요. 공주님 주변의 누구도 그런 말을 하지 않았고, 또 내 생각에도……. 용서하세요. 내가 생각 없이 무례한 부탁을 했네요."

"당신은,"

아가씨가 계속 묻는다.

"영웅이 되는 게 그렇게 쉽다고 생각했어요? 옳은 일을 하고, 그릇된 일을 하지 않기 위해 깊이 생각하는 것 따윈 영웅에게 거추장스러운 것이라고 생각했나요? 만약에 단지 죽이기만 하는 걸로 문제가 다 해결되면, 세상은 영웅으로 넘쳐날 거예요."

"하지만 결국,"

난감해진 젊은 사내의 생각이다.

"결국 그건 황소대가리일 뿐이에요. 괴물이라고요. 이 자연계의 기형아 말이에요. 인간을 산 제물로 요구하는 존재일 뿐이라고요!"

"어디서 그걸 다 들었어요?"

아가씨가 부드럽게 묻는다.

"사람들이 그래요. 모두 다 그러던 걸요. 공주님 아버지도, 심지어 그를 낳은 공주님 어머니도요."

"아, 그래요? 옛날부터 해 오던 얘기죠."

그녀가 지겨운 듯 대답한다.

"사람들은 그걸로 선과 악을 구분하려고 하죠. 하지만 이 세계의 기억 속에서 그 모든 것은 하나이고 다 필요한 거예요."

그리고 잠시 침묵이 흐른 후, 그녀가 덧붙인다.

"그리고 만일 우리 인간들이 이 세계의 모든 기억을 잊어버리면, 그 기억들은 다 어디로 가는 거죠?"

"하지만 나보다 앞서 이 문을 지나간 사람들은,"

젊은 사내가 혼란에 빠져 외친다.

"그놈이 모두 삼켜 버린 거예요!"

"우리한텐 그 누구에 대한 기억도 없어요. 그들에게 무슨 일이 있었는지 우리가 어떻게 알 수 있겠어요?"

젊은 투우사가 일어선다. 그의 갈색 얼굴에 창백함이

번지고, 눈은 열에 들뜬 것처럼 번득인다.

"그들이 어떻게 되었는지 내가 꼭 알아내고야 말겠어요."

그러나 아가씨는 다시 고개를 흔든다.

"가엾은 사람, 당신 역시 영웅이 되지는 못할 거야. 영웅은 사람들이 그에 대해 이야기하면서 완성되는 거야. 그러므로 영웅은 자신에 대해 이야기하는 사람들과 같은 꿈속에, 같은 이야기 속에 머물러야 해. 하지만 우리 기억은 여기 이 문턱까지만 닿아 있어. 이 문턱을 넘게 되면, 우리 꿈에서 떠나는 거야."

"난 달라."

젊은 사내가 용감하게 말한다.

"내가 당신 이복동생을 찾으면, 그에게 당신 얘기를 들려줄 거야. 난 당신을 잊지 않을 거라고."

그는 닳아 빠진 돌계단 세 개를 올라가 문손잡이에 손을 댄다. 하지만 그는 아직 망설이며 뒤돌아선다.

"정말,"

그가 작게 말한다.

"당신 나에게 아무것도 주지 않을 거야?"

처음으로 아가씨가 미소 짓는다. 그리고 바로 그 때문에 처음으로 슬픈 얼굴이 된다.

"당신이 일을 마치고 더듬어서 다시 되돌아 나올 수

있게 해 줄 실몽당이가 같은 것 말이야? 가엾은 사람, 그건 당신에게 아무 도움이 되지 않을 거야. 왜냐하면 이 문이 당신 뒤로 닫히는 순간, 당신은 나에 대해 그리고 난 당신에 대해 더 이상 아무것도 모르게 돼. 당신은 이 쓸모없는 실몽당이가 왜 손에 들려 있는지조차 모르게 될 거고, 그래서 그냥 던져 버리겠지. 당신은 하나의 모습에서 다른 모습으로, 끊임없이 변신을 거듭하게 될 거야. 그리고 매번 당신은 잠에서 깨어났다고 믿게 되고, 그 직전의 꿈은 더 이상 기억하지 못하게 돼. 당신은 그 꿈에서 꿈속의 꿈속의 꿈속으로, 그래서 가장 깊은 곳에 닿을 때까지 계속 떨어질 거야. 자기 자신도 기억하지 못한 채, 삶과 죽음을 번갈아 지나며, 일체의 구별이 없는 그곳에서 항상 다른 사람이면서 항상 같은 사람으로 존재하게 돼. 그런데 당신이 죽이려고 하는 그놈에게 당신은 결코 도달할 수 없어. 왜냐하면 당신이 그를 찾게 되면, 당신은 그로 변신해 있을 테니까. 당신은 바로 그가 되는 거야. 최초의 문자가 되고, 그 모든 것에 앞서는 침묵이 될 거야. 그러면 당신은 알게 되겠지. 고독이 무엇인지."

너무 많은 말을 했다는 듯 그녀가 멈춘다. 하지만 바로 그 다음에 조용하게 덧붙인다.

"아냐, 난 당신에게 아무것도 줄 수가 없어. 이 입맞춤조차도."

그녀가 그에게로 올라가 입맞춤을 한다. 그는 팔을 늘어뜨리고 가만히 있는다. 어느새 그는 이젠 자신이 이미 오래전 잊힌 이름에 지나지 않는 듯한 기분에 사로잡힌다.

"그럼 당신은?"

그가 묻는다.

"누구에게도 한 적이 없는 이 입맞춤만큼은 적어도 간직하는 거야?"

"그렇지 않아."

그녀가 말한다.

"어서 가!"

그가 얼른 돌아서서 문손잡이를 민다. 문은 쉽게 열리고 그가 그리로 지나간다. 아가씨는 문이 다시 닫힐 때까지 꼼짝 않고 서 있다.

보초병 하나가 다른 사람을 툭 친다.

"대체 저 사람들 저기서 뭘 하는 거지? 문이 열렸다 닫혔어."

"낸들 아나."

다른 사람이 말한다.

아가씨가 그들을 손짓해 부르는 게 보이고, 그들은 그녀에게 달려가 받들어총을 한다.

"그가 안됐어요."

아가씨가 작은 소리로 말한다.

"누가 안됐다는 말씀입니까, 공주님?"

첫 번째가 묻는다.

"'아무도 아니'요. 아무도 아닌 사람."

그녀가 대답한다.

"난 저 문 뒤에 있는 내 동생 생각을 했어요. 가엾은 내 동생 호르를요.

그리고 그녀가 돌아서서 그곳을 떠나며 다시 한 번 중얼거린다.

"가엾은, 가엾은 호르."

• 차 례

• **그림 차례** 에드가 엔데 (1901~1965)

『거울 속의 거울』이라는 퍼즐, 그리고 가장자리 조각 'A–Z'

어디 가서 자랑할 일은 아니지만, 미하엘 엔데의 『거울 속의 거울』(1983년 초판, 1994년 개정판 발행)이라는 '미로'에서 빠져나오는 데 3년 가까운 시간이 걸렸다. 삼천 조각짜리 '퍼즐'을 맞추고 난 기분이다. 맞추다 너무 힘들고 지쳐 몇 달씩 거들떠보지 않기도 했고, 한 조각 한 조각 맞아떨어질 땐, '이런 게 바로 퍼즐이야.' 하면서 흥분하기도 했다. 그림이 어느 정도 완성되어 갈 땐, 마지막 조각 몇 개를 잃어버렸으면 어떻게 하나, 애태우기도 했다. 어쨌든 완성은 했다.

처음 이 작품을 읽고 옮기기 시작하면서 다짐한 게 두 가지 있었다. 하나는 의역을 자제하자는 것이고, 다른 하나는 '역자 후기'를 쓰지 말자는 것이었다. 그 이유에 대한 구구한 설명은 생략하고 결과만 말하면 의역, 물론 안 할 수는 없었지만 평소 스타일에 비해 많이 자제했다(의역이 나쁘다는 얘기가 아니라, 적어도 이 작품에서 지나친 기교를 부리는 것만큼은 피하고 싶었다는 뜻이다). 그리고 후기! 보시다시피, 그래도 한 마디 훈수하고 싶은 유혹을 이기지 못하고 이렇게 쓸데없는 말들을 덧붙이고 있다.

한 마디로 이 작품은 서른 개의 큰 조각으로 이루어진 '퍼즐'이면서, 문장 하나, 단어 하나가 모두 작은 퍼즐 조각이 되는 '입체 퍼즐'이다. 중요한 건, 이 퍼즐로 만들어지는 그림이 단 하나가 아니라, 서른 개 조각으로 만들어 낼 수 있는 '모든 경우의 수'만큼 된다는 것이다(난 수학에 재주가 없어 답이 안 나온다).

하나의 문학 작품이 이렇게 입체적인 구조를 가질 수 있다는 것, 그것은 실로 충격이었다. 그리고 발가벗은 내 모습을 거울로 들여다보듯 볼품없고 모순덩어리인 '나'의 현실을 이렇듯 적나라하게 까발려, 그 입체적인 구조 안에 온전히 담아 냈다는 것은 더 큰 충격이었다(서른 개의 이야기 주인공들은 하나도 예외 없이 결국 '나'였다). 이 안에서 어떤 그림을 보느냐, 몇 개의 그림을 만들어 내느냐는 전적으로 읽는 사람에게 달려 있다. 책과 독자는 서로를 비추는 거울이기에 그렇다.

이제 '퍼즐 게임'이라는 새로운 책 읽기 체험에 작은 힌트가 될 '가장자리 조각'들을 A부터 Z까지 스물여섯 개만 제시

해 본다(물론 이건 가장자리 조각들 가운데 극히 일부에 지나지 않는다). 퍼즐은 복잡하고 어려울수록 좋다고 생각하는 사람은 이 힌트를 보지 말고 바로 시작해도 좋을 것이다.

엘리베이터에 오르니 양쪽에 거울이 두 개 붙어 있다. 그 거울들 속에 나인 것 같기도 하고, 아닌 것 같기도 한 내가 끝없이 이어져 점이 되고 있다. 아, 그런데 정말 난 이 『거울 속의 거울』이라는 '미로'에서 빠져나온 것일까? 어림없는 소리! 난 이제 더 크고 복잡한 미하엘 엔데라는 '미로'에 빠져 버렸다.

스물여섯 개의 가장자리 조각 'A–Z'

•Aufwachen(깨어나기)

이제 그만 어지간히 하고 잠에서 깨어나기를 나는 기다리고 또 기다렸습니다. 하지만 나는 깰 수 없습니다. 두꺼운 얼음 밑으로 흘러 들어가 헤엄치는 사람처럼, 나는 떠오를 수 있는 곳을 찾습니다. 하지만 그런 곳이 하나도 없습니다! 평생 동안 나는 숨을 멈추고 헤엄만 치고 있습니다. –29 서커스가 불타고 있다–

잠들어 있는 사람, 나아가 지금의 현실이 꿈이라는 것을 아는 사람에게 '깨어나는 것'만큼 절실한 문제가 어디 있을까? 두꺼운 얼음 밑에서 숨도 제대로 쉬지 못하면서 답답하게 맴도는 인생……. 하지만 정말 이 꿈에서 깨면 또 다른 현실이 열리는 걸까? 그리고 꼭 그것만이 능사일까?

•Buchstabe(문자)

다음 전시실에서 그들은 커다란 붉은 글씨로 '그린'(green)이라는 단어가 벽에 그려져 있는 것을 본다. 놀랍게도 이번 제목은 남편이 예상한 '그린'이 아니라, '문자'이다. −18 남편과 아내가 전시회에 가려고 한다−

어째서 우리는 '그린'이라는 단어에서 주로 '녹색'만 떠올리고, 실은 그것이 더 본질적으론 '문자'라는 걸 잊고 사는 걸까?

•Clown(광대)

광대는 팽팽한 밧줄 한쪽 끝에서 다른 쪽으로 가려고 합니다. 편평한 땅 위에서 그렇게 하는 거라면 아무 위험 없이 식은 죽 먹기로 쉽게 할 수 있겠지요. 하지만 광대는 그렇게 쉽게 하지 않습니다. 그는 반드시 줄 위의 길을 택해야 합니다. 왜 그럴까요? −24 검은 하늘 아래 사람이 살 수 없는 나라가 있다−

광대가 높은 줄 위의 길을 택하는 이유는? 그렇지 않으면 더 이상 '광대'가 아니라서? 과연 그게 다일까?

•Diktator(독재자)

독재자의 목소리가 이제는 거칠게 울렸다.

"그것은 세상 모든 가치 가운데 최고의 가치야. 거기엔 단 하나의 결점밖에 없어. 그 결점 하나가 모든 걸 엉망으로 만드는 거지. 그 결점이란 바로, 완벽한 권력이 존재하지 않는다는 점이야. 그래서 권력은 채워도 채워지지 않고 항상 배가 고픈 거야. 오로지 전능만이 진짜 완벽한 권력이지만, 그건 불가능해. 난 권력에 실망했어. 내가 권력에 속은 거라고." -28 다시 총격전이 시작되었다-

권력에 속고 사는 사람이 어디 독재자뿐이겠는가!

•Ende(끝 또는 미하엘 엔데)

"그럼 이름은 어떻게 되세요?"

아이가 알고 싶어 한다.

"나한텐 이름이 아주 많단다."

파가드가 대답한다.

"하지만 맨 처음엔 엔데(독일어로 '끝', '마지막'이라는 뜻)였지."

"재미있는 이름이네요."

아이가 웃으며 말했다.

"그래, 맞아."

파가드가 말한다.

"그럼 네 이름은 뭐니?"

"전 그냥 '아이'라고 불려요."

아이가 당황해서 말한다.

"……그건 그렇고, 내 생각에 너한테도 제대로 된 이름이 하나 있으면 좋을 것 같구나. 앞으로 널 '미하엘'이라고 부르자."

"고맙습니다."

아이가 말하고 웃는다.

"이제 우리 서로 한 번씩 주고받은 셈이네요."

−24 검은 하늘 아래 사람이 살 수 없는 나라가 있다−

아이의 상상을 통해 '육체화'에 성공한 마술사 엔데, 그가 아이에게 '미하엘'이라는 이름을 붙여 준다. 그리고 그들은 '열심히 이야기에 빠져서, 지평선을 향해 손에 손을 잡고' 걸어간다. 아, 그래, 이 작품이 바로 미하엘 엔데가 아버지 에드가 엔데에게 바친 작품이었지!

•Flamme(불꽃)

그곳에는 깃털을 곤두세운 것 같은 황금 불꽃들이 장중하게 흔들리고 있었고, 날씬한 은빛 혀들은 서로 뒤섞여 민첩하게 날름거리고 있었습니다. 작고 귀여운 불꽃들도 곳곳에 뛰놀고 있었고, 크고 점잖은 불길들은 거의 움직이지 않고 그 자리에 머물러 있었습니다. 눈부실 만큼 하얀 불길이 있는가 하면, 어두운 오렌지색이나 진홍색 불길도 있었습니다. 불꽃 없이 연기만 내는 불길도 있었는데, 그 연기가 마치 길게 나부끼는 사제司祭의 두건 같았습니다. -14 결혼식에 온 손님들은 춤추는 불꽃이었습니다-

작품에서 핵심이 되는 '대상'에 대한 엔데의 묘사는 정말 세밀하고 치열하기 그지없다(물론 역자를 가장 힘들게 하는 부분이다). '불꽃'을 묘사한 열네 번째 이야기는 이러한 엔데 문학의 '백미'라 해도 부족함이 없을 듯하다.

•Geld(돈)

"사랑하는 신도 여러분, 이 모든 부가 어디서 오는지 궁금하 니까? 잘 들으십시오. 부는 돈 자체가 지니고 있는 미래의 수익에서 옵니다! 돈 자체가 지닌 미래의 이익을 지금 우리가 당겨서 누리는 것입니다! 지금 갖고 있는 것이 많을수록 미래의 수익은 커지고, 미래의 수익이 클수록 '지금' 가질 수 있는 것 역시 많아집니다. 그래서 우리는 영원히 우리 자신의 채권자인 동시에, 우리 자신의 채무자입니다. 그렇게 우리는 우리 빚을 스스로 탕감하는 것입니다. 아멘!" -4 카테드랄 역은 회청색 암석으로 된 커다란 바윗덩이 위에 서 있었다-

돈도 돈이지만, 우리는 우리 인생의 채권자인 동시에, 채무자인 게 아닐까? 그나저나 엔데가 말하는 '기적의 자산 증식'을 실현해 줄 펀드 회사 어디 없나?

•Humor(유머)

"그럼 당신은 이걸로 뭘 할 건데요?"

"마누라나 갖다 줄까 해."

"아하! 마누라도 있으시다? 진작 말하시지! 예뻐요?"

여자들이 킥킥거렸고, 쥐새끼들이 찍찍거리는 것처럼 울린다.

회색의 노인은 개의치 않는다.

"왕관만 쓰면, 아마 예쁠 거야."

"무섭지 않아요?"

다른 트리스터린이 묻는다.

"우리 여왕이 모든 습득물은 자기한테 가져오라고 명령했잖아요. 할아버지, 여왕이 한번 하라면 정말 해야 하는 거 몰라요?"

도로 청소부는 눈을 가늘게 뜨면서, 조금 당황해서 기침하거나 웃는 것처럼 한다.

"예쁜 아가씨, 네가 날 일러바치지 않겠다고 약속하면, 나도 너한테 비밀 하나를 알려 주지."

"좋아요, 약속해요."

"너희 여왕이 말이야."

도로 청소부가 천천히 말한다.

"내 마누라야."

–25 손에 손을 잡고 두 사람이 길을 걸어 내려간다–

엔데의 작품을 빛나게 하는 것은 단연 엔데만의 독특한 '유머'이다. 폭소를 터뜨리게 하는 유머는 아니지만, 그 상황과 모습을 생각하면서 혼자 미소 짓거나 낄낄거리게 하는 유머가, 작품에 담긴 심오한 철학에 더해져 우리에게 더할 수 없는 감동과 재미를 준다. 엔데 특유의 유머를 이 작품에서 만끽해 보시길!

•Inhaltsverzeichnis(차례)

이 작품에서 '차례'는 별 의미가 없다! 어디서부터 읽어도 작품은 제자리로 돌아온다.

•Jahrmarkt(연말 대목 시장)

이 도시 한가운데 연말 대목에 서는 시장이 있고, 이곳은 그 어느 곳보다 깊은 정적에 휩싸여 있다. 거대한 물레방아처럼 생긴 관람차의 녹슨 곤돌라가 차가운 바람에 흔들리고, 회전목마의 작은 말 모형들은 먼지를 뒤집어써 온통 회색이다. −24 검은 하늘 아래 사람이 살 수 없는 나라가 있다−

연말 분위기에 들뜬 사람들로 북적거려야 할 '연말 대목 시장'. 하지만 이 작품에서 그곳은 그런 흥분이 사라지고 정적만 남은 적막한 폐허의 공간이다. 세상에서 벌이고 있는 떠들썩한 잔치판 뒤에 남을 허무하고 우울한 모습이 바로 그런 것 아니겠는가.

•Kuppelhalle(둥근 천장이 있는 홀)

행성이 도는 것처럼 천천히, 두꺼운 판자로 된 커다란 원탁이 돌고 있다. 그 위엔 산과 숲, 도시와 마을, 강과 호수 같은 풍경이 펼쳐져 있다. 이 모든 것들의 한가운데, 자기瓷器로 만든 작은 인형처럼 가냘프고 깨지기 쉬운 네가 앉아서 함께 돌고 있다.

너는 끊임없이 돌고 있는 것을 알지만, 네 감각은 그것을 느끼지 못한다. 탁자는 둥근 천장을 가진 홀 한가운데 있다. 이 홀 역시 돌로 된 바닥과 천장과 벽을 거느리고 행성처럼 천천히 돌고 있다. −10 행성이 도는 것처럼 천천히, 두꺼운 판자로 된 커다란 원탁이 돌고 있다−

무한한 우주 속에서 인간은 한없이 보잘것없는 존재지만, 엔데가 말하는 우주, '둥근 천장이 있는 홀'에서의 인간은 작긴 하지만 최소한 '중심'으로 앉아 있다. 다만, 인간은 너무 가냘프고 깨지기 쉽고, 이 세계 역시 '안전한 곳'은 아니다. 이것을 극복하는 힘은 과연 뭘까? 그것은 아마도 상상력, 그리고 용기일 것이다.

•Lichtgeschwindigkeit(광속도)

"……특수 상대성 이론은 광속도 불변의 원리에 기초하고 있다. ……P는 진공 상태에서의 한 점點이고…… P는 미소微小 거리 d시그마만큼 떨어진 무한에 인접하는 점이다……. 무한에…… 인접하는 점이다……. P점에서 t시각에 빛이 출발하면 P점에는 t+dt시각에 도착한다…….” –3 다락방은 하늘색이다–

세 번째, 네 번째, 스물여섯 번째 이야기에 나오는 ‘광속도 불변의 원리’를 설명하는 수학 공식이다. 물론 이 공식을 이해하지 못해도 작품을 이해하는 데는 아무 지장이 없다. 다만, 우리가 저 공식대로만 ‘공간 이동’을 하면 정말 ‘거울 속의 거울’의 세계로 들어갈 수 있는 것은 아닐까? 에이, 설마!

•Mutter(어머니)

남편이 암소 한 마리를 잡는다. 어머니가 그것을 먹고, 남편이 먹고, 아이들이 먹는다. 씨앗이 싹을 틔운다. 모두 빵을 먹고, 어머니와 소의 젖을 떠먹는다.

남편은 난로 위에 누워 잠을 잔다. 어머니는 다시 아이 둘을 낳는다. 암소들이 씹고 있다. 아버지는 어머니를 도살한다. 그는 아이들과 함께 그것을 먹어 치운다. 개도 한 토막 얻어먹는다. 남편은 자기 실수를 깨닫고 가축우리로 가서 술에 취한다. –9 습지처럼 어두운 어머니의 얼굴이다–

이 작품에서 가장 마음 아픈 이야기다. 그렇다. 우리에게 어머니는 그런 존재다.

•Niemandssohn(아무도 아니–아무도 아닌 자–의 아들)

갑작스러운 정적이 흐르는 가운데, 집으로 돌아온 '아무도 아닌 자의 아들(Nobody's Son)'은 자기 심장이 망치질하는 소리를 듣는다. 자기 동물들이 저기에서 무엇을 하는지 그는 아직 알지 못한다. 그런데도 어리석은 희망은 안에서 솟아오르고, 그는 그것을 거스르지 못한다. –11 눈을 감는다. 얼굴의 내부, 그밖엔 아무것도 없다–

'Niemandssohn'–그대로 옮기면 '아무도 아닌 자의 아들'이다. 아무도 아닌 자? 너무 밋밋하지 않은가!

•Orientierung(방향, 방향 감각)

그러나 어디를 향해 뛰쳐나가야 할지 그는 자신이 없었다. 눈앞에 있는 검은 천의 어렴풋한 흔적만이 그에게 방향을 알려 주는 유일한 끈이었다. 만약 이 자리를 벗어나면 어둠으로 빨려 들어가, 그나마 지금 갖고 있는 방향 감각마저 잃을 게 뻔했다. 그리고 바로 이 순간 막이 오르면서 시작을 알리는 북이 울릴 가능성도 얼마든지 있었다. –5 무겁고 검은 천은 수직으로 주름을 이루며 드리워져 있다–

내비게이션이 없으면 아는 길을 가면서도 불안해하는 요즘의 우리가 검은 막 뒤에 서서 꼼짝도 못하고 있는 이 발레리노와 무엇이 다른가! 그런데 정말 엔데는 20년 후의 세상에 '내비게이션'이라는 기계가 나오리라는 걸 알고 있었을까?

•Papierkrone(종이왕관)

"반역자들은 왕의 다리를 잘라 버리고, 그를 옥좌에서 끌어내려. 그렇게 속수무책으로 고통에 몸부림치고 피투성이가 되어 바닥에 내팽개쳐진 왕한테서 그들은 황금 왕관을 빼앗고, 대신 머리에 종이 왕관을 씌워 주지. 그들은 왕이 죽은 줄 알아. 그때가 폭풍이 휘몰아치는 밤이야. 그들은 왕을 도시 변두리로 끌고 가서 어느 쓰레기장에 던져 버리지." -27 우리는 배우들의 복도에서 몇 백 명이나 되는 기다리는 사람들을 만났다-

예로부터 내려오는 거의 모든 이야기에서, 왕의 대척점에는 항상 거지가 있다. '행복한 왕'도 별로 없었던 것 같고, '불행한 거지'도 별로 없었던 것 같다. 왕은 '종이 왕관'을 쓴 거지가 된 다음에야 행복해진다. 정말 권력, 돈, 명예와 행복은 함께 누릴 수 없는 것일까? 그렇다고 일부러 거지가 될 수도 없고…… 답답한 노릇이다. 그나저나 왕 앞에 나타난 하얀 기사들은 누구였을까?

•Qual(고통)

호르는 이곳저곳을 떠돌고 있는 그 어떤 외침의 잔향殘響들과 때때로 부딪치게 돼. 아니, 거의 항상 부딪치고 있다는 게 맞을 거야. 그것은 오래전 그가 경솔하게 내뱉었던 그 어떤 외침의 잔향이지. 이런 식으로 자신의 과거와 마주치는 것은 그에겐 커다란 고통이야. 게다가 오래전 입 밖으로 튀어 나간 말들이 시간이 흐르면서 그 형체와 내용을 잃어버려, 도무지 무슨 말인지조차 분간할 수 없게 되었으니 더욱 참담하기만 해. –1 미안해. 난 이보다 더 큰 소리로 말할 수가 없어–

자신이 경솔하게 내뱉었던 과거의 말만큼 현재 자신의 발목을 잡는 것이 또 어디 있을까! 그리고 그것만큼 큰 고통이 또 어디 있을까! 인간은 결국 한평생 자신의 말에 발 묶여 사는 존재라는 엔데의 통찰이 놀랍기만 하다.

•Rolle(배역)

"내가 내 배역을 연기하게 되면, 그때 나도 알게 되고, 당신들도 알게 될 거야. 그게 아니라면, 연극을 처음부터 끝까지 공연할 요가 뭐 있겠어?"

갑자기 그의 얼굴에 슬픔 가득하고 고통스러운 표정이 떠올랐다. 그리고 그는 조급해져서 물었다.

"아니면, 당신들은 그 사이 누군가 다른 사람이 내 배역을 연기했을 수도 있다고 생각하는 거야? 내가 이렇게 오래 기다리고 있는데 말이야. 그런데도 정말 그런 일이 있다고 생각하는 거냐고?" -27 우리는 배우들의 복도에서 몇 백 명이나 되는 기다리는 사람들을 만났다-

엔데의 말처럼, 우리는 연기를 해 봐야 그 끝을 알 수 있는 배역을 맡아 연극을 하고 있다. 그러므로 다른 사람이 내 배역을 연기하는 것만큼 더 커다란 인생의 실패가 어디 있을까!

•Spiegel(거울)

이런 온갖 생각을 하면서 그는 발끝으로 곧추세운 발과 바닥에 붙인 발을 엇갈리게 짚은 자세로, 오른손을 허공에 드리우고 왼손은 허리에 가볍게 댄 채 기다리며 서 있었다. 이따금 더 이상 참을 수 없을 정도로 점점 더 힘이 들면 자세를 바꾸었다. 그러니까, 거울에 비춘 자기 모습을 거울에 비추었을 때처럼 좌우가 뒤바뀐 자세로 말이다. -5 무겁고 검은 천은 수직으로 주름을 이루며 드리워져 있다-

'거울'과 '꿈' 속의 세계는 엔데의 작품에서 '우리의 현실과 평행한 또 하나의 현실'을 구현하는 공간이 된다. 엔데의 무한한 상상력이 발휘되기에 그나마 가장 좋은 공간일 터! 책

읽기를 위한 팁 하나. 항상 잊지 마시길! 이 작품의 공간적 배경이 '거울 속의 거울' 속에 숨어 있는 또 하나의 세계라는 것을.

•Trösterin(트뢰스터린-위로를 주는 여자)

"그래, 얘야, 자기 방식으로 돕고 있단다. 그래서 트뢰스터린이라고 하지 않았니. 저 손가락을 잘 보아라! 저 손가락으로 고통을 덜어 내는 거란다! 저 사람은 이제 더 이상 고통스럽지 않게 되고, 여자는 그렇게 덜어 낸 고통으로 배가 불러지지. 일시적이긴 하지만……. 그러다 마지막엔 아무도 아닌 사람이 되는 거야."
-25 손에 손을 잡고 두 사람이 길을 걸어 내려간다-

누군가 정말 자기 손가락으로 우리를 어루만져 우리의 고통을 덜어 내 가기만 한다면 얼마나 좋을까? 그런데 엔데는 말한다. 그러다 마지막엔 '아무도 아닌 사람'이 된다고.

•Unsterblichkeit(불사不死)

"그런데 그가 마침내 이 현세에서 영생할 수 있는 불사不死의 비밀을 발견했다 쳐. 그럼 뭐해. 이러나저러나 그는 결국 혼자고, 끝내는 이제 더 이상 다가오지 않게 된 죽음을 부르게 될 거야. 그리고 그는 인류의 책 마지막 장을 쓰게 되겠지. 그건 이런 내용일 거야. '최후에 인간이 천지를 멸하니라. 땅이 혼돈하고 공허하며 흑암이 깊음 위에 있더라. 마지막 인간이 가라사대 빛이 있으라 하매, 여전히 어둠이 있었고, 그렇게 저녁이 되며 아침이 되지 않으니 이는 마지막 밤이니라.'" -21 산 위의 매춘 궁전은 오늘 밤 차가운 빛을 발하고 있었다-

인간은 누구나 불사不死를 꿈꾸지만, 엔데에게 있어서 '죽지 않는 것'은 '죽는 것'만큼이나 고통스러운 것이다. 삶은 죽음과 공존할 때만 행복할 수 있다는 교훈을 다시 한 번 되새기게 된다.

• Verkörperung(육체화)

"저의 의뢰인은 몇 세기 전부터 육체화를 준비해 왔습니다. 그래서 그는 증조부모를 서로 연을 맺어 만나게 하고, 조부모를 만나게 하고, 또 부모를 만나게 한 것입니다. 이를 위해 온갖 세부사항에 상상할 수 없을 정도로 정밀한 작업이 필요했습니다. 만약 그의 증조부가 그 특정한 날에 이를 하나 뽑지 않았더라면 반려가 될 여성을 만나지 못했을 것입니다." -8 대리석처럼 창백한 천사가 재판의 증인으로 방청인들 사이에 섞여 법정에 앉아 있었다-

그렇다. 우리는 모두 그렇게 복잡한 '육체화'의 과정을 거쳐 세상에 태어난 존재들이다. 그렇다면 이제 우리에게 남은 과제는 '정신화(Vergeisterung)'가 아닐까?

• Warten(기다림)

"마침내 오셨군요!"

그녀가 외친다.

"애타게 그리다가 이대로 죽는 줄만 알았어요! 대체 그이는 어디 있죠? 어디 있냐고요?

안내자는 신랑을 돌아본다. 그런데 신랑은 아주 힘겹게 앙상하게 뼈만 남은 손가락 하나를 들어 올려 말하지 말라는 듯, 움푹 파이고 이가 다 빠진 입에 갖다 댄다.

안내자는 눈치채지 못하게 어깨를 들썩여 보이고는 신부에게로 몸을 돌린다.

"당신 신랑은 저 북쪽 문 뒤에서 당신을 기다리고 있소. 원한다면, 내 당신을 직선 코스로 신랑에게 안내하리다."

"가죠!"

그녀가 외친다.

"어서 가자고요. 몇 걸음만 가면 그이 곁으로 가겠네요."

－13 여기는 방이다. 그리고 동시에 사막이다－

그렇게 기다리던 신랑이 바로 눈앞에 있는데, 그를 알아보지 못하고, 다시 그를 찾아 떠나는 신부……. 그녀는 과연 몇 걸음만 가면 신랑을 만날 수 있을까? 과연 자신의 젊음이 다 사그라지기 전에 그를 찾을 수 있을까?

•X(X등급 표현)

문이 열린 그곳에 키가 크고 다리가 늘씬한 아가씨가 하늘거리는 신부의 베일 하나만 몸에 걸친 채 서 있다. 머리에서부터 드리워져 온몸을 감싸고 있는 그 베일은 부드러운 안개처럼 속이 다 비친다. 그녀의 얼굴은 이 안개에 거의 감춰져 있다. 그 대신 안개는 그녀의 길고 가는 팔다리와 허벅지, 작은 가슴, 날씬한 몸매, 그리고 사타구니의 '밤 그림자'를 더 도드라져 보이게 한다. −13 여기는 방이다. 그리고 동시에 사막이다−

물론 미하엘 엔데의 작품에 'X등급 표현'이 나올 리 없다. 다만 이 작품에는 12세 이하 어린이가 읽기엔 다소 부담스러운 구절이 더러 나온다. 엔데의 작품 가운데 가장 '어른스러운(?)' 작품일 듯!

•Ypsilon einundneubzig(Y91)

"신청번호 73 대시 809 V Y91 건입니다. '지금까지도 이름을 갖지 못한 자'가 '육체화'의 허가를 요청하고 있습니다." −8 대리석처럼 창백한 천사가 재판의 증인으로 방청인들 사이에 섞여 법정에 앉아 있었다−

'Ypsilon(독일어 철자 'Y'의 발음)'−415쪽에 이르는 이 작품의 원문에 나오는 수많은 단어 가운데 'Y'로 시작하는 유일한 단어다. '육체화'의 허가 여부를 가리는 재판의 신청 번호 끝자리.

•Zirkus(서커스)

서커스가 불타고 있다. 관객들은 헐레벌떡 달아났다. 원형 관람석은 텅 비어 있고, 천막은 불과 연기에 휩싸여 있다. 어릿광대가 혼자 무대에 서 있다. 그의 스팽글 의상이 불꽃에 반사되어 반짝반짝 빛나고 있다. 그의 얼굴은 석회처럼 하얗고, 왼쪽 눈 아래 그려 놓은 눈물이 반짝인다. 머리에는 작고 뾰족한 모자가 비스듬하게 걸려 있다. -29 서커스가 불타고 있다-

아무리 즐거워도 서커스는 마음이 아프다……. 엔데의 작품에서 서커스는 항상 그렇게 마음이 짠한 공간이다. 우리의 꿈이 일시적으로나마 현실에서 실현되는 공간이지만, 내일 아침이면 짐을 싸고 흔적도 없이 떠나 버릴 '이별'이 예고되어 있기에 그렇다. 게다가 이 작품에서 서커스는 공연이 끝나고 폐허가 되거나 불에 타 없어지는 그런 곳이다. 아, 그래도 희망은 있다! 거기에 아직 우리의 어린 미하엘이 남아 있으니까.

옮긴이 **이병서**

거울 속의 거울

초판 1쇄 2008년 3월 15일 | 초판 2쇄 2008년 3월 25일
개정초판 1쇄 2016년 11월 30일

지은이 미하엘 엔데 | **옮긴이** 이병서
펴낸이 신형건 | **펴낸곳** (주)푸른책들 | **등록** 제321-2008-00155호
주소 서울특별시 서초구 양재천로7길 16 푸르니빌딩 (우)06754
전화 02-581-0334~5 | **팩스** 02-582-0648
이메일 prooni@prooni.com | **홈페이지** www.prooni.com
카페 cafe.naver.com/prbm | **블로그** blog.naver.com/proonibook
ISBN 978-89-6170-577-6 03850

이 도서의 국립중앙도서관 출판시도서목록(CIP)은 서지정보유통지원시스템 홈페이지(http://seoji.nl.go.kr)와 국가자료공동목록시스템(http://www.nl.go.kr/kolisnet)에서 이용하실 수 있습니다.(CIP제어번호: CIP2016023522)

Fall in book, Fan of literature. 에프는 종이책의 새로운 가치를 생각하는 푸른책들의 임프린트입니다.